W0266637

Göttin des Winters

CELTIC MAGIC
BUCH VIER

SKYE MACKINNON

AUS DEM ENGLISCHEN VON
AMALIA KRAFT

Peryton Press

FSC
www.fsc.org
MIX
Papier aus verantwortungsvollen Quellen
Paper from responsible sources
FSC® C105338

Impressum

Göttin des Winters © 2023 Skye MacKinnon

ISBN: 9783757920876

Die Originalausgabe erschien 2018 unter dem Titel *Winter Goddess*.

Verlag: Peryton Press, The Old Library, Fort Road, Kilcreggan, Großbritannien

Übersetzung: Amalia Kraft

Umschlaggestaltung: MiblArt

Satz: Peryton Press

Alle Rechte vorbehalten.

Das Werk, einschließlich seiner Teile, ist urheberrechtlich geschützt. Jede Verwertung ist ohne Zustimmung des Verlages und des Autors unzulässig. Dies gilt insbesondere für die elektronische oder sonstige Vervielfältigung, Übersetzung, Verbreitung und öffentliche Zugänglichmachung.

perytonpress.com

skyemackinnon.de

Herstellung und Druck über tolino media GmbH & Co. KG, München.
Printed in Germany

Inhalt

Meinen Lesern gewidmet. Danke, dass ihr Wyns Entwicklung bis hierher gefolgt seid – und einer neuen Autorin eine Chance gegeben habt. Ihr seid die Größten!

Was zuvor geschah

Nach dem Verlust ihrer Mutter und der ihr freundschaftlich verbundenen Dämonin Chesca trauert Wyn und versucht, ihren Schmerz mit der Einnahme von »Funken« zu überdecken. Natürlich sind Drogen nicht die Lösung, und sie muss sich letztendlich ihrer Trauer stellen. Dabei bringt sie sich beinahe selbst um und landet erneut in der Bücherei des Lebens, wo sie herausfindet, dass ihr entführter Vater noch am Leben ist.

Um Wyn zu retten (und ihren Palast vor der vollständigen Zerstörung zu bewahren) verbraucht Beira ihre gesamte magische Energie und muss danach krank und schwach das Bett hüten. Folglich ist Wyn nun gezwungen, die Rolle ihrer Mutter und damit die Regierungsgeschäfte zu übernehmen. Wenn sie nicht diesen königlichen Pflichten nachgeht, nimmt sie bei Thor Unterricht im Kämpfen und hat ausgiebigen Sex mit ihren Wächtern (in Kapitel 5 »dampft« es ganz schön).

Es stellt sich heraus, dass Ada zusammen mit ihren Männern und einem Drachenwandler verschwunden ist, der zuvor einen Giftanschlag auf Wyn begangen hatte. Genauso unerwartet erscheint die Göttin des Frühlings, Flora, und gelobt

Wyn Gefolgschaft gegen deren Zusicherung, Flora und ihr Reich vor Angus zu schützen.

Ein falscher Crispin (ein von der Morrigan geschaffener Klon) dringt in den Palast ein und hat mit seinem Anschlag auf Wyn beinahe Erfolg, wird dann aber doch gefangen genommen und von Arc verhört. So erfahren sie vom Castle Tioram, einer Burg in Schottland, wo die Morrigan ein Tor ins Dämonenreich geschaffen hat. Da sie annehmen, dass dort auch Wyns Vater festgehalten wird, machen sich Frost, Sturm und Arc auf den Weg nach Tioram.

Als sie sich dort in Gefahr befinden, spürt Wyn plötzlich, wie sie sich mit der ihr innewohnenden Magie vereinigt und zu dem wird, was ihr immer vorbestimmt war: zu einer Göttin. So kann sie ihren Wächtern beistehen und ihren Vater befreien, sieht sich jetzt aber neuen Herausforderungen gegenüber…

Auftretende Personen

FAMILIE

- Wyn, Halbgöttin und Heldin der Geschichte
- Ihre Wächter: Sturm, Frost, Arc und Crispin
- Beira, die Königin des Winters und Wyns leibliche Mutter
- James, Wyns Adoptivvater
- Rose, Wyns Adoptivmutter

DER RAT DES REICHES

- Gwain: Waffenmeister
- Ada: seine Stellvertreterin
- Tamara: Haushaltsvorstand (und Spionin im Auftrag Ihrer Majestät)
- Algonquin: Bibliothekar
- Zephyr: Flügelmeister
- Theodor: Heiler

- Magnus: ehemaliger Schatzmeister
- Anton: neuer Schatzmeister

FREUNDE

- Blaze: wirklich außergewöhnliches Einhorn
- Chesca: Dämonin (verstorben)
- Aodh: Chescas Liebhaber (verstorben)
- Flora: Göttin des Frühlings
- Thor: Donnergott
- Luzifer: nein, nicht wirklich der Teufel, sondern nur ein ziemlich frecher Gott

FEINDE

- Angus: König des Sommerreichs
- Bridget: seine Frau
- Morrigan: Göttin des Todes
- Dämonen … nun ja, einfach finstere Gestalten

Prolog

Eine Göttin zu sein, ist auch nicht das, was man sich gemeinhin darunter vorstellt. Das Schlimmste ist noch nicht einmal, dauernd diesen Drang zu spüren, sich zu weit entfernt liegenden Orten zu teleportieren oder Passanten daran zu hindern, sich auf offener Straße vor einem auf den Boden zu werfen. Nein, es ist der Umstand, dass ich meine Männer nicht mehr mit den gleichen Augen sehen kann wie zuvor.

Die Art des Sehens hat sich bei mir verändert; meine Augen sind einfach nicht mehr menschlich. Ich sehe überall Magie, an jedem Ort, an jeder Person, was aber andererseits die Gesichtszüge und Körper dieser Leute überdeckt. Ich sehe nur ihre Zauberkräfte, ihre Gefühle, ihre Seelen. Ich würde das als ihre Aura bezeichnen, obwohl es sicher einen treffenderen Begriff dafür gibt.

Aber es ist einfach nicht dasselbe wie vorher. Ich würde so gern ihre Gesichter wieder sehen können. Crispins schelmisches Lächeln, Frosts Grinsen, Arcs spöttisch hochgezogene Augenbrauen, selbst Sturms mürrisch in Falten gelegte Stirn.

All das bleibt mir jetzt verborgen, trotz aller Magie. Es zerreißt mich fast, dass ich nicht mehr in der Lage bin, ihren Gesichtsausdruck zu sehen, wenn wir miteinander sprechen.

Sie glänzen und funkeln, ihre Silhouetten leuchten hell; es ist also nicht so, als wäre ich blind, aber jedwede Details sind durch die Farbe der Magie übertönt. Ich will doch gar nicht ihre bestgehüteten Geheimnisse sehen. Das ist für unsere Beziehung nicht förderlich. Ich wüsste zu gern, ob sie vor der neuen Wyn sogar Angst haben. Göttin Wynter, nennen sie mich jetzt, die neue Göttin des Winters.

Ich würde all meine neu gewonnenen Kräfte herzlich gerne hergeben, wenn ich sie nur wieder lächeln sehen könnte.

KAPITEL Eins

Ich betrachte das Buch aus der Bücherei des Lebens. Es erschien auf meinem Schreibtisch an dem Tag, an dem ich zur Gottheit wurde. Kein Wunder, dass es nicht vorher aufgetaucht ist; darin steht wahrscheinlich, dass ich nicht irgendeine Halbgöttin bin. Nein, ich bin jetzt eine Göttin. Hip, hip, hurra!

Ich weiß, dass ich es nur öffnen muss, und schon wird alles, was darin steht, in meinem Gedächtnis sein. Ich habe diese neue Fähigkeit gestern an mir festgestellt, als ich eines der Bücher auf dem Schreibtisch meiner Mutter einfach so geöffnet habe. Ich weiß jetzt alles über die Kräuter in unserem Reich, obwohl ich keine einzige Zeile in dem Buch gelesen habe. Es erschreckt mich beinahe zu wissen, dass ich mir den Inhalt der gesamten Königlichen Bibliothek an einem einzigen Tag aneignen könnte. Das wäre aber wohl kaum ratsam. Schon jetzt kommen mir zu jeder passenden und unpassenden Gelegenheit handgemalte Zeichnungen von irgendwelchen Kräutern in den Sinn. Mein Kopf würde wohl explodieren, wenn ich dort mehr als ein paar Bücher abgespeichert hätte.

Aber der vor mir liegende Band ist anders. Er handelt von Halbgöttern, und ich weiß, dass ich dort auch erwähnt bin. Damals, als ich zum ersten Mal in der Bücherei des Lebens war, hat der Verwalter in diesem Buch nach meinem Namen gesucht. Das scheint Ewigkeiten her zu sein. Mein erstes Todeserlebnis. Der Führer zur Unsterblichkeit. Der Kampf mit einem Wesen, das vorgab, meine Mutter zu sein.

Ist schon merkwürdig – damals war ich so erpicht darauf, mehr über Halbgötter herauszufinden, und jetzt brauche ich das nicht mehr. Es sei denn, alle Halbgötter wandeln sich zu irgendeinem Zeitpunkt zu Göttern. Was ich aber bezweifle, dann hätte mich jemand gewarnt. Jeder hier war von dieser Entwicklung genauso überrascht wie ich selbst. Ich hätte nie gedacht, dass solche Kraft durch meinen Körper fließen könnte, ohne mich umzubringen. Meine Magie ist von der Größe einer Katze zu der einer Löwin gewachsen, und ihre Höhle bietet ihr kaum noch ausreichend Platz. Wo immer ich hinkomme, werden magische Kräfte freigesetzt. Licht beginnt zu flackern, an Fensterscheiben bilden sich kleine Eisblumen, etwas explodiert. Ja, um mich herum ist recht viel explodiert. Zum Glück ist dabei niemand zu Schaden gekommen – noch nicht. Ich habe keine Ahnung, was ich mit all dieser Kraft anfangen soll. Ich verfüge über doppelt so viel Magie wie vorher, wenn nicht noch mehr. Ich könnte den gesamten Palast dem Erdboden gleich machen, wenn ich das wollte. Vielleicht die umliegenden Dörfer noch dazu. Ich habe jetzt so viel Macht, und das erfüllt mich mit Angst und Schrecken. Was ich den anderen natürlich nicht sagen werde. Besonders nicht meinen Wächtern. Ich will die alte, normale Wyn sein, wenn ich bei ihnen bin, nicht die Göttin, die ihren Kopf voller Wissen und neuer Begierden hat.

Jemand klopft an der Tür, und ich öffne sie mit einem bloßen Gedanken. Ich muss nicht einmal mehr überlegen, *wie* ich meine Magie nutzen will, sondern nur an das gewünschte Resultat denken, und schon geschieht es. Das erleichtert die Sache, macht sie aber auch weniger kontrollierbar. Was, wenn ich zu viel Energie in die Bewegung lege und die Tür nicht nur öffne, sondern aus den Angeln reiße? Ich könnte leicht jemanden verletzen. Davor habe ich momentan am meisten Angst. Jemanden in Ausübung meiner neuen Kräfte zu verletzen.

Noch bevor sie etwas sagen kann, weiß ich, dass es Tamara ist. Eine weitere nützliche Götter-Gabe.

»Prinzessin, ich wollte noch einmal die Krönungszeremonie ansprechen.«

Ich drehe mich um und starre sie an.

»Nein.«

Tamara ist alt, ihr weißes Haar umrahmt ihr faltiges Gesicht, aber mental kann sie es an Stärke mit jedem General aufnehmen. Außerdem ist sie mir sowieso wichtiger als sonst jemand, da sie insgeheim meine Hauptspionin ist.

»Es ist der Wunsch deiner Mutter. Willst du dich dem wirklich widersetzen?«

»Ja. Weil es nicht richtig ist.«

Mara seufzt. Wir hatten diese Diskussion schon zuvor, und auch heute sieht es nicht so aus, als könnten wir uns einigen.

»Wyn, sie muss die Gewissheit haben, dass du ganz offiziell ihren Platz einnimmst. Es wird bald Krieg geben, und sie kann unsere Leute in ihrem gegenwärtigen Zustand nicht anführen.«

»Ich kann auch als Prinzessin die Führung übernehmen«, sage ich mit aller mir zur Verfügung stehenden Autorität in der Stimme. »Dazu muss ich nicht Königin sein.«

»Ich habe dir schon gesagt, dass es Kräfte gibt, die einem durch die Krönung zur Königin zuwachsen. Zu führen, zu heilen, anderen Vertrauen einzuflößen. Du musst sie inspirieren; im Augenblick sind alle noch fasziniert von deinem

Aufstieg in die Reihen der Götter, aber das wird nicht so bleiben. Sicher nicht, wenn sie sich auf dem Schlachtfeld einem feindlichen Schwert gegenübersehen.«

Ich schüttele den Kopf. »Meine Mutter wird wieder gesund werden. Und wenn sie ihren alten Zustand wieder erreicht hat, was dann? Wird es dann zwei Königinnen geben?«

Tamaras stechender Blick wird etwas sanfter. »Du weißt, dass sie nicht genesen wird. Jedenfalls nicht solange der König des Sommerreichs nicht zurückgedrängt wurde, und dann könnte es zu spät sein. Wir brauchen dich jetzt, Wyn. Wir brauchen dich als unsere Königin.«

»Nein. Das geht nicht.«

Ich lasse mich in meinen großen Ledersessel zurückfallen. Die Situation ist vertrackt. Meiner Mutter wird es erst besser gehen, wenn der Krieg gewonnen ist; damit das geschehen kann, brauchen wir allerdings eine Königin. Aber ich kann diese Rolle nicht übernehmen, kann es einfach nicht. Das fühlt sich wie Verrat an meiner Mutter an, auch wenn sie es war, die den Vorschlag gemacht hat.

Besser gesagt, es gefordert hat. Meine Mutter hat mich nicht gebeten, ihre Rolle zu übernehmen. Sie hat es mir befohlen.

»Wie geht es meinem Vater?«, frage ich in der Hoffnung, damit das Thema zu wechseln. Aber ich bezweifle nicht im Geringsten, dass Tamara den nächsten Versuch unternehmen wird, erhoffe mir nur einen kleinen Aufschub.

»Er möchte dich sehen.« Sie wendet sich zum Gehen. »Vielleicht hörst du ja auf ihn.«

Sobald sie draußen ist, schließe ich mittels meiner Magie die Tür. Vielleicht habe ich da etwas zu viel Energie hineingelegt, jedenfalls fällt sie krachend zu. Huch. Gut, aber niemand wird es wagen, mich deshalb zu kritisieren. Auch wenn ich nicht offiziell die Königin bin, behandelt mich jeder schon als solche, selbst die Ratsmitglieder. Ärgerlich.

Ich unterschreibe noch zwei Dokumente, die jemand – wahrscheinlich Mara – in meinen Eingangskorb gelegt hat. Dann verlasse ich das Büro und mache mich auf den Weg zu den königlichen Gemächern. Vor zwei Tagen wurde mein Vater aus dem Krankenflügel entlassen und soll sich nun in bequemerer Umgebung weiter erholen. Körperlich ist er fast wiederhergestellt, seelisch aber noch lange nicht. Der Tod meiner Mutter und seine Gefangenschaft haben tiefe Spuren in seinem Geist hinterlassen. Er ist nicht mehr der Mann, als den ich ihn in Erinnerung habe. Er hat schon immer seine Gefühle gezeigt, aber jetzt ist er so sensibel, dass er beinahe jedes Mal Tränen vergießt, wenn ich bei ihm bin. Irgendwie beneide ich ihn, dass er seine Gefühle so offen zeigen darf. Ich dagegen muss immer den äußeren Schein wahren, darf mir nicht anmerken lassen, wie es im Innern bei mir aussieht. Wie gebrochen ich bin.

Zwei Wachen stehen vor den Türen, die zum neuen Quartier meines Vaters führen. Sie verbeugen sich tief vor mir, als ich mich nähere und öffnen die Flügeltür vor mir. Zumindest sprechen sie mich nicht als ‚Königin' an, wie das kürzlich andere Wachleute getan haben. Ich habe ihnen angedroht, sie zu degradieren, wenn das noch einmal vorkommen sollte. Das ist Verrat.

Mein Vater liegt noch im Bett, sein Körper zeichnet sich nur als kleine Beule unter der Bettdecke ab. Er hat während der Gefangenschaft so viel an Gewicht verloren, und trotz der besten Bemühungen der Köche, die ihm ständig sein Lieblingsessen kochen, nimmt er nur wenig zu sich. Er hat offensichtlich den Lebenswillen verloren. Er achtet auch nicht mehr auf sein Äußeres; sein Bart ist struppig und ungepflegt, so ganz anders als der glattrasierte Vater, der er früher einmal war. Ich muss einem der Barbiere sagen, dass er bei ihm vorbeikommen soll. Vielleicht war er ja auch nur zu schwach, sich selbst zu rasieren.

»Papa, wie geht's dir?«

Er ist wach, starrt an die Decke. Es bricht mir das Herz, ihn in diesem mitleiderweckenden Zustand zu sehen. Das darf einfach nicht sein. Er war immer ein Vorbild für mich, bei aller Albernheit, die er gelegentlich an den Tag legte.

»Papa?«, beginne ich wieder und setze mich auf die Bettkante.

Er reagiert nicht, starrt nur nach oben. Ich schaue nun selbst hinauf, um festzustellen, ob es da etwas Besonderes gibt, aber nein, dort ist nur die normale Zimmerdecke. Nicht einmal schwebende Lichter schwirren an ihr herum.

»Kann ich etwas für dich tun?«, frage ich leise und nehme seine Hände in meine. Endlich scheint er sich meiner Anwesenheit bewusst zu werden.

»Wyn?«

»Ja, wie sie leibt und lebt.«

Er lächelt nicht, also, zumindest seine Aura deutet auf keinerlei Regung in diese Richtung.

»War das alles nur ein Albtraum?«, fragt er langsam.

In mir zieht sich alles zusammen, als ich die aufkeimende Hoffnung in seiner Stimme höre. »Nein, Papa, das war es nicht. Sie lebt nicht mehr.«

»Sie war so tapfer«, murmelt er. »So tapfer. Genau wie du.«

Ich zucke zusammen. »Ich bin überhaupt nicht mutig. Denn sonst wäre ich jetzt schon im Schloss der Morrigan und würde sie für all ihre Schandtaten zur Rechenschaft ziehen. Aber nein, ich bin wie ein Feigling davongerannt.«

Er richtet sich ein wenig auf, ich helfe ihm dabei und stopfe ihm ein Kissen in den Rücken.

»Du musstest andere schützen. Es ist manchmal mutiger, nicht zu kämpfen als zu den Waffen zu greifen.«

Ich starre ihn an. »Seit wann bist du denn unter die Philosophen gegangen?«

Er verzieht das Gesicht. »Das war ich schon immer. Ich hatte aber noch nie Gelegenheit, über Kämpfe oder Mut zu schwadronieren. Ich wünschte, die hätte ich jetzt auch nicht.«

»Verstehe ich gut«, seufze ich. »Die Welt ist so sonderbar geworden. Manchmal würde ich am liebsten auf die Erde zurückkehren und wieder mein menschliches Leben führen.«

»Nein«, sagt er mit etwas kräftigerer Stimme. »Du gehörst hierher. Dies ist deine Welt, Wyn. Unser Leben hat dir nie genügt. Du bist dazu bestimmt, etwas Größeres zu werden, und das weißt du auch. Sieh dich an, sieh, wie die anderen dich behandeln. Du bist etwas Besonderes, mein Liebling.«

Ich schüttele den Kopf. »Ich wünschte, das wäre anders.«

»Wir wollen doch alle jemand sein, der wir nicht sind«, sagt er, und seine Stimme klingt so, als würde er lächeln. Wenn ich doch nur sein Gesicht richtig erkennen könnte! »Ich will kein Witwer sein. Ich will nicht das Opfer der Morrigan sein. Aber weißt du was? Ich bin stolz darauf, der Vater einer Göttin zu sein!«

Seine Aura funkelt vor Stolz. Eigentlich will ich ihm sagen, dass ich keine richtige Göttin bin, dass man keineswegs stolz auf mich sein muss, aber ich will diesen Funken der Lebendigkeit nicht gleich im Keim ersticken.

»Wenn du dich gut genug fühlst, kann ich dir den Hof vorstellen«, sage ich stattdessen und nutze gleich den Umstand, dass er heute mehr Energie zu haben scheint als sonst. »Sie sind alle begierig darauf, den Menschen kennenzulernen, der mich aufgezogen hat.«

»Ach nein, ich glaube, das ist nichts für mich. Deine Mutter hätte das sicherlich genossen, aber ich bleibe lieber hier, wenn du einverstanden bist. Ich mag keine Menschenmengen.«

Ich lächele. »Ja, das wäre mir persönlich auch lieber, ehrlich gesagt. Aber es ist Teil meiner Aufgabe«, füge ich seufzend hinzu. »Ich sollte besser zurückgehen. Später am Tag haben wir noch eine Ratsversammlung, auf die ich mich vorbereiten muss. Die verspricht recht lang zu werden.«

»Ich beneide dich nicht. Obwohl diese Tamara recht vernünftig zu sein scheint.«

»War Mara denn hier?«

»Sicher doch, sie wollte alles über das Gefängnis erfahren, in dem sie mich eingesperrt hatten. Sie ist dabei sehr behutsam vorgegangen.«

Das kann ich mir irgendwie nicht vorstellen, aber wenn er diesen Eindruck hatte, ist ja alles in Ordnung. Und ich bin froh, einen Punkt auf meiner Liste abhaken zu können. Ich habe abgewartet, bevor ich ihm Fragen zu seiner Gefangenschaft stellen wollte. Sturm hat mir einen ausführlichen Bericht gegeben, nachdem wir wieder im Palast waren; er hat sich einen guten Überblick über das Versteck der Morrigan verschafft.

Ich kann gar nicht glauben, dass wir erst vor einer Woche von dort zurückgekehrt sind. Seither ist so viel geschehen, andererseits nicht so viel, wie vielleicht möglich gewesen wäre. Mein persönliches Leben hat sich gewandelt, mein ganzes Wesen, aber die politische Situation ist unverändert. Wir haben von der Morrigan nichts gehört, seit wir meinen Vater aus deren Verlies befreit haben. Sie ist nicht länger an diesem Ort, falls sie aber zurückkehrt, werden uns die am Tor postierten Spione Mitteilung machen.

Angus bewegt seine Truppen nicht länger, sie befinden sich allerdings dicht an unserer Grenze. Es ist, als hielte jeder den Atem an vor der großen Schlacht, die unweigerlich kommen muss. Im Augenblick hoffe ich, wir können diese Zeit des Friedens noch etwas verlängern. Aber Frieden ist das falsche Wort – es handelt sich eher um die Abwesenheit von Krieg.

Ich verabschiede mich von meinem Vater und weise die Wachen an der Tür an, den Barbier kommen zu lassen. Vielleicht versteht mein Vater ja diesen Wink mit dem Zaunpfahl.

Ich kehre in mein Büro zurück und fühle mich etwas besser. So traumatisiert mein Vater zu Beginn des Besuchs schien, blitzte gegen Ende doch wieder sein normales Selbst auf. Das ist ein kleiner Fortschritt, der mich hoffnungsvoll stimmt.

Ich schließe die Tür zu meinem Arbeitszimmer und lehne mich tief atmend dagegen. Jetzt muss ich also wieder die Thronerbin sein.

»Schwieriger Tag?«

Ich fahre erschrocken hoch und halte meine Magie bereit. Erst dann merke ich, dass es Frost ist, der da auf meinem Stuhl sitzt und die Füße auf meinen Schreibtisch gelegt hat.

»Was tust du hier?« Ich schiebe meine Magie wieder zurück, obwohl sie sich mit Händen und Füßen dagegen sträubt.

»Wollte nur sehen, wie's dir geht.« Seine Stimme klingt belustigt, sicher lächelt er. Wenn ich es doch nur sehen könnte!

»Du siehst traurig aus«, fügt er sanft hinzu und steht auf.

»Hab mich noch nicht an all die Veränderungen gewöhnt«, murmele ich und lasse mich in seine Arme fallen. »Das mit den Augen macht mir zu schaffen.«

Er hält mich fest. »Wir werden eine Lösung finden. Deine Mutter kann doch normal sehen, es gibt also bestimmt eine Möglichkeit. Und außerdem, warum zum Henker willst du uns genauer sehen? Crispin ist doch der Einzige, den man als hübsch bezeichnen könnte.«

Ich lache. »Willst du jetzt von mir hören, dass ihr alle umwerfend ausseht?«

»Ertappt. Also los, sag's schon.«

Stattdessen küsse ich ihn. Zum Glück ist mein Körper sehr

vertraut mit Frosts und weiß genau, wo seine Lippen auf mich warten. Dafür muss ich nicht genauer sehen können.

Er öffnet die Lippen und lässt mich ein. Ich küsse ihn auf eine besitzergreifende Art, zeige ihm, dass er mir gehört, dass ich ihn nicht gehen lassen werde. Vergangene Woche habe ich ihn beinahe verloren, und das soll nicht wieder geschehen. Der Tod darf einfach nicht zwischen uns treten. Nicht zwischen Frost und mich oder einen der anderen Männer. Ich verbiete ihnen einfach zu sterben.

Unsere Zungen vollführen einen munteren Tanz, und er lässt seine Hände weiter nach unten gleiten, bis er meinen Hosenbund erreicht hat. Momentan weigere ich mich standhaft, ein Kleid zu tragen. Es erscheint mir nicht richtig, hübsche Dinge anzuziehen, während das halbe Land sich auf einen Krieg vorbereitet. Das ist jedenfalls die offizielle Version.

Er schlüpft mit einer Hand unter den Stoff und lässt sie über meine nackte Haut gleiten.

»Ich will dich«, grummelt er schwer atmend.

Ich antworte gar nicht erst. Ganz sicher kann er aus meinen harten Nippeln, die gegen seine Brust drücken, sehr richtig schlussfolgern, dass es mir genauso geht. Ich fummele an seinem Gürtel herum – warum trägt er nur immer einen Gürtel? Der erschwert doch nur das Vorwärtskommen.

Dann fällt mir wieder ein, dass ich jetzt ja eine Göttin bin, und ich muss grinsen.

»Schau mal, was ich kann«, flüstere ich und weise meine Magie an, ihren Teil beizutragen.

»Ich bin nackt«, stellt Frost nur Sekundenbruchteile später fest. »Und du auch.«

»Das war ja Sinn und Zweck der Sache«, kichere ich. »Schau mal auf den Schreibtisch.«

Er dreht sich um und muss lachen. »Du bringst einfach alles fertig.«

»Teil der Jobbeschreibung.« Ich habe alles, was dort herumlag, weggeschafft und in eine Ecke des Zimmers verbannt. Ich hatte noch nie Sex auf einem Tisch, und es klingt, als könnte das Spaß machen.

Ohne Vorwarnung hebt mich Frost hoch und trägt mich zur Tischplatte. Ich schlinge die Beine um ihn herum, spüre seine Härte schon gegen meinen Hintern drücken. Das Vorspiel können wir uns heute wohl schenken.

Er setzt mich auf dem Tisch ab und beugt sich zu mir herab, um mich wieder zu küssen. Sein Atem schlägt heiß gegen meinen; sein frischer Geruch nach Seetang betört meine Sinne. Mein Frost.

Ich halte ihn weiter fest, bringe ihn dazu, in mich einzudringen. Er braucht keine besondere Aufforderung. Sein Schwanz ist hart, und ich bin für ihn bereit. Er gleitet ohne viel Widerstand in mich hinein, und ich stöhne, während ich ihn weiter küsse. Bin mir ziemlich sicher, dass meine Fingernägel rote Striemen auf seinem Rücken hinterlassen, aber er beschwert sich nicht. Sein Rhythmus wird schneller, er stößt mit immer größerer Geschwindigkeit in mich hinein. Meine Brüste reiben gegen seine Brust, schicken kleine Blitze direkt in mein Innerstes.

Der Tisch knarrt unter uns, aber mit Hilfe meiner Magie sorge ich dafür, dass er nicht zusammenbrechen wird. Das wäre jetzt wie eine kalte Dusche.

Je dichter ich dem Höhepunkt komme, umso lauter wird mein Stöhnen. Frost atmet schwer, seine Lippen landen immer dann auf meinen, wenn er in mich hineinstößt und sind dann für eine Sekunde wieder verschwunden. Das ist ein Katz-und-Maus-Spiel, das mich schier um den Verstand bringt. Ich könnte ihn mit Hilfe meiner Magie bei mir halten, aber das wäre ihm wohl nicht recht.

Wahrscheinlich sieht er mich an, aber ich sehe nur seine

helle Silhouette. Goldenes Licht umgibt ihn und verwandelt sich in Tausende kleiner Funken, als er in mir kommt. Ich brauche noch eine zusätzliche Sekunde, muss noch einmal seinen Schwanz in meinem Innersten spüren, bevor ich mich auflöse, dabei meine Arme um seinen Nacken lege, um nicht die Balance zu verlieren. Schauer durchfahren mich – und irgendetwas explodiert.

»Wyn, jetzt krieg mal deine Magie unter Kontrolle«, warnt mich Frost, aber zu spät. Funken fliegen, regenbogenfarbene Wolken verteilen sich überall im Zimmer, und mir schlägt der Geruch von verbranntem Holz entgegen.

»Was habe ich getan?« Ich kann meinen Blick noch nicht so richtig fokussieren, alles ist noch in viele kleine glückliche Teilchen zerlegt.

»Ähm … das Bücherregal… Lass mich mal.«

Er macht einen Schritt zurück und sammelt seine Wasser-Magie, deren Azurblau einen hübschen Kontrast zu seinem ansonsten goldenen Schein bildet. Es fühlt sich komisch an, jemand anderem beim Zaubern zuzusehen. Er schickt seine magischen Kräfte wie ein Netz aus blauen Fasern in Richtung Bücherregal; und als sie dort ankommen, verwandelt er sie mittels eines Funken in Wasser. Wahrscheinlich läuft es nicht ganz genauso ab, aber das sind meine neuen Sinneseindrücke.

»Hab ich irgendwelche Bücher verbrannt?«

Ich will mich gar nicht umdrehen und mir den Schaden besehen. Kann ich nicht *einmal* ganz normalen Sex haben? Irgendwie kommt es dabei immer zu Explosionen, Verbrennungen, oder wir werden von jemandem unterbrochen. Zumindest hatten wir diesmal beide einen Höhepunkt, bevor sich das Unvermeidliche ereignete.

»Nur eines.«

»Sag's mir… oh, ich glaube, ich weiß welches.«

Ich lasse das, was von dem Buch übrig ist, zu mir fliegen

und halte es in meinen Händen. Bruchstücke des Wissens werden für mich erkennbar, aber ungeordnet und zerstört. Dieses Buch ist nicht zu retten, so viel ist sicher.

»Frost«, frage ich vorsichtig. »Du weißt sicher, dass man mit Enthauptung bestraft wird, wenn man ein Buch nicht in die Bücherei des Lebens zurückbringt. Was denkst du steht auf Verbrennen eines ihrer Bücher?«

Sein Aufstöhnen ist beredt genug. Da wird sich ein Bibliothekar ganz furchtbar ärgern.

KAPITEL Zwei

Sturm ist der Einzige, der in der Ratsversammlung fehlt. Er inspiziert heute an der südlichen Grenze unsere Truppen. Ich habe ihn heute Morgen dorthin teleportiert und werde ihn heute Abend wieder abholen. Das erspart ihm einen langen Flug. Und im Augenblick ist Geschwindigkeit einfach alles. Wir wissen nicht, wo und wann unsere Feinde zuschlagen werden, gehen aber davon aus, dass ein Angriff unmittelbar bevorsteht.

Ich will gerade die Versammlung eröffnen, als die Tür aufgerissen wird.

»Eure Majestät, ein Besucher ist da.«

Ich sehe den Bediensteten stirnrunzelnd an. »Wir sind gerade in einer Besprechung. Dieser Besucher kann doch sicher warten.«

Der Diener fühlt sich sichtlich unwohl bei meinen Worten, rührt sich aber nicht vom Fleck.

»Mylady… es ist kein normaler Besucher. Er ist nicht einmal…Verzeihung, Eure Majestät, aber es handelt sich um ein Einhorn!«

Ich muss lachen. »Heißt er etwa Blaze?«

Er nickt. »Ja, er hat sich als Lord Blaze vorgestellt. Ich bin mir nicht sicher, ob er überhaupt ein Lord ist, oder ob Einhörner sich nur auf diese Weise ausdrücken...«

»Du kannst jetzt gehen«, unterbricht Gwain den Diener.

»Ich werde mal schauen, was Blaze will«, verkünde ich und bin schon halb an der Tür. »Wenn das Einhorn uns hier im Palast aufsucht, muss es wichtig sein.«

»Wir werden die weniger wichtigen Dinge während Eurer Abwesenheit besprechen«, versichert Tamara. So kann ich mir also Zeit lassen. Je länger ich der Sitzung fernbleiben kann, umso besser. Ich verstehe sowieso nicht, warum wir uns mit solch nichtigen Dingen befassen müssen angesichts des heraufziehenden Krieges an unserer Grenze. Wer schert sich derzeit schon um Streitigkeiten über Landbesitz und Nahrungsmittelsteuern. Gut, einigen Ratsmitgliedern ist das offenkundig wichtig. Und leider muss ich sie bei der Stange halten, damit sie mich in den wichtigen Dingen unterstützen. Wie den bevorstehenden Kämpfen. Seufz. Das Leben als Königliche Hoheit ist wirklich nicht, was man sich landläufig davon verspricht.

Ich eile zum Hauptempfangszimmer, wo ich Blaze vermute. Moment mal, Vermutungen gehören doch der Vergangenheit an. Ich lasse meine Magie walten und frage sie nach Blazes Aufenthaltsort – und bin froh, dass ich es getan habe. Er ist nämlich keineswegs in den Innenräumen, sondern wartet draußen im Hof dicht am Eingang des Palastes. Vielleicht will er nicht mit zu vielen menschlichen Wesen zusammenkommen.

Ich ändere die Richtung und nehme eine der Rutschen, um schneller ins Erdgeschoss zu gelangen. Diese Art von Treppenabgängen ist immer noch ein Aspekt, den ich mit am meisten schätze in diesem Palast. Ich rufe »Königin« und setze mich auf die oberste Stufe. Innerhalb einer Sekunde verwandeln sich die Treppenstufen in eine bequeme Rutsche, auf der ich in rasender Geschwindigkeit nach unten gleite. Ist doch toll, dass sie die höchste Geschwindigkeitsstufe ‚Königin' genannt haben. Jetzt, wo ich die Rolle meiner Mutter übernommen habe, verstehe ich das erst richtig. Ich bin immer in Eile, wenn ich irgendwo hin muss.

Moment mal. Ich hätte mich auch teleportieren können. Ich Dummchen. Bin halt immer noch ein Lehrling, was meine neuen Kräfte angeht.

Andererseits muss man vielleicht nicht für alles die höchste Form der Magie einsetzen. Ich gehe um zwei Ecken und erreiche den Hof durch eine weiße Holztür, die mit eingeschnitzten Blumen und Blätterranken verziert ist.

Blaze scheint sich dort in der Mitte des Platzes nicht ganz wohl zu fühlen. Er stößt mit seinem Horn gegen eine krumm gewachsene Blume; er langweilt sich ganz offensichtlich.

Dieses Einhorn bietet immer wieder einen faszinierenden Anblick. Er funkelt durch und durch, nicht nur an der Oberfläche. Seine Aura besteht aus lauter regenbogenfarbenen Funken, dem regenbogenfarbenen Nebel in seiner Höhle vergleichbar. Aber sein Horn ist das Bemerkenswerteste an seiner Erscheinung. Dort scheint seine gesamte Magie konzentriert zu sein, wirbelt dort herum, windet sich, festgehalten an diesem Ort. Seine Magie leuchtet hell silbern, ist beinahe zu hell und sehr viel potenter als ich früher annahm.

»Blaze«, rufe ich ihn an, und er dreht sich zu mir um. »Wie schön, dich wiederzusehen.« Mir fällt ein, wie ich ihn das letzte Mal gesehen habe, angesengt und furchtsam, und füge hinzu »Ich entschuldige mich für letztes Mal. Da war ich nicht ganz ich selbst.«

Er neigt seinen Kopf. »Ich weiß, denk nicht weiter darüber nach. Ich bin nicht deinetwegen weggelaufen. Man hat mich gerufen.«

»Ach ja?« Ich setze mich auf eine der Bänke. Es ist eisig kalt, und ich lasse ein bisschen Magie in die Metallstäbe sickern, um sie auf Wohlfühltemperatur zu bringen. Früher wären dafür viele komplizierte Denkvorgänge nötig gewesen, jetzt reicht ein »warm machen«, und schon geschieht es. Wäre Magie von Anfang an so leicht gewesen, hätte ich nie bei meinen Wächtern Unterricht nehmen müssen. Andererseits bin ich dankbar, dass ich genaue Kenntnis darüber erworben habe, wie Magie überhaupt funktioniert. Sollte ich diese neu erworbenen Kräfte je wieder verlieren, müsste ich nicht bei null wieder anfangen.

»Ich habe Nachrichten von einem deiner Freunde«, beginnt Blaze. »Aber zunächst einmal – ich habe gehört, dass es Königin Beira nicht gut geht?«

Ich nicke und seufze. »Ja, sie ist schon eine ganze Weile krank. Ich habe ihre Amtsgeschäfte übernommen, bis sie sich wieder erholt hat.«

»Wird sie sich denn erholen?«, fragt Blaze mit etwas mehr Schärfe in der Stimme, als ich von ihm gewohnt bin. Ich sehe ihn überrascht an.

»Ja. Sobald Angus besiegt ist.«

»Bist du sicher?« Es klingt, als würde mir das Einhorn keinen Glauben schenken.

Ich bestätige mit einem weiteren Seufzer. »Ja. Also, was ist deine Botschaft? Von welchem Freund?«

»Der hübschen Wächterin, die zu den Drachen gegangen ist. Ada.«

»Moment mal, Du weißt, wo Ada ist?« Fast wäre ich vor Überraschung von der Bank aufgesprungen, kann mich gerade noch beherrschen. Solches Verhalten geziemt sich nicht für eine Königin. Ähm, Prinzessin, wollte ich sagen. Ich bin nicht die Königin.

»Ja, weiß ich. Sie hat mich zu sich gerufen, auch wenn sie sich dessen gar nicht bewusst war. Sie ist mit ihren Wächtern weit gereist, hat viele Abenteuer bestanden. Ich bin mir nicht sicher, ob ich all ihren Erzählungen Glauben schenken kann, aber wer weiß, vielleicht ist es die Wahrheit. Wie dem auch sei, sie ist dem Drachen in sein Reich gefolgt.«

»Ins Drachenreich?«, unterbreche ich ihn. »Wir dachten, die Drachen würden die Morrigan unterstützen. Sie haben keine unserer Botschaften beantwortet, und ihr offizieller Vertreter ist verschwunden.«

»Sie haben die Morrigan nicht unterstützt, jedenfalls nicht freiwillig. Sie hatte Macht über die Drachen, aber das ist vorbei. Ada sagt, die Drachen werden dir helfen, wollen dich aber erst einmal persönlich treffen. Sie behalten sich die Entscheidung vor, ob du stark genug bist, sie in die Schlacht zu führen.« Er lacht. »Sie sind fast so stolze Geschöpfe wie Einhörner.«

Ich lasse mir seine Worte durch den Kopf gehen. Drachen. Ada. Der Gefangene. Ich hatte sie fast vergessen und auch den Mann, den sie aus unserem Verlies befreit hat. Es gab so viele wichtigere Dinge zu erledigen, und wir hatten nicht die nötigen Mittel, die wir in eine Suche nach ihnen hätten investieren können. Jetzt bin ich beinahe froh, dass wir es nicht getan haben. Offenbar hat Ada ohne unser Zutun Erstaunliches erreicht.

»Wo soll dieses Treffen stattfinden?«, frage ich Blaze. »Kommen sie her?«

Er schüttelt seinen großen Kopf. »Nein, dazu fehlt ihnen das Vertrauen. Wenn du erfährst, was ihnen widerfahren ist, wirst du das verstehen. Sie wollen, dass du zu ihnen ins Drachenreich kommst, und das sobald wie möglich. Ich schlage vor, gleich morgen.«

Ich starre ihn an. »Morgen? Hast du eine Ahnung wie voll mein Terminkalender ist? Ich kann nicht einfach mal so einen Ausflug ins Drachenland machen.«

Er wiehert. »Du bist jetzt eine Göttin, Wyn. Du kannst tun und lassen, was du willst.«

»Woher weißt du, dass ich eine Göttin bin?«

»Du riechst anders. Jede Wette, dass die Funken auch nicht mehr dieselbe große Wirkung auf dich hätten wie vorher. Willst du's mal ausprobieren?«

Ich zucke zusammen beim Gedanken an das erste Mal, als ich die Funken genommen habe. Da wurde ich zu einer hormongesteuerten, liebestollen Psychopathin. Und später wurde ich süchtig danach. Nein, nichts davon möchte ich je wieder erleben.

»Willst du mich provozieren?«, frage ich das kichernde Einhorn.

»Vielleicht. Macht doch Spaß. Und jetzt – könnte ich vielleicht was zu essen haben? War ein langer Ritt hierher.«

Ich lächele. »Was hättest du denn gern? Ich gebe zu, ich habe keine Ahnung, was Einhörner so essen.«

»Magie. Wir essen Magie. Das solltest du wirklich mittlerweile wissen.«

»Und wie soll das funktionieren?«, frage ich. Ich habe wirklich keine Ahnung. Als wir damals in seiner Höhle unser erstes gemeinsames Picknick hatten, aß er nicht mit uns, und auch bei nachfolgenden Besuchen habe ich ihn nie essen sehen. Aber Magie? Isst er etwa *meine* Magie?

»Das ist wie grasen. Wir sind von Magie umgeben, müssen sie nur in uns aufnehmen. Und ein Ort wie dieser Palast quillt praktisch über von Magie. Ich schmecke sie. Du musst mir nur einen Platz zeigen, an dem viel Magie eingesetzt wird, dann bin ich völlig zufrieden.«

Ich denke einen Augenblick lang nach. »Da bietet sich wohl einer der Übungshöfe an. Der dürfte voller Magie sein.«

Ich führe Blaze durch den Palast, was mir sicher einige neugierige Blicke einbringt. In diesem Fall bin ich ganz froh, dass ich die Gesichter der Leute nicht sehen kann. Die meisten von ihnen dürften noch nie ein Einhorn gesehen haben. Meine Wächter haben gesagt, Blaze sei das Einzige, dem sie je begegnet seien, und die sind sehr viel mehr herumgekommen als die meisten der Palastbewohner.

Als wir den nächstgelegenen Übungshof betreten, sind dort einige Wächter damit beschäftigt, magische Kampfmittel aufeinander abzuschießen. Die meisten Kampftrainings sind wegen der Kriegsvorbereitungen verschoben worden, aber für die Neulinge werden noch Übungen durchgeführt. Meine Mutter hat schon lange keine Wächter mehr erschaffen, das tun gelegentlich nur noch einige der anderen starken Götter und Göttinnen. Die meisten ihrer Sprösslinge landen dann hier im Palast, um uns zu dienen, zu unterhalten und wahrscheinlich auch uns auszuspionieren.

Als der Erste der Übenden uns sieht, schreit er auf und lässt seinen Gegner kurz aus den Augen. Ich wische den Feuerball zur Seite, der ihn sonst getroffen hätte und scheuche sie alle weg. Sie verbeugen sich und rennen davon. Bin ich wirklich so furchteinflößend?

»Du hättest sie ruhig bleiben lassen können«, beschwert sich Blaze. »Ihre Magie hat gut geschmeckt.«

Ich zucke mit den Schultern. »Zu spät. Findest du hier genug zu essen?«

Er senkt den Kopf zu Boden, und sein Horn funkelt noch mehr als zuvor. Mit meinen neu erworbenen Sinnen kann ich sehen, wie Magie aus der Umgebung in dieses Horn gezogen wird. Faszinierend.

»Dauert das lange?«, frage ich ihn, während ich beobachte, wie immer mehr Magie in seine Richtung wandert.

»Mmhm, köstlich«, sagt das Einhorn und klingt, als würde es auf etwas kauen. »Ein oder zwei Stunden ungefähr. Hier gibt's so viel Magie. Was für eine Verschwendung! Ich sollte öfter herkommen.«

Eine Stunde? Echt jetzt? Andererseits dauern unsere Festmähler bedeutend länger, ich sollte ihm also die Zeit gönnen.

»Dann lasse ich dich so lange hier allein, und du kannst in Ruhe essen. Sag einfach einem Wachposten Bescheid, wenn du fertig bist, dann komme ich zurück.«

Blaze antwortet nicht, ist zu sehr mit seiner magischen Mahlzeit beschäftigt.

Lächelnd überlasse ich ihn diesem Vergnügen und gehe zurück ins Ratszimmer.

❄

Ich kann schon von weitem den Lärm hören. Ist anscheinend eine lebhafte Sitzung. Der Rat war nicht mehr ganz so zerstritten seit ich Magnus, den Schatzmeister, entlassen und durch Anton ersetzt habe, aber es gibt natürlich trotzdem weiterhin viele Debatten. Alle Ratsmitglieder sind Experten auf ihrem Spezialgebiet und es nicht gewohnt, Kritik einzustecken.

Seufzend betrete ich ohne Vorankündigung den Raum. Sie werden alle sofort ganz still. Gut so.

Ich steuere auf meinen Quasi-Thron am Kopfende des Tisches zu und starre sie von dort aus erst einmal nieder.

»Was ist los?«, frage ich nach ein paar Sekunden und wende mich damit an Tamara.

»Während Ihr fort wart, haben wir Neuigkeiten erhalten. Der Klon ist tot.«

»Der falsche Crispin?«

Nachdem Arc ihn befragt hatte und wir dabei herausfanden, wo die Morrigan sich versteckt hielt, hatte ich keinen weiteren Gedanken an ihn verschwendet. Er sollte ruhig auf ewig im

Verlies bleiben. Ich hätte ihn nicht töten können, allein schon, weil er Crispin so ähnlich sah. Arc hatte mir zwar versichert, dass er im Innern keinerlei Ähnlichkeit mit Crispin hatte, aber trotzdem war eine Hinrichtung für mich keine Option. Deshalb hatte ich die Wachleute angewiesen, ihn auf unbegrenzte Zeit im Gefängnis zu lassen.

»Ja«, antwortet Tamara. »Er wurde vor einer Stunde tot aufgefunden. Man hat noch nicht herausfinden können, woran er gestorben ist, es gibt keine äußerlichen Wunden.«

»Er wurde einer Leibesvisitation unterzogen, bevor man ihn in die Zelle brachte, es kann also kein Gift gewesen sein«, fügt Theodor im Brustton der Überzeugung hinzu.

Ich schüttele den Kopf. »Könnte es doch, wenn jemand es ihm gegeben hat. Oder kann die Morrigan ihre Geschöpfe vielleicht sogar aus der Entfernung töten?«

Theodor nickt widerwillig. »Ich werde ihn nach dieser Sitzung näher untersuchen.«

»Ich will dabei sein«, kündige ich an. Seine Aura wird dunkler; entspricht wahrscheinlich seinem missmutigen Gesichtsausdruck. Er mag mich nicht, keine Ahnung, warum. Wobei ich auch nicht sein größter Fan bin.

»Gut, was gibt es sonst noch zu besprechen?«

Tamara blickt auf die vor ihr liegenden Unterlagen. »Wir haben von etlichen Göttern eine schriftliche Bestätigung erhalten, dass sie uns unterstützen werden. Die meisten von ihnen haben sich zur Entsendung einer vergleichsweise kleinen Zahl von Kriegern verpflichtet, wollen vielleicht erst einmal abwarten, wie Ihr reagiert. Ich würde vorschlagen, die doppelte Anzahl zu verlangen.«

Ich nicke. »Mach das.«

»Das Frühlingsreich wurde befestigt, und unsere Offiziere sind dabei, die Soldaten dort auszubilden. Es hat keine Berichte über das Auftauchen von Feinden gegeben, aber Angus beobachtet mit Sicherheit die Entwicklung dort.«

»Was wissen wir im Hinblick auf Angus' Truppenbewegungen?«, frage ich in dem Bestreben, vom Klein-Klein zu den wichtigeren Nachrichten zu kommen.

»Nicht viel. Er hat seine Armeen schon seit Wochen auf derselben Position gelassen. Wir fangen immer noch regelmäßig Kundschafter und Spione innerhalb unseres Königreichs ab, aber deren Zahl hat nicht zugenommen. Es ist gerade so, als würde er auf etwas warten.«

»Zweifellos die Morrigan«, murmele ich. »Sie ist immer noch nicht wieder aufgetaucht?«

Tamara schüttelt den Kopf. »Nein, und auch keiner der Dämonen. Nicht ein einziger, was schon sehr verdächtig ist.«

»Nicht ein einziger Dämon?«, frage ich, weil das wirklich befremdlich ist. Es ist absolut normal, dass irgendwelche Dämonen irgendwo auf der Erde oder in den anderen Götterreichen Unfrieden stiften. Bei uns weniger, weil unsere Tore gut gesichert sind, aber selbst hier ist es Einigen durch irgendeinen Zufall gelungen, sich einzuschleichen. Man tötet sie normalerweise auf der Stelle.

»Kein einziger«, bestätigt Gwain. »Das ängstigt meine Männer. Keine Dämonen in Sicht ist schlimmer als sie direkt vor Augen zu haben.«

Das verstehe ich. Die meisten Dämonen sind nicht besonders schlau, aber jetzt, wo die Morrigan die Kontrolle über ihr Reich übernommen hat, müssen wir davon ausgehen, dass diese Kontrolle absolut ist. Deshalb bekommt alles im Zusammenhang mit Dämonen eine ganz andere Tragweite.

»Gibt es irgendeine Möglichkeit, Kundschafter ins Dämonenreich zu schicken?«, frage ich sie, aber Gwain schüttelt sofort den Kopf.

»Das Tor von Castle Tioram wurde geschlossen, als wäre es

nie dagewesen. So etwas habe ich noch nicht gesehen. Das Tor sieht einfach tot aus, als würde es nie wieder funktionieren. Selbstverständlich haben wir noch einige Posten vor Ort, die die Lage beobachten. Das Problem ist, dass es einem Selbstmordauftrag gleich käme, meine Kundschafter durch eines unserer Tore ins Dämonenreich zu schicken. Ich bin nicht bereit, das zu riskieren.«

Ich seufze. »Ich wünschte, wir hätten noch Aodh und Chesca. Sie haben einige Dämonen rehabilitiert, die uns wahrscheinlich helfen würden, aber ohne die Beiden werden wir diejenigen wohl nicht auffinden können.«

»Und vergesst nicht, was beim letzten Mal passiert ist, als Ihr einem rehabilitierten Dämonen vertraut habt«, murmelt Tamara und erinnert mich damit an den Tag, an dem meine Eltern entführt wurden. Stimmt, ich könnte einem Dämon wohl nie wieder vertrauen.

»Es läuft also darauf hinaus, dass wir keine Ahnung haben, was bei den Dämonen vor sich geht, oder bei der Morrigan und in gewisser Weise auch im Hinblick auf Angus?«, fasse ich die Lage zusammen, während das flaue Gefühl in meiner Magengegend immer mehr zunimmt.

Gwain stößt einen tiefen Seufzer aus. »Das ist korrekt, Eure Majestät. Im Moment bleibt uns wohl nichts als abzuwarten. Es sei denn, wir würden den ersten Schritt tun und die Kampfhandlungen beginnen, wovon ich aber abraten würde, solange wir keine Informationen über die Absichten der Morrigan haben.«

»Dem stimme ich zu. Ich habe allerdings auch Neuigkeiten«, verkünde ich und spüre, wie aller Augen sich auf mich richten, auch wenn ich das nicht wahrnehmen kann. Vielleicht bilde ich es mir nur ein, vielleicht ist es aber auch ein neuer magischer Sinne. »Die Drachen haben sich mit uns in Verbindung gesetzt.«

Ich muss lachen angesichts ihrer Reaktionen.

»Die Drachen, Eure Hoheit?«, fragt Algonquin, wobei seine Aura vor Aufregung Wirbel produziert.

»Ja, die Drachen.« Ich wende mich an Gwain. »Sieht ganz so aus, als hätte uns Eure Stellvertreterin nicht im Stich gelassen.«

»Ada?« Er klingt gleichermaßen überrascht und erstaunt. »Sie hat sich mit Euch in Verbindung gesetzt?«

Mein Lächeln wird noch breiter. »Mittels Einhorn, ja. Ich kenne noch keine Einzelheiten, aber sie ist anscheinend ins Drachenreich gereist und hat seine Bewohner irgendwie überredet, uns beizustehen. Es wird von größtem Nutzen sein, die Drachen auf unserer Seite zu haben.« Ich erwähne lieber nicht, dass ich noch nie einen gewandelten Drachen gesehen habe, ich also auch nicht weiß, wie gut sie im Kampf sind. Vielleicht sind sie von winziger Gestalt, was meinen Enthusiasmus jetzt aber nicht bremsen soll. »Blaze, das Einhorn, hat gesagt, sie wollten mich zunächst persönlich treffen, um sicher zu gehen, dass wir es wert sind, von ihnen unterstützt zu werden.«

»Das könnte eine Falle sein«, gibt Gwain sofort zu bedenken. »Wie weit traut Ihr diesem Einhorn?«

Ein grauer Wirbel bewegt sich durch seine Aura. Sieht so der Zweifel aus? Ich werde lange brauchen um herauszufinden, was all die Farben bedeuten. Das mag vielleicht vielsagender sein als ein Gesichtsausdruck, ist aber erst einmal sehr verwirrend.

Ich überlege, wie ich Blaze begegnet bin, wie er mich mit Funken versorgt hat. Er war mein Drogendealer, in gewisser Weise, aber aus irgendeinem Grund habe ich völliges Vertrauen in ihn. Seine Aura ist rein, keine Spur von Täuschung darin, bei aller gelegentlichen Bissigkeit.

»Er ist vertrauenswürdig«, sage ich mit fester Stimme. »Wenn er sagt, er ist Ada begegnet, dann stimmt das. Und soweit ich Ada kenne, ist ihre Loyalität beispielhaft.«

Gwain nickt. »Ich hätte nie anders über sie denken sollen«, murmelt er traurig. »Sie war immer eine großartige Soldatin, und eine Freundin.«

»Ihr wart nicht der Einzige«, tröstet ihn Tamara. »Ich hatte nach ihrem Verschwinden auch meine Zweifel. Wir werden uns wohl entschuldigen müssen, wenn sie zurückgekehrt ist.«

Zu meiner Überraschung räuspert sich Anton. Er macht seine Sache als Schatzmeister sehr gut, ergreift in Ratsversammlungen aber nur selten das Wort. »Auch wenn man Ada und dem Einhorn glauben kann, wer sagt uns, dass die Drachen sie nicht belogen haben? Vielleicht wollen sie Euch nur in ihr Reich locken.«

»Nicht auszuschließen«, gebe ich zu. »Aber diese Gelegenheit ist zu günstig, als dass ich sie nicht nutzen würde. Ich werde in Begleitung meiner vier Wächter dorthin reisen. Ich kann mich zwar selbst sehr gut verteidigen, aber ein paar zusätzliche Augen und Ohren können nicht schaden.«

Besorgnis und Widerstreben meiner Berater sind beinahe greifbar, aber ich habe meinen Entschluss gefasst.

Morgen werde ich einigen Drachen begegnen.

KAPITEL
Drei

Es ist wie in alten Zeiten. Meine Männer und ich unterwegs in der Absicht, Verbündete zu finden und Dämonen zu besiegen. Mal abgesehen davon, dass ich jetzt Götterstatus habe und uns teleportieren kann, was uns es uns erspart, auf einen tragbaren Thron, Tore oder das Fliegen zurückgreifen zu müssen. Meine Berater haben mir gesagt, es entspräche den Regeln der Höflichkeit, uns ans Tor zum Drachenreich zu teleportieren statt direkt in eine ihrer Siedlungen. Wobei ich sowieso keine Vorstellung von ihrem Reich habe. Es ist geheimnisumwoben, und nur Wenige haben es bisher betreten. Drachen leben von Natur aus zurückgezogen und ziehen es vor, ihre Vertreter in andere Reiche auszusenden, statt die Gesandten der anderen ihr Gebiet betreten zu lassen.

Algonquin hat mir ein Buch über Drachen gegeben; ich habe es berührt, und jetzt schwirrt mir der gesamte Inhalt im Kopf herum. Er hat sich noch nicht ganz sortiert, weshalb sich gerade leichte Kopfschmerzen bemerkbar machen.

Ich lache leise.

»Was ist los?«, fragt Frost sofort.

»Ich habe ein Buch im Kopf«, kichere ich angesichts der Absurdität dieser Situation. »Ich habe es angefasst, und jetzt ist es in meinem Kopf. Die Kräfte einer Göttin sind wirklich seltsam.«

Er lacht nun auch. »Willst du damit sagen, dass du nicht vorher schon seltsam warst.«

Ich stemme in gespielter Empörung die Hände in die Hüften. »Ich war noch nie seltsam. Ich bin normal, der Rest der Welt eher nicht.«

»Oooookay«, lässt sich Crispin hinter mir hören, der gerade mit den anderen Beiden ankommt. »Tun wir mal so, als hätte ich das nicht gehört, sonst müsste ich jetzt beleidigt sein. Ich bin kein bisschen seltsam. Ich bin Crispin.«

»Du sagst das so, als wäre das eine besondere Kategorie.«

»Ist es auch«, antwortet Crispin fröhlich. »Es gibt Wyn, Crispins und komische Typen.«

Sturm seufzt. »Könnten wir vielleicht alle mal etwas mehr Ernst wahren? Wir sind dabei, in ein unbekanntes Reich zu reisen und haben keine Ahnung, was uns dort erwartet. Vielleicht sollten wir uns darauf vorbereiten, statt uns wie kleine Kinder aufzuführen.«

»Beschuldigst du die Prinzessin des Winterreichs etwa, sich kindisch zu benehmen?«, protestiere ich grinsend. »Ich könnte dich wegen Hochverrats bestrafen lassen.«

Sturm beugt sich zu mir hinunter und flüstert mir ins Ohr »Wenn hier einer bestraft, dann bin ich das.«

Ein freudiger Schauer überläuft mich, schwingt in seinem Ton doch ein süßes Versprechen mit. Ich liebe die dominante Seite an ihm, obwohl er in letzter Zeit wenig Gelegenheit hatte, sie unter Beweis zu stellen. Wenn das hier alles vorbei ist, werde ich mich mit meinen Männern im Schlafzimmer einschließen und sie nicht eher hinauslassen, bis wir ausgiebig und ungestört Zeit miteinander verbracht haben. Vorzugsweise nackt.

Ich atme tief durch. Jetzt sollte ich besser wieder meine königliche Seite zeigen. Nach dem, was in dem Buch in meinem Kopf steht, sind Drachen stolze Gesellen und sehr traditionsbewusst. Ich kenne ihre Traditionen zwar nicht, bin mir aber sicher, dass dazu einiges an Pomp und Zeremonien gehört. Deshalb trage ich auch gerade ein Kleid. Würg. Schien mir aber angebrachter als die Jeans und Bluse, die ich zur Ratsversammlung anhatte. Bei uns haben sich die Leute an mein nicht standesgemäßes Auftreten gewöhnt, aber die Drachen kennen mich noch nicht. Also ein Kleid.

»Bereit?«, frage ich die Männer und spüre ihre Zustimmung durch unsere innere Verbindung. »Haltet euch an mir fest.«

Arc legt von hinten seine Arme um mich, seine breite Brust drückt fest gegen meinen Rücken. Leider kann ich seine Berührung in diesem Moment nicht wirklich genießen. Die beiden anderen halten sich an je einem Arm fest, und schon geht's los.

Es ist unmöglich, Teleportieren richtig zu beschreiben. Es geschieht instinktiv, ist eine rohe Kraft, die einem entgleitet, wenn man versucht, sie in Worte zu fassen. Ich denke an den Zielort, und dann sind wir einfach da; obwohl es schon sehr viel komplizierter ist, als sich das anhört.

Es dauert nicht länger als einen Wimpernschlag.

Wärme schlägt uns entgegen, die Art von Hitze, die auf den Körper drückt, so dass man sich am liebsten die Kleider vom Leib reißen würde. Zum Glück habe ich etwas in der Art vorausgesehen und lieber ein leichteres Kleid gewählt. Die Männer werden in ihrer Schutzkleidung vergehen. Ich schicke ihnen etwas kühle Luft zu, wobei ich sie natürlich lieber selbst streicheln würde. Arc hat mich schon losgelassen und einen

Schritt zurück gemacht – wahrscheinlich auch, weil uns fünf riesige Frauen anstarren.

Sie sind mindestens eins achtzig groß und allesamt sehr, sehr breit. Nicht dick, nur … breit. Als wären ihre Schultern und Hüftpartien ausladender als sie anatomisch eigentlich sein dürften. Diese Frauen sind definitiv keine Menschen.

Auf ihren Köpfen sitzen reich verzierte Helme, aus deren leuchtendem Metall Hörner jeweils unterschiedlichster Formen herausragen. Sie erinnern mich an Wikingerhelme – obwohl mir natürlich bekannt ist, dass die Wikinger selbst nie Hörner an ihren Helmen hatten. Ein Mythos, der sich aber genauso hält wie andere Legenden und Geschichten.

Die Frau in der Mitte der Fünfergruppe tritt vor. Ihr leuchtend rotes Haar umrahmt ein ernst blickendes Gesicht. Eine lange Narbe verläuft von ihrer linken Wange bis zum Haaransatz und lässt sie noch grimmiger erscheinen. Sie würde auch in einem Sommerkleid wie dem meinen immer noch wie eine Kriegerin aussehen.

»Prinzessin Wynter?«, fragt sie mit angenehmer, aber ernster Stimme.

Ich trete vor, spüre, wie meine Männer sich hinter mir aufbauen.

»Ja, danke für die Einladung. Mit wem habe ich das Vergnügen?«

Die Frau neigt den Kopf. »Ich bin Agierth, Beschützerin des Himmels. Dies sind meine Schwestern Ynade und Torsei«, sie zeigt auf die Frauen zu ihrer Linken, »sowie Gayghys und Fraedurth.«

Ich weiß jetzt schon, dass ich mir diese Namen wohl kaum werde merken können. Sie sind doch reichlich ungewöhnlich.

»Es ist mir ein Vergnügen«, antworte ich und bin mir nicht sicher, ob und welchen protokollarischen Regeln ich jetzt folgen sollte. »Ich habe gehört, dass Ada, meine Waffenmeisterin, bei Euch weilt?«

Agierth nickt. »Sie erwartet Euch, ebenso wie die Königlichen Damen. Folgt uns.«

Ich war davon ausgegangen, dass wir gehen oder fliegen würden, aber eine der Frauen – Torsei? – dreht sich um und schwingt ihre Hände durch die Luft, zeichnet ein kompliziertes Muster. Fasziniert sehe ich zu, wie Magie aus der Umgebung gezogen und zu einem dicken Seil verarbeitet wird. Ich habe noch nie etwas Dergleichen gesehen, obwohl ich es wahrscheinlich leicht selbst nachmachen könnte, jetzt, wo ich diese Göttinnen-Kräfte habe. Die Frau macht sich weiter an dem Seil zu schaffen, bis es etwa dreimal so lang ist wie sie selbst, dann wirft sie es in die Luft und bindet die beiden Ende zusammen, so dass ein Kreis entsteht. Innerhalb des Seils knistert die Magie und breitet sich aus, geht mit sich selbst immer neue Verbindungen ein, bis der Innenraum des Kreises vollständig mit einer dünnen Schicht von Magie bedeckt ist. Ich habe diese Art von Konstruktion schon zuvor gesehen. Es ist ein Tor!

Es wird nicht von Dauer sein und sicher auch an Stabilität verlieren, aber diese Frau hat es geschafft, innerhalb weniger Minuten ein Tor zu schaffen.

»Ist das, was ich vermute?«, murmelt Sturm hinter mir, so dass die Frauen es nicht hören können.

»Ja«, gebe ich genauso leise zurück. »Und ich weiß, wie ich das nachmachen kann. Stell dir vor, wie leicht wir unsere Truppen von A nach B bringen können, ohne sie teleportieren zu müssen.«

»Der Ausflug scheint sich schon gelohnt zu haben«, meint Frost. »Selbst wenn sie nicht zu uns an Bord kommen, haben wir etwas für die Zukunft gelernt.«

»Kommt«, sagt Agierth beinahe im Befehlston. »Es wird nicht lange offen bleiben.«

Zwei ihrer Schwestern treten als Erste durch das Tor, dann Agierth. Die beiden anderen warten auf uns.

»Dann mal los«, sage ich zuversichtlich und gehe zum Tor. Seine Magie ruft mich, flüstert mir Geheimnisvolles und Erinnerungen zu. Die Frau, die dieses Tor gerade gezaubert hat, muss mehr von sich mit hineingegeben haben, als ihr bewusst war. Ich versuche, diesen Teil abzublocken, aber einige ihrer Gedanken finden dennoch ihren Weg in meinen Kopf. Ich erschauere angesichts einer bestimmten Erinnerung, die ich lieber zur Seite schiebe, um sie später genauer zu betrachten.

»Was ist los?«, fragt Sturm, als ich angesichts der Intensität der vermittelten Bilder anfange zu schwanken.

»Nichts«, murmele ich, und der nächste Schritt führt mich durch das Tor, dicht gefolgt von meinen Wächtern.

Es wird kein sanfter Gang, dies ist kein normales Tor. Nicht, dass es sonst immer ein Vergnügen wäre, sie zu benutzen, aber man bekommt doch selten das Gefühl, dass es einen buchstäblich zerreißt. Als mich das Tor schließlich ausspuckt, muss ich mich erst einen Augenblick lang sammeln, bevor ich mich umschaue. Wo sind wir hier gelandet?

Hier ist es noch heißer als an der Stelle, wo wir das Drachenreich betraten, am liebsten hätte ich nur einen Bikini an. Wie ertragen das die Leute nur? Vielleicht wäre ich besser an wärmeres Klima gewöhnt, wenn ich nicht in Schottland aufgewachsen wäre, aber das lässt sich nicht ändern. Ich sammele noch mehr kühle Luft und umgebe mich und meine Wächter damit, die auch am anderen Ende des Tores angekommen sind.

»Das war unangenehm«, verkündet Arc. »Mir ist ein bisschen übel.«

»Nicht nur dir«, antwortet Frost mit zitternder Stimme. »Ich glaube, ich muss mich übergeben.«

Ein Griff nach meiner Heiler-Magie, und ich kuriere seinen überreizten Magen, behandle auch den der anderen vorsichtshalber gleich noch mit. Kotzerei im Drachenpalast wäre doch sehr unangemessen.

»Wyn, warst du das?«, fragt Frost erstaunt.

Achselzuckend gebe ich zurück »ist doch ganz leicht.«

Crispin tritt an meine Seite. »Ist es nicht. Ich hätte mindestens eine Minute gebraucht, um das bei uns allen zu schaffen, und ich bin ein erfahrener Heiler. Deine magischen Kräfte sind einfach unglaublich, Wyn.«

Ich fühle, wie ich rot werde. Und kann auf meine neuen Kräfte nicht so recht stolz sein. Schließlich habe ich sie mir nicht verdient. Klar bin ich dankbar, dass ich sie habe, denn sie haben mir geholfen, Frost und meinen Vater zu retten, aber es fühlt sich noch nicht so an, als würden sie wirklich zu mir gehören.

Ich verdränge diese Gedanken und sehe mich endlich genauer um. Wir sind in einem großen offenen Raum, umgeben von roten Sandsteinmauern so hoch wie die höchsten Hochhäuser in Edinburgh. Oben auf ihnen sitzen – Drachen. Echte riesige Drachen, die so viel imposanter aussehen als irgendein Film oder Gemälde auf der Erde sie je zeigen könnte. Sie sind zu schön, um echt zu sein. Einer – oder eine? – von ihnen hat seine Flügel entfaltet und streckt sie der Sonne entgegen. Rotes Sonnenlicht scheint durch die Flügelhäute und lässt sie leuchten und funkeln. Die Drachen haben Hörner auf den Köpfen, die aussehen wie die auf den Helmen der Frauen. Vielleicht haben sie dieselbe Form, wenn die Drachen ihre Gestalt wandeln. Oder – vielleicht befinden sich die Hörner gar nicht auf den Helmen, sondern wachsen aus den Köpfen der Frauen?

Die fünf Frauen des Begrüßungskomitees stehen vor der

Mauer und beobachten uns. Ich kann ihre Gesichter nicht sehen und erkennen, ob sie ungeduldig werden, aber ihre Auren zeigen keine Anzeichen irgendwelcher negativen Strömungen.

Das weite ummauerte Areal ist an der Stirnseite von einer breiten Treppe begrenzt, die zu einer riesigen Tür mit bronzenen Flügeln hinaufführt. Dahinter muss der Palast liegen.

Ich will den Frauen gerade sagen, dass wir bereit sind fortzufahren, als etwas Dunkles den Himmel verdeckt. Ich blicke nach oben, erwarte dort eine große Wolke zu sehen, aber nein, da schwebt ein Drache heran. Er ist noch größer als die oben auf der Mauer, und seine Schuppen sehen irgendwie glatter aus und werfen das Sonnenlicht zurück, brechen es in Millionen kleiner Lichtpunkte. Die meisten anderen Drachen sind rot oder erdfarben, aber dieser hier ist leuchtend blau, mit eingesprengten Tönen von Saphiren und Lapislazuli. Es würde mich nicht wundern, wenn seine Schuppen aus Edelsteinen bestünden.

Der Drache schlägt mit den Flügeln und produziert dabei so viel Wind, dass mir die Haare ins Gesicht fliegen. Ach ja, habe ich das schon erwähnt? Durch die Transformation in eine Göttin sind auch meine Haare wieder gewachsen. Sie sind sogar viel länger als vorher, reichen mir jetzt bis an die Hüften. Ich wollte sie schon lange abschneiden, habe den Friseur aber noch nicht überreden können, es tatsächlich zu tun. Vielleicht sollte ich mir eine Schere besorgen und es einfach selbst tun. Haare dieser Länge sind einfach unpraktisch.

Der Drache landet vor uns und lässt beim Aufkommen den Boden erzittern. Seine Flügel sind noch ausgebreitet, die Muskeln und Sehnen sind gut zu erkennen, die es diesem Riesen ermöglichen zu fliegen. An beiden Seiten wachsen ihm Hörner spiralförmig aus dem Schädel. Sein breites Maul ist leicht geöffnet und gibt den Blick frei auf eine Reihe großer, scharfer Zähne. Er ist wunderschön, aber ganz sicher niemand, mit dem man sich anlegen sollte. Er könnte mich mit einem Happs runterschlucken, noch bevor ich meine Magie aktiviert hätte.

Noch merkwürdiger ist allerdings, dass ich ihn sehen kann. Meine neue Art des Sehens lässt mich Gebäude und Pflanzen wie zuvor erkennen, aber alle Götter und Wächter verschwinden hinter ihrer Aura, ihre Gesichtszüge bleiben mir verborgen. Das hatte ich auch bei Drachen erwartet. Aber vielleicht sind sie Tieren ähnlicher? Nicht, dass ich mich beschweren wollte – die ganzen Details ihrer mächtigen Körper sind ein toller Anblick.

Der Drache faucht, eiskalte Luft legt sich auf uns. Instinktiv ziehe ich etwas heiße Luft um uns herum und hülle die Männer und mich darin ein. Es ist schon etwas Besonderes, einem Eisdrachen in diesem heißen Klima zu begegnen.

Ein eigenartiger blauer Nebel bildet sich um den Drachen herum, er hat dieselbe Farbe wie seine Schuppen. Meine Sinne sagen mir zwar, dass dies keine Magie ist, aber was sollte es anderes sein. Nebel entsteht schließlich nicht einfach so, erst recht kein blauer, und dann begrenzt auf genau diesen Punkt.

Der Nebel verdichtet sich bis der Drache ganz davon bedeckt ist und hinter dem Blau verschwindet.

»Glaubst du, er wandelt sich?«, fragt Arc hinter uns, aber noch bevor ich antworten kann, sehen wir schon, dass er recht hatte. Ein Windstoß vertreibt den blauen Dunst, und da steht eine der atemberaubendsten Frauen, die ich je gesehen habe. Ein eng anliegendes blaues Kleid umschmeichelt ihre ausladenden Hüften und gibt den Blick frei auf ein nicht minder beeindruckendes Dekolleté. Es wundert mich nicht, dass die Farbe des Kleides genau der der Drachenschuppen entspricht.

Sie ist genauso groß wie die Frauen, die uns begrüßt haben,

eher noch etwas größer. Ihre Hörner sind elegant spiralförmig gewunden, dick am unteren Ende, wo sie aus dem dichten schwarzen Haar herauswachsen, und spitz und dünn am oberen Ende. Sie schimmern silbern, genau wie zuvor die Hörner des Drachens. Also doch. Es ist, wie von mir vermutet. Die Hörner sitzen nicht an den Helmen. Die Frauen haben Hörner. Wow. Ob die nicht oft im Wege sind? Bisher haben wir nur weibliche Drachenwandler gesehen. Haben die Männer dieselben Hörner? Und wie machen die das beim Küssen?

Typisch Wyn, denkt als erstes ans Küssen. Jetzt konzentrier dich mal auf die Drachenfrau, die da gerade auf uns zu spaziert kommt!

Ihr Gang unterscheidet sich etwas von dem der Menschen oder Wächter, ist schwerer und wirkt vorsichtiger, so als sei sie es gewohnt, normalerweise eine größere Masse zu bewegen. Dabei macht das keinen weniger eleganten Eindruck, sogar einen durch und durch königlichen. Wie gesagt, dies ist niemand, mit dem man es sich verscherzen sollte.

»Hat sie blaue Augen?«, flüstere ich nur für meine Männer hörbar. Ihr Gesicht verschwindet hinter ihrer magischen Aura, die allerdings weniger intensiv ist als die anderer Leute. Ich kann ihre Züge erahnen, aber eben doch nicht klar ausmachen.

»Ja, dasselbe Blau wie ihre Schuppen«, bestätigt Frost. »Was für eine Erscheinung!«

»Hey, jetzt glotz nicht so«, beschwere ich mich, nur halb im Scherz. Er gehört mir, und dabei bleibt's.

»Keine Sorge, ich steh nicht so auf Hörner«, murmelt er, und ich höre ihn grinsen.

Sturm räuspert sich. »Sei still, das könnte als rassistisch interpretiert werden.«

»Hornistisch«, kichert Crispin.

»Maulhalten«, wiederholt Sturm, und sie sind alle rechtzeitig still, bis die Drachenfrau in Hörweite ist. Falls ihr

Hörvermögen normalen Standards entspricht. Aber die Größe ihrer Ohrmuscheln lässt das vermuten.

Hinter uns bewegt sich etwas, deshalb drehe ich mich um. Die fünf Schwester – falls es sich um Schwestern handelt, vielleicht bezeichnen sie sich auch nur so – standen hinter uns, aber jetzt löst sich Agierth aus der Gruppe und geht vor, an den anderen vorbei, direkt auf die Drachenfrau zu. Und küsst sie. Fest. Direkt auf den Mund.

Sturm räuspert sich erneut. Jo, bin mir auch nicht so ganz sicher, was meine Augen mir da melden. Ist es hier normal, sich in der Öffentlichkeit derart zu küssen? Agierths Hände spielen mit den Haaren der Frau, die ihrerseits ihre Arme um Agierths Taille gelegt hat, mit den Händen fast auf ihrem Hintern. Eine sehr öffentliche Demonstration der Zuneigung.

Ich weiß nicht so recht, was ich tun soll und ob es sich überhaupt geziemt, dem zuzusehen. Vielleicht erwarten sie, dass wir wegschauen? Oder wollen sie uns als Zeugen?

Ich habe mich beinahe daran gewöhnt, halbnackte Wächter und Götter im Palast meiner Mutter zu sehen; aber da geht es lediglich um körperliche Anziehung, das Stillen körperlicher Begierden. Das hier ist anders. Ich kann die Liebe erkennen, die diese beiden Frauen füreinander empfinden, denn ihre Auren haben sich leicht rötlich verfärbt. Auf dieselbe Art wie das der Fall ist, wenn meine Männer mir nahe sind. Ich dachte immer, meine Lieblingsfarbe sei blau, aber seit sich mein Sehen verändert hat, ziehe ich rot vor. Die Farbe der Liebe. Wie einfallslos und doch so schön.

Endlich trennen sich die beiden Frauen voneinander. Ehrlich gesagt, fühle ich mich etwas wenig beachtet. Ich bin schließlich die Erbin des Winterreichs, habe eine lange Reise auf mich genommen und müsste meine Zeit eigentlich mit Kriegsvorbereitungen verbringen. Klar hätte ich gern die Hilfe der Drachen, aber die Art, wie wir hier übersehen werden, ist schon ein starkes Stück.

Ich trete vor, um etwas mehr Aufmerksamkeit zu erhalten. Es funktioniert. Die Frau in Blau – und ihre Magie – nehmen mich ins Visier. Diese Magie verbreitet sich in der Luft um mich herum, als wolle sie mich von allen Seiten betrachten. Fühlt sich nicht bedrohlich an, aber vorsichtshalber verstärke ich meine mentalen Schranken. Sie soll nicht zufällig in meine Gedanken einbrechen können. Durch unsere Verbindung spüre ich, dass meine Männer genauso handeln.

»Kurios«, sagt die Frau laut genug, dass wir es hören können. »Du bist tatsächlich eine Göttin.«

Ich runzele die Stirn. Man hatte mir doch gesagt, dass die Drachen viel Wert auf Hofzeremoniell und Traditionen legen, aber sie hat sich noch nicht einmal vorgestellt oder mich willkommen geheißen. Sie ist bestimmt eine wichtige Persönlichkeit, benimmt sich allerdings überhaupt nicht entsprechend.

»Habt Ihr das bezweifelt?«, frage ich und bemühe mich um einen unverbindlichen Tonfall. Ich will sie nicht herausfordern. Gut, vielleicht schon, aber das wäre unklug.

»Natürlich habe ich das. Man hat uns gesagt, Du wärst eine Halbgöttin, aber vor einigen Tagen hat einer unserer Spione mir dann berichtet, dass du dich in eine richtige Göttin verwandelt hast. Das hätte ich nicht für möglich gehalten.«

»Einer eurer Spione?« Diesmal kann ich einen anklagenden Unterton nicht unterdrücken.

»Liebes Kind, ich hoffe, du bist nicht so naiv zu glauben, dass ich keine Spione in eurem Palast habe. Ich wäre eine schlechte Königin, wenn dem so wäre.«

Ich lächele beschwichtigend. »Natürlich; es überrascht mich nur, dass Ihr so offen darüber redet. Die meisten Leute machen eher ein Geheimnis daraus, dass sie Spione entsenden.«

Sie winkt ab, als bewege sie sich in ganz anderen Sphären als ‚die meisten Leute'. Wahrscheinlich ist dem auch so. Die Autorität, die sie ausstrahlt, kommt nur der meiner Mutter gleich; obwohl bei ihr jetzt nur noch ein Schatten davon zu spüren ist.

»Lass uns hinausgehen«, sagt die Frau und wendet sich ohne weiteres Wort ab, geht auf die großen Türen am anderen Ende des Hofes zu. Agierth folgt ihr auf dem Fuß, hat einen Arm immer noch um ihre ausladenden Hüften gelegt.

»Sollen wir?«, frage ich die Männer, und wir folgen dem merkwürdigen Paar in den Palast der Drachen.

KAPITEL
Vier

Dieser Palast unterscheidet sich nicht wesentlich von dem meiner Mutter, außer in seiner Größe. Alles ist in Drachengröße vorhanden. Die Decken sind so hoch, dass man sie in dem gedämpften Licht von Hunderten von Fackeln an den Wänden kaum erkennen kann. Hier schweben keine Lichter. Alles ist etwas rustikaler und altmodischer als bei uns, aber nicht weniger eindrucksvoll.

Die beiden Frauen warten nicht auf uns, und ihre langen Beine geben ihnen einen entscheidenden Vorteil, ich muss also beinahe rennen, um mit ihnen Schritt zu halten.

»Die sind nicht besonders höflich«, flüstert Frost hinter mir, aber sein Bruder bringt ihn augenblicklich zum Schweigen.

Es wimmelt hier von Leuten, Wachposten an den Türen, Höflinge an jeder Ecke, die uns neugierig beäugen. Mir gefällt, dass höchstens die Hälfte der Frauen Kleider tragen, die andere lose sitzende Hosen oder Tuniken aus glänzendem Leinenmaterial. Viele der Wächter sind ebenfalls Frauen, aber das bin ich schon vom Palast meiner Mutter gewöhnt. Das Geschlecht ist nicht so sehr von Bedeutung, wenn weibliche

Wächter erschaffen werden können, die genauso stark sind wie Männer.

Wir erreichen schließlich Türen, die reicher verziert sind als alles, was ich je gesehen habe. Ein Drachenkopf ist darin eingearbeitet, dessen Augen einen scharf und bedrohlich anstarren. Sie scheinen mich wirklich anzusehen, *in mich hinein* zu sehen, obwohl dies natürlich nur eine metallene Handarbeit ist, nichts Reales.

Die Türen öffnen sich automatisch, und wir folgen den Frauen in den Thronsaal. Er ist leer, den Göttern sei Dank. Ich habe genug davon, dass mich die Leute anstarren, als sei ich ein neues Ausstellungsstück im Museum. Oder gar ein neues Spielzeug, an dem die Drachen herumknabbern könnten.

Zwei Thronsitze stehen unter dem Baldachin, ein großer aus… sind das tatsächlich Schuppen? Sieht wirklich so aus, als sei der Thron bedeckt von großen glänzenden Drachenschuppen in verschiedenen Farben. Es erscheint mir etwas abartig, als Drache auf den Schuppen eines Artgenossen zu sitzen, aber mir steht darüber kein Urteil zu. Der andere Thron ist kleiner und einfach aus Gold. Also, hallo – jetzt denke ich bei Gold schon an ‚einfach'. Ich habe mich wirklich verändert seit der Zeit, als ich als Mensch gelebt habe.

Die Frau im blauen Kleid setzt sich auf den Schuppenthron, während Agierth auf dem kleineren Platz nimmt. Oho, bedeutet das, die Frau, die uns am Tor begrüßt hat, gehört selbst zu den königlichen Hoheiten? Das wurde uns nie mitgeteilt. Warum wohl?

»Ich bin Dewi, die Drachengöttin und Herrscherin in diesem Reich, und ich heiße Euch in meinen Hallen willkommen, Prinzessin Wynter.«

Sie spricht plötzlich so förmlich, ganz anders als zu Beginn.

»Moment mal, Ihr seid eine Göttin?«, platzt es aus mir heraus, bevor ich mich zurückhalten kann.

Dewi lächelt. »Aber sicher doch.«

Wieso kann ich das nicht erspüren? Ich weiß doch, wie die Aura von Göttern aussieht, aber ihre unterscheidet sich stark von der der anderen.

Für mich sieht sie weder wie eine Göttin aus, noch wie ein Mensch, eine Wächterin oder Drachenwandlerin, sondern etwas ganz Eigenes. Sehr merkwürdig, aber ich muss mich vorläufig wohl auf ihr Wort verlassen.

»Ich bin Wynter, die Erbin des Winterthrons, und dies sind Sturm, Frost, Arc und Crispin, meine Wächter. Es ist uns ein Vergnügen, Euch kennenzulernen.«

Ich bin mir noch nicht sicher, ob es tatsächlich ein Vergnügen ist, aber ich will diplomatisch sein und vorläufig auf die höfliche Anrede zurückgreifen. Jedenfalls erst einmal. Irgendwie geht mir diese Göttin gegen den Strich.

Dewi deutet auf Agierth. »Ihr seid meiner Lieblings-Gefährtin schon begegnet. Wir haben uns lange nicht gesehen, deshalb möchte ich dieses Treffen bald beenden. Wir haben noch einiges zu erledigen.«

Den heißen Blicken nach zu urteilen, die die Göttin der anderen Frau zuwirft, kann ich mir die Art dieser ‚Erledigungen' sehr genau vorstellen. Und hat sie da gerade von ‚Lieblings'-Gefährtin gesprochen? Gibt es also noch weitere? Nun, ich habe vier Männer, soll sie doch so viele Frauen haben, wie sie mag. Es ist nicht an mir, das zu beurteilen.

Ich nicke. »Ihr habt uns gerufen. Was möchtet Ihr mit uns besprechen?«

»Ich möchte gar nichts besprechen«, erwidert Dewi von oben herab. »Wenn ich Euch in diesem Krieg gegen die Mächte der Dunkelheit unterstützen soll, muss ich wissen, ob Ihr zur Anführerin berufen seid. Ich habe einen Test für Euch.«

Hinter uns öffnen sich die Türen, und ich drehe mich um.

Eine sehr vertraute Gestalt wird – von Wachleuten umringt – hereingebracht. Ada.

Ich unterdrücke einen Ausruf und bringe meine Gesichtszüge unter Kontrolle, bevor ich mich wieder dem Thron zuwende. Dewi beobachtet mich, sucht wohl nach Schwachpunkten. Ich lächele sie an.

»Ich hatte gehofft, Ada während meiner Anwesenheit zu sehen zu bekommen«, meine ich leicht dahin.

Ein Schatten fällt über ihre Aura, was einem Stirnrunzeln entspricht. »Ihr seid nicht hier, um sie zu sehen. Ihr sollt das Urteil über sie sprechen.«

Ich schaue wieder auf Ada. Ihr Gesicht kann ich zwar nicht sehen, aber ihre Kleidung ist zerlumpt, und sie hinkt etwas. Ist sie hier eine Gefangene? Das ändert die gesamte Situation. Sie ist Bürgerin meines Reichs, fällt also in meinen Verantwortungsbereich. Zum Glück scheint Dewi das genauso zu sehen, obwohl ich nicht weiß, ob das positiv ist.

Die Wachen bleiben vor den Thronsitzen stehen; Ada sieht zwischen ihnen klein und dünn aus. Wo sind ihre Wächter? Und wo ist dieser verdammte Drachenwandler, der ihr die Sache überhaupt erst eingebrockt hat?

Sie wendet den Kopf und sieht mich an. Könnte ich doch nur ihr Gesicht sehen! Ihre Aura ist an manchen Stellen fadenscheinig, sieht keineswegs gesund aus. Sie hat viel durchgemacht, das ist sicher.

»Ada aus dem Winterreich, Dir werden folgende Verbrechen zur Last gelegt: Verrat, Mord und Verschwörung gegen die Herrscher des Drachenreichs. In Abwesenheit von Königin Beira ist ihre Tochter hier, um über dich zu urteilen. Solltest du für schuldig befunden werden, wird das Urteil sofort vollstreckt.« Plötzlich hält eine der Wachen ein flammendes Schwert in Händen. Was eindeutig darauf hinweist, dass auch mit einem Todesurteil zu rechnen ist. Dewi sieht mich direkt an. »Ich hoffe, Ihr werdet Euch richtig entscheiden.«

Ich mache einen Schritt nach vorne, auf Ada zu. Mit Hilfe meiner Magie untersuche ich sie auf Verletzungen. Sie ist unterernährt und hat einen verstauchten Knöchel, ist aber nicht ernsthaft verletzt. Ich heile den Knöchel mit einem einzigen Gedanken und lächele, als Ada überrascht aufatmet.

»Schmerzen könnten ihre Aussage beeinflussen«, murmele ich und bin zufrieden, als ich sehe, wie Adas Aura sich etwas konsolidiert. Gut so.

Ich hebe die Stimme, damit Dewi mich hören kann. »Wollt Ihr die Anklagepunkte näher erläutern oder soll die Angeklagte sie mir erklären.«

»Verrat, weil sie ohne Genehmigung aus dem Winterreich fortgelaufen ist«, erklärt Dewi in gelangweiltem Tonfall, »und weil sie einen der Gefangenen befreit hat. Ich gehe davon aus, dass Euch das bekannt ist.«

Ich nicke kurz, und die Drachenfrau fährt fort.

»Dann kam sie in mein Reich und schlachtete auf dem Weg zum Palast einige meiner Leute ab. Als sie hier ankam, versuchte sie unsere Herrscher beiseite zu schaffen und Unruhe im Land zu stiften.«

»Ich habe Euch geholfen, Euren Thron zurückzubekommen«, faucht Ada und meldet sich damit zum ersten Mal zu Wort. »Ohne mich würdet Ihr nicht dort oben sitzen.«

»Ruhe!«, brüllt Dewi, ihre Aura blitzt gefährlich auf. »Du wirst erst reden, wenn du direkt angesprochen wirst.«

Ich runzele die Stirn. Ada ist nicht als Lügnerin bekannt, wenn das also stimmt… aber das ergibt doch keinen Sinn. Ich brauche weitere Informationen.

»Ada, ich werde in deine Gedanken eindringen«, kündige ich laut genug an, dass jeder mich hören kann. »Das geht viel schneller als die ganzen Aussagen anzuhören und dann zu entscheiden, wer gelogen hat.«

Der letzte Hieb zielt auf Dewi, und ich hoffe, sie hat ihn verstanden.

»Das kannst du nicht«, platzt es aus der Drachengöttin hervor. »Diese Fähigkeit hast du nicht.«

Da wurde wohl ein wunder Punkt berührt, sie vergisst sogar die förmliche Anrede. Immer mehr Fragen türmen sich auf. »Wer hat dir das gesagt?«, frage ich, aber ich glaube es schon zu wissen. Ja – alles deutet auf Ada.

»Du hast mich belogen!«, schreit Dewi, aber Ada schüttelt nur den Kopf.

»Ich schwöre, dass Wyn dazu noch nicht in der Lage war, als wir das Land verließen. Arc, einer ihrer Gefährten, konnte es allerdings sehr wohl.«

Die Situation verwirrt mich immer mehr. Mir fehlt die Geduld, weitere Fragen zu stellen, ich nehme also Adas Gesicht in beide Hände.

»Entspanne deinen Geist«, erkläre ich ihr sanft. »Es wird nicht wehtun.«

Dewi sagt im Hintergrund irgendetwas, aber das ist mir egal. Ich lasse mich in Adas Gedankenwelt treiben und gehe dabei so rücksichtsvoll wie möglich vor, schiebe mich an alten Erinnerungen und Gedanken aus der Vergangenheit vorbei, bis ich in jüngerer Zeit ankomme.

❄

D*er gefangene Drache starrt mich mit geweiteten Augen groß an, er sieht verzweifelt aus. »Die Drachen sind Ziele eines Angriffs«, flüstert er mit rauer, von Erschöpfung gezeichneter Stimme. »Ihr müsst mich gehen lassen. Sie werden nicht mehr lange standhalten können.«*

»Das kannst du doch nicht im Ernst von mir erwarten«, antworte ich mit Adas Stimme. »Du bist verrückt, ich sollte mich gar nicht mit dir unterhalten.«

»Nicht verrückt«, flüstert er. »Sie ist noch in meinem Hirn. Sie ist immer da, tut mir weh, sagt mir, was ich tun soll. Im Moment tut sie das nicht, deshalb kann ich frei sprechen. Und nachdenken. Ich muss hier weg.«

Ich lache. »Siehst du, du bist verrückt. Ich nehme doch an, du würdest das Hören von Stimmen auch so interpretieren.«

»Aber sie ist real«, faucht er. »Sie hat sich im Geist jedes einzelnen Drachen eingenistet. Sie kontrolliert uns, ärgert uns. Bringt uns dazu zu töten. Sie hat die Königin gefangengenommen und jetzt sind wir stattdessen an sie gebunden.«

Bevor ich etwas sagen kann, verdreht er die Augen und fällt nach hinten gegen die Wand, sein Körper zuckt. Er hat einen Anfall. Vielleicht verursacht das ja seine Aussetzer. Weil es eventuell Schaden in seinem Kopf anrichtet.

Seufzend fahre ich fort, mir Notizen über sein Verhalten zu machen. Eigentlich sollte ich ihn vernehmen, aber das hat keinen Sinn. Er brabbelt entweder Unsinn vor sich hin oder ist zu sehr weggetreten, um überhaupt meine Fragen zu verstehen. Ich werde aus ihm nicht schlau, und das beunruhigt mich.

❄

»Hört doch! Hört ihr nur zu!« Er steht da, gegen die Schranke gedrückt, presst die Hände so stark dagegen, dass sie weiß werden.

»Ich kann sie nicht hören«, erkläre ich ihm sanft. Er tut mir leid. Er leidet Schmerzen und hat jetzt immer öfter stärkere Anfälle. »Sie ist in deinem Kopf.«

»Ja, ich weiß, jetzt hör zu.«

Er quetscht eine Hand durch die kleine Öffnung in der

Glasschranke, durch die er normalerweise mit Essen versorgt wird. Ich soll ihn berühren. Von wegen! Was weiß ich denn, was er für Tricks auf Lager hat. Die Zelle befindet sich in einem magischen Vakuum, er kann sich also nicht wandeln und auch keine sonstige Magie anwenden. Aber trotz seiner Schwäche und seinem unterernährten Zustand ist er immer noch größer als ich.

»Sie ist nicht real«, erkläre ich ihm zum hundertsten Mal. »Ich werde sie nicht hören können. Ignorier sie einfach und konzentriere dich auf die Gegenwart.«

»Sie verletzt Mitglieder meines Volkes«, knurrt er, seine Augen wirken auf einmal klarer. »Ich muss etwas tun.«

»Ich bin sicher, sie hätten eine Botschaft geschickt, wenn sie Hilfe bräuchten«, versuche ich ihn zu beruhigen. »Davon wüssten wir.«

»Ihr versteht das nicht«, ruft er verzweifelt. »Sie ist im Kopf jedes Einzelnen. Sie kontrolliert jeden. Wir können nicht um Hilfe bitten, weil sie es nicht will.«

Ich seufze. Auch das haben wir alles schon mehrfach besprochen.

»Lasst es mich Euch zeigen«, bittet er und sieht mich mit seinen wunderschönen mahagonifarbenen Augen an. »Bitte.«

Ich sollte das nicht tun. Das ist nicht professionell. Ich sollte jetzt weggehen und es Arc und der Königin überlassen, sich mit ihm abzugeben. Aber irgendetwas in seinem Blick lässt mich nachgeben und seine Hand ergreifen.

Ein Gesicht erscheint blitzartig vor meinem inneren Auge. Eine Frau mit Haaren so schwarz wie die Nacht und Augen so grausam, dass es weh tut, auch nur hineinzusehen.

Ich weiche stolpernd zurück. »Wer ist das?«

Ich verlasse Adas Gedankenwelt und atme tief durch, bevor ich mich an die Drachenkönigin wende. »Die Morrigan hat die Drachen kontrolliert?«

»Woher weißt du… Du kannst tatsächlich Gedanken lesen«,

bemerkt Dewi erstaunt. Ihre Aura zeigt einen Wechsel von verärgert hin zu etwas anderem.

Ich zucke mit den Schultern. »Habe ich doch gesagt. Wo ist der Gefangene, den Ada befreit hat?«

»In Gewahrsam«, sagt Dewi kurz angebunden. »Der fällt in meinen Hoheitsbereich.«

»Und Adas Wächter?«

»Sie folgten ihren Befehlen. Sie werden dasselbe Schicksal erleiden wie Ada.«

Ihre Stimme ist vollkommen emotionslos. Diese Männer sind ihr völlig egal. Adas Aura wechselt gerade in ein Ärger verkündendes Weiß, ich muss also reagieren, bevor sie etwas Unüberlegtes tut.

»Dewi, würdest du erklären, was geschehen ist, oder soll ich es mir wieder mit Hilfe von Adas Gedanken anschauen?«

Wieder gerät die Aura der Königin in Schwingungen, als wolle sie etwas verbergen.

»Ich werde es erklären«, meldet sich Agierth. Dewi protestiert nicht, was mich verwundert, aber bisher hat mich alles, was sie gesagt oder getan hat, eher verwirrt als dass es die Lage verständlicher gemacht hätte. Ich weiß einfach nicht, was ich aus der Drachenkönigin machen soll.

Agierth steht von ihrem Thron auf und richtet sich auf. »Du hast recht. Wir wurden von der Morrigan angegriffen, und sie nahm unsere Königin gefangen. Die meisten Leute wissen nicht, dass wir mit unserer Königin verbunden sind, dass sie Macht über uns alle hat. Sie macht davon nur selten Gebrauch, aber die Morrigan hat diese Gabe ausgenutzt. Sie hat die wunderbare Magie, die uns alle miteinander verbindet, in etwas verwandelt, was praktisch zu einem Gefängnis für uns alle wurde.«

Sie hält inne, und für mich erklärt das endlich so einiges.

»Der Attentäter, der Drache – er wurde von der Morrigan geschickt? Sie hat ihn dazu getrieben?«

Agierth nickt. »Er hatte keinerlei Wahl. Er war eine Marionette, nur ein Werkzeug. Erst als er sich nicht mehr im Drachenreich und damit unter ihrem direkten Einfluss befand, konnte er gelegentlich klar denken.«

Genau das war meine Beobachtung. Momente der geistigen Klarheit inmitten Tagen der geistigen Umnachtung.

»Warum ist er hier dann ein Gefangener?«, frage ich. »Es war doch nicht seine Schuld?«

»Aus Prinzip«, gibt Dewi unwirsch zurück. »Er hat versucht, das Mitglied einer königlichen Familie zu töten.«

Agierth legt der Königin eine Hand auf die Schulter, was zu meiner Überraschung dazu führt, dass ihre Auren sich berühren und am Rand ineinander fließen. Ob das auch wieder so ein merkwürdiges Drachen-Ding ist?

»Die Wächter und Alastair kamen hierher und haben die Königin befreit.«

»War nicht ganz so einfach, wie es sich bei ihr anhört«, murmelt Ada, und ich muss ein Grinsen unterdrücken.

»Moment mal, wie hat er es geschafft, dass die Morrigan ihn nicht wieder in ihren Bann geschlagen hat? Wurde ihr Einfluss nicht wieder stärker, als er ins Reich zurückkehrte?«, frage ich, und Agierth nickt.

»Sie haben jemanden getroffen. Ein Einhorn.«

»Blaze!«, entfährt es mir. Ich hatte ja nicht geahnt, dass er derart in die Geschichte verwickelt war.

»Ihr kennt ihn?«, fragt Dewi überrascht.

»Er ist mit meinen Männern befreundet«, erkläre ich. »Und mit mir eigentlich auch.«

»Mir war nicht bekannt, dass Einhörner überhaupt Freunde haben«, antwortet die Göttin kalt. Jetzt im Ernst, was stimmt mit dieser Frau nicht? Wieso ist sie so stocksteif und unnahbar?

»Also *mein* Freund ist er jedenfalls«, gebe ich genauso kalt zurück. »Du warst diese Gefangene?«

Ein schwarzer Film legt sich über Dewis Aura. Schmerz? Furcht?

»Ja.« Ihre Stimme ist plötzlich ganz ruhig. »Ich erinnere mich nicht daran.«

Ich seufze. »Weißt du, ich glaube, wir sollten mit den Spielchen aufhören. Ada und ihre Männer werden mich zurück nach Hause begleiten. Der Drachenwandler auch, wenn er will. Er ist in meinem Reich willkommen. Ich nehme an, du willst Rache für das, was die Morrigan dir und deinem Volk angetan hat. Sehr gern. Ihr könnt uns in unserem Kampf gegen sie unterstützen. Wir sind dankbar für jede Hilfe; ich werde aber nicht hier stehen und beweisen, dass ich es wert bin. Wir vergeuden hier nur wertvolle Zeit. Ich werde den Kampf gegen die Morrigan aufnehmen, egal, was ihr vorhabt; ich sehe also keinen Grund, warum wir nicht gemeinsam vorgehen sollten. Wenn ihr euch aber dagegen entscheidet, ist mir das auch recht.«

Innerlich koche ich, lasse das aber meiner Stimme nicht anmerken.

Agierth und Dewi werfen sich einen Blick zu, ihre Auren berühren sich wieder. Ob zwischen ihnen ein Band besteht, das dem zwischen mir und meinen Wächtern ähnelt? Ich kann meine eigene Aura ja nicht sehen, weiß also nicht, ob unsere so ähnlich aussehen. Es scheint sich jedenfalls um eine wunderbare Verbindung zu handeln.

»Du hast uns deine Klauen gezeigt«, sagt Dewi ernsthaft, »und wir haben sie gesehen. Wir erkennen darin deine Stärke und werden euch in den Kampf folgen.«

KAPITEL Fünf

»Wie schön, wieder zu Hause zu sein«, seufzt Ada, als sie meinen Arm loslässt. Ich habe uns in meine Privatgemächer teleportiert, damit wir uns in Ruhe unterhalten können. Ihre Männer sind bei ihr und sehen sich sofort genauestens im Raum um, damit ihnen nicht die kleinste Bedrohung entgeht. Nach allem, was sie erlebt haben, kann ich gut verstehen, dass sie auf der Hut sind.

»Ihr bleibt besser hier, bis ich allgemein verkündet habe, dass ihr nicht länger wegen Hochverrats gesucht werdet«, sage ich grinsend. »Ich will verhindern, dass euch irgendein übereifriger Palastwächter angreift und dabei noch meint, dem Königreich etwas Gutes zu tun.«

»Stimmt, ist eine gute Idee«, knurrt einer der Männer. Ich kann sie nicht richtig auseinander halten. Sie sind Drillinge, und in ihren Uniformen sehen sie sich noch ähnlicher. Diese Uniformen sind im Moment allerdings völlig verdreckt und an vielen Stellen zerrissen.

»Sturm, würdest du dich bitte um diese Herren hier kümmern? Ich muss mit Ada einiges besprechen.«

Seine Aura zeigt Wirbel, als wolle er protestieren, aber er nickt und nimmt die Männer mit hinaus. Der Drachen-Gefangene folgt ihnen – aber Moment mal, ein Gefangener ist er nun nicht mehr. Wohl eher ein Verbündeter. Und ich hoffe, dass auch seine Anfälle nicht mehr auftreten werden.

»Sollen wir bleiben?«, fragt Arc, aber ich schüttele den Kopf.

»Nein, wir brauchen ein bisschen Mädels-Zeit.«

»Klingt gut«, gluckst Crispin. »Falls du danach noch etwas Jungs-Zeit haben möchtest, halten wir uns in unseren Räumen bereit. Voraussichtlich jedenfalls. Es sei denn, jemand findet uns und beschäftigt uns gleich wieder anderweitig.« Er seufzt. »Wir haben es wohl nicht besser verdient.«

Sie lassen uns allein, und ich atme auf. Endlich. »Wie geht's dir?«, frage ich Ada vorsichtig und verfluche einmal mehr meine komischen Augen, die es mir nicht erlauben, ihren Gesichtsausdruck zu sehen.

»Ist irgendwie merkwürdig, wieder hier zu sein«, sagt sie etwas zögernd. »Es gab eine Zeit, da hatte ich das nicht mehr zu hoffen gewagt.«

»Du hast viel mitgemacht, aber ich bin froh, dass wir dich wiederhaben. Ich werde mit Gwain abstimmen müssen, wie wir deine Rückkehr verkünden, aber zunächst einmal möchte ich, dass du dich vollständig erholst, bevor du wieder an die Arbeit gehst.«

»Ich brauche keine…«, protestiert sie, aber ich lasse sie nicht aussprechen.

»Doch, brauchst du. Du brauchst Ruhe und gutes Essen. Du hast dir eine Auszeit wirklich verdient, ebenso wie deine Männer. Ihr seht alle so aus, als würdet ihr zusammenbrechen, wenn ich euch jetzt in einen Kampf schickte.«

»Eure Majestät«, ruft sie leicht empört.

»Ach, tu nicht so. Ich will doch nur euer Bestes.« Ich würde sie gern in den Arm nehmen, aber im Augenblick muss ich mich eher als die Prinzessin, weniger als Freundin geben. Wenn sie könnte wie sie wollte, würde Ada sofort wieder ihren Pflichten nachkommen, aber das darf ich nicht zulassen. Sie braucht wirklich eine Pause.

»Aber zuerst habe ich ein paar Fragen, wenn's recht ist.«

Sie zuckt mit den Schultern. »Nur zu.«

»Können wir den Drachen vertrauen?« Das ist eine gewichtige Frage, aber ich muss es unbedingt wissen. Und Ada kann sie sehr viel besser beantworten als meine Berater.

»Dewi ist eine undankbare Kuh, aber sie will auf jeden Fall Rache, deshalb würde ich bejahen.«, antwortet Ada. »Und Agierth sorgt dafür, dass sie nicht über die Stränge schlägt. Die gehört zu den netteren Drachen und ist eine der wenigen, die in der Lage waren, der Morrigan wenigstens ein bisschen die Stirn zu bieten. Ich kann Euch nicht versprechen, dass sie den Kontakt halten, wenn wir die Morrigan besiegt haben, aber im Moment können wir wohl auf sie zählen.«

Lächelnd nehme ich diese guten Nachrichten entgegen. Scheint so, als hätte sich dieser sonderbare Ausflug ins Drachenreich doch irgendwie gelohnt, trotz aller Merkwürdigkeiten.

»Es ist so schön, dich wieder bei uns zu haben.« Wieder muss ich mich beherrschen, sie nicht zu umarmen. Ich bin richtig hibbelig und aufgeregt und weiß gar nicht recht warum. Wohl wieder die Hormone oder diese komischen Göttinnen-Kräfte. Die stellen seltsame Dinge mit mir an. Ich räuspere mich. »Nimm meine Hand, ich bringe dich auf dem schnellsten Weg in deine Gemächer.«

»Wie kommt es, dass Ihr jetzt teleportieren könnt?«, fragt sie erstaunt und hat wohl nicht so recht begriffen, dass ich sie ja schon auf diese Weise aus dem Drachenreich transportiert habe.

»Das ist eine lange Geschichte«, gebe ich seufzend zurück.

❄

Der Zustand meiner Mutter hat sich keineswegs gebessert. Sie ist so blass wie die Leintücher, in die ihr zerbrechlicher Körper gehüllt ist, und ihre Wangen sind eher noch eingefallener als zuvor. Ihres ist das einzige Gesicht, das ich klar erkennen kann, aber ich möchte es am liebsten gar nicht sehen. Sie hat sich dermaßen verändert, ist nur noch ein Schatten der mächtigen Göttin, die sie einmal war. Und das ist meine Schuld. Ich habe sie dazu gebracht, all ihre Kraftreserven aufzubrauchen. Ich habe mich wie ein kleines Kind aufgeführt, und sie muss es jetzt büßen.

»Beira?«, flüstere ich und setze mich an ihre Seite. Wenn ich doch etwas tun könnte! Ich verfüge jetzt über all diese neuartigen Kräfte, kann sie aber hierfür nicht einsetzen. Ich kann meine Mutter nicht heilen.

Sie öffnet die Augen, und selbst das scheint ihr größte Mühe zu bereiten.

»Wyn.«

Ihre Stimme ist weniger als ein Flüstern, ein schwacher Hauch. Wie konnte es so weit kommen?

»Hast du Neuigkeiten?«, fragt sie, und ihre Augenlider schließen sich schon wieder zitternd.

Ich nehme ihre Hand in meine und drücke sie aufmunternd. Als würde das irgendetwas ändern. Ich tröste mich damit eher selbst.

»Die Drachen werden an unserer Seite kämpfen«, erzähle ich ihr. »Und Ada ist wieder da. Sie hat nie gegen uns gearbeitet, sondern dem gefangenen Drachen geholfen, seine Leute vom Einfluss der Morrigan zu befreien. Ist eine lange Geschichte, aber das Wichtigste ist, dass wir neue Verbündete gewonnen haben.«

Meine Mutter soll keine unnötige Energie darauf

verwenden, sich die lange Kette der Ereignisse anzuhören. Sie scheint die größte Mühe zu haben, überhaupt wach zu bleiben.

»Ich bin stolz auf dich«, flüstert sie. »Du hast etwas geschafft, das ich jahrhundertlang vergeblich versucht habe. Die Drachen haben sich mir immer entzogen.«

»Ihre Anführerin, Dewi, hat gesagt sie sei eine Göttin, aber ich hatte bei ihr nicht dasselbe Gefühl wie bei anderen Göttern. Weißt du etwas über sie?«

Meine Mutter zieht ganz sacht die Stirn in Falten. »Sie ist keine von meinen Schöpfungen. Vielleicht eine von Angus Kreaturen, aber ich habe noch nie von einer Drachengöttin gehört.«

»Merkwürdig«, murmele ich, eher zu mir selbst. »Ich werde aus ihr nicht schlau.«

»Wyn«. Meine Mutter drückt plötzlich meine Hand, sie hat sofort meine volle Aufmerksamkeit.

»Du musst Königin werden.«

Ich seufze. »Nicht wieder dieses Thema. Auf keinen Fall. Es wird dir wieder besser gehen, wenn wir Angus erst einmal besiegt haben, und dann brauchst du mich nicht mehr.«

»Ich werde mich nicht erholen«, sagt sie langsam. »Meine Zeit ist abgelaufen.«

Ich schüttele den Kopf. »Das will ich gar nicht hören. Wenn es wieder Winter wird, wirst du so stark sein wie zuvor.«

»Nein, ich fühle es. Ich werde mich nicht mehr erholen, Wyn, egal, wie sehr du dir das wünschst. Selbst wenn ich wieder etwas an Kraft gewinne, werde ich doch nie wieder zu alter Stärke gelangen. Ich werde nicht mehr in der Lage sein, mein Volk zu führen. Ich werde nicht die Königin sein, die sie verdient haben.«

Eine Träne läuft ihr aus dem Augenwinkel, und ich schaue schnell weg. Beira weint nicht. Sie ist die Winterkönigin, der

Inbegriff kühler Beherrschtheit. Sie zeigt keine Gefühle, niemals!

»Du musst noch vor Beginn der Kampfhandlungen gekrönt werden.« Ihr Griff erschlafft, aber ihre Stimme hat etwas von der alten Autorität zurückgewonnen. »Wir werden alle sterben, wenn du nicht Königin wirst.«

Sie sagt nichts mehr, und ich starre auf den Boden, während ihre Worte in meinem Kopf nachklingen. Sie wird nie wieder Beira sein. Sie wird so schwach bleiben, eine zerbrechliche Frau, nicht viel stärker als ein gewöhnlicher Mensch.

»Das Gleichgewicht muss gewahrt bleiben«, flüstert sie plötzlich, als ich schon dachte, sie sei wieder eingeschlafen. »Denk daran, was ich dir gesagt habe. Ohne dieses Gleichgewicht werden alle Reiche zu Staub. Ich spüre schon, wie der Prozess begonnen hat. Konzentriere dich darauf, dann spürst du es auch.«

Ich bleibe noch etwas länger bei ihr sitzen, bis sie wieder eingeschlafen ist. Ich meine zu wissen, wie ich diesem Gefühl des Gleichgewichts nachspüren kann, aber ich fürchte mich davor, es zu tun. Sollte ich ein Ungleichgewicht erkennen, wäre es an mir, etwas dagegen zu unternehmen.

Ich will nicht Königin sein. Und auch keine Göttin. Ich will einfach nur Wyn sein, mit meinen Wächtern zusammenleben, in Ruhe und Frieden und ohne Tod und Dämonen. Ich hätte gern meine Mama und meine Mutter an meiner Seite, dazu noch einen Vater, der nicht traumatisiert und von Kummer gebrochen ist.

Ich hätte nie gedacht, dass mein Leben eine solche Wendung nehmen würde. Voller Chaos. Hoffnungslosigkeit. Zweifel. Und jetzt wollen sie alle, dass ich Königin werde und sie aus der Dunkelheit hinausführe. Und wenn ich versage? Was, wenn sie durch mich den Tod finden? ich könnte mit dieser Schuld nicht leben. Es hat schon zu viele Tote gegeben.

Mama. Chesca. Aodh. All die Soldaten, die ihr Leben gelassen haben.

Aber um das alles zu beenden, müssen wir kämpfen. Da hat meine Mutter recht. Und in ihrem jetzigen Zustand kann sie uns nicht führen.

Ich fahre mit den Händen durch mein langes Haar und wünschte, es würde eine einfache Lösung geben. Warum kann das Leben nicht *einmal* einfach sein? Ich hatte doch wirklich schon meinen Teil an Elend und Herzeleid, jetzt müsste doch eigentlich jemand anderes dran sein, oder?

Aber nein, so darf eine Prinzessin nicht denken. Ich sollte froh und glücklich sein, die Verantwortung wie auch das Leid auf mich zu nehmen, die diese neue Rolle mit sich bringt, solange mein Volk dadurch in Sicherheit leben kann. Aber bin ich tatsächlich bereit, in diese Rolle zu schlüpfen? Kann ich alle persönlichen Sorgen beiseiteschieben und mich ausschließlich auf die Bedürfnisse des Reichs konzentrieren?

Ich habe jetzt schon viel zu wenig Zeit mit meinen Wächtern. Sollte ich Königin werden, wäre es sicher noch weniger. Ich vermisse sie, ihre Nähe, das unbedarfte Wortgeplänkel mit ihnen. Ich spüre sie durch unsere Verbindung hindurch, aber das ist kein Ersatz für ihre Gegenwart.

Verdammt. Mir brummt der Kopf vor lauter Gedanken.

Das Gleichgewicht… Ich erinnere mich an das, was meine Mutter mir bald nach meiner Ankunft darüber gesagt hat. Wie sie und Angus die Herrschaft über die Welt unter sich aufteilten; dass er die Pflanzen im Sommer wachsen und zur Reife kommen lässt, während Beira ihnen im Winter die wohlverdiente Ruhe verschafft. Die Natur hat sich an diesen Rhythmus gewöhnt, den sie über Jahrtausende aufrechterhalten haben, und wenn dieses Gleichgewicht gestört würde, hätte das mit ziemlicher Sicherheit Auswirkungen auf die gesamte

Schöpfung. Magie würde möglicherweise verschwinden aus einer Welt ohne dieses gefährdete Gleichgewicht, für das sie immer wieder gekämpft hat, auch im Angesicht von Angus' Bestreben, seinen Herrschaftsbereich auszudehnen. Sie hat viele Schlachten gegen ihn geschlagen und jedes Mal den Sieg davongetragen, hat ihm aber nie sein Reich oder seine Macht genommen. Er ist Teil des Gleichgewichts, und selbst in der gegenwärtigen Situation ist mir klar, dass wir ihn nie vollständig besiegen können, nur zurückdrängen. Aber die Morrigan, die müssen wir auf jeden Fall besiegen, denn ihr ist es vollkommen gleichgültig, was mit der fein abgestimmten Balance zwischen Sommer und Winter geschieht. Sie würde das Chaos wahrscheinlich genießen. Sollte sie tatsächlich derzeit im Dämonenreich leben, könnte ich wetten, dass sie eine Welt der Dunkelheit und Verzweiflung sogar vorziehen würde.

Ich sehe Beira wieder an. Ihr Geliebter, mein Vater, wurde durch Angus' Soldaten getötet – und dennoch strebte sie nach Frieden. Ich bin mir nicht sicher, ob ich genauso handeln könnte, sollte meinen Männer etwas geschehen. Nein – ich bin mir sicher, dass dem nicht so wäre. Ich würde Angus alle Qualen der Hölle spüren lassen.

Wieder ein Grund, warum ich nicht zur Königin tauge. Ich bin zu emotional, zu sehr Mensch. Wenn ich hier im Götterreich aufgewachsen wäre, könnte es anders sein; bin ich aber nicht.

Königin sein oder nicht, das ist hier … Ich grinse über diesen schlechten Witz. Jeder hier sagt mir, ich solle es tun. Der Rat, Tamara, sogar mein Vater. Und meine Wächter. Dies ist das erste Mal, dass sie nicht mit mir einer Meinung sind. Besonders Sturm drängt mich, die Stelle meiner Mutter einzunehmen. Aber die Wächter sind Teil des Winterreichs, kein Wunder, dass sie wie alle anderen denken. Bin ich denn die Einzige, die erkennt, was für eine schlechte Idee dies ist?

Ich bin nicht die Richtige für diese Position.

Seufz. Hier herumzusitzen und in Selbstmitleid zu zerfließen hilft keinem. Also los, ich muss den Rat über die Drachen informieren, und dann darf ich mich auf meinem Schreibtisch sicher durch einen riesigen Stapel an Dokumenten wühlen.

KAPITEL Sechs

Noch bevor ich mein Büro erreicht habe, lauert mir Tamara schon auf.

»Du solltest dir das ansehen«, sagt sie mit so viel Nachdruck, dass ich sie überrascht anschaue. Sie ist normalerweise die Ruhe in Person, lacht zwar gerne, zeigt sonst aber selten offen Gefühle.

»Was ist los?«

»Es ist was mit dem Einhorn. Er hat… ich weiß auch nicht, es sieht wie ein Anfall aus. Er sagt merkwürdiges Zeug, und sein ganzer Körper zuckt. Ich habe nach Theodor und Zephyr geschickt, aber du kennst dich mit Einhörnern besser aus als wir alle.«

»Wo ist er?«, frage ich, mit einem vor Angst flauen Gefühl in der Magengegend. Ich kann nicht noch einen Verlust verkraften.

»Im Trainingshof. Er ist dort hingegangen, um zu…«

Ich bin schon auf dem Weg, teleportiere mich, bevor Tamara den Satz zu Ende sprechen kann.

• • •

Im Hof herrscht pures Chaos. Eine Menge von Leuten umringt Blaze, der zuckend am Boden liegt. Sein schönes weißes Fell ist mit Schmutz bedeckt. Er muss sich schon eine ganze Weile im Sand gewälzt haben.

»Was ist geschehen?«, frage ich mit erhobener Stimme, woraufhin augenblicklich Stille einkehrt und mir sofort der Zugang zu dem Einhorn freigegeben wird.

»Er hat gegessen, das hat er zumindest so gesagt, und dann hat er plötzlich gewiehert und ist zusammengebrochen. Wir haben versucht, ihm zu helfen, aber er hat sich unter den Krämpfen so gekrümmt. Wenn er damit aufhört, sagt er immer dieselben Worte.«

»Und die wären?«, frage ich mit scharfer Stimme, als er nicht sofort weiterspricht.

»Frühling stirbt, der Sommer fällt, verraten durch die Dunkelheit. Der Herbst ist verschwunden. Der Winter wird zu Hilfe gerufen.« Er zuckt mit den Schultern, als ergäbe das überhaupt keinen Sinn.

»Das ist alles?«

»Zu Beginn murmelte er auch irgendwas von Gleichgewicht, aber vielleicht habe ich das falsch verstanden.«

Das wäre ein zu großer Zufall. Meine Mutter gibt mir den Auftrag, das Gleichgewicht zu erhalten, und wenige Augenblicke danach tut Blaze dasselbe? Ist das vielleicht nur ein abgekartetes Spiel, um mich zur Annahme der Krone zu bewegen?

Das Einhorn wiehert qualvoll, und ich erkenne sofort, dass ich mit meiner spontanen Annahme falsch lag. Das hier ist kein Komplott. Es ist die Realität.

Ich gehe zu ihm, halte mich aber von seinen zuckenden Hufen fern.

»Blaze? Kannst du mich hören?«

Er liegt plötzlich still da, seine Ohren zucken.

»Berühr mein Horn«, röchelt er, während seine Augen vor und zurück rollen, als hätte er jede Kontrolle über sie verloren.

Ich zögere einen Augenblick, greife dann aber zu, wobei ich zu seinen zitternden Beinen immer noch einen Sicherheitsabstand halte.

Ein regenbogenfarbener Blitz betäubt alle meine Sinne, und dann schweben wir, haben den Hof verlassen. Diesen Ort kenne ich doch…

»Wo sind wir?«

Ich wirbele herum und starre Blaze an. Das Einhorn sieht so gesund aus wie zuvor, sein Fell schimmert in denselben bunten Farben, die uns umgeben.

»Das weißt du nicht?« - »Wir sind in deinem Kopf, Dummerchen. Dies ist *dein* Traum, nicht meiner.«

Ich erröte. »Als ich zum ersten Mal durch das Tor bei den Steinen von Calanais geschritten bin, fand ich mich auf einem Regenbogen wieder. Auf *diesem* Regenbogen.« Ich erwähne nicht, dass ich auch wunderbaren Sex auf eben diesem Regenbogen hatte. Ist schon peinlich genug, wieder hier zu sein, an dem kitschigsten Ort im Universum.

»Ich mag es«, sagt er fröhlich. »Du hast guten Geschmack.«

»Sei still und erklär mir lieber, was hier vor sich geht.«

Er wiehert. »Immer so ungeduldig. Aber du hast recht, wir haben nicht viel Zeit. Mein Körper wird ohne deine Hilfe mit der magischen Überdosis nicht viel länger fertig werden können.«

»Magische Überdosis?«

Er scharrt mit verlegenem Grinsen in der Erde. »Ich hab mich überfressen.«

»Echt jetzt? Du hast zu viel gegessen und hast deshalb jetzt diese Anfälle?«

»Ich habe es absichtlich getan.«

Ich schüttele ungläubig den Kopf. »Du hast das *gewollt*?«

»Wenn ich mich mit so viel Magie vollstopfe, bekomme ich Visionen. Nicht immer, aber an einem Ort, der so voller Magie ist wie dieser, wollte ich es versuchen.«

Ich seufze. »Und du hättest niemanden vorher warnen können?«

»Du warst ja nicht da«, beschwert er sich. »Und ich dachte nicht, dass es so schnell geschehen würde. Also, wenn wir gleich zurückgehen, musst du genau darauf achten, was ich sage. Ich kann mir das nicht immer merken, könnte es dir hinterher also auch nicht sagen. Danach musst du die überschüssige Magie aus meinem Körper ziehen. Dabei wirst du dich aber vielleicht ein bisschen komisch fühlen.«

»Wie, komisch?«

Er wird auf eine seltsam Einhorn-typische Art rot. »Du erinnerst dich an die Funken?«

Ich mache einen Schritt zurück und starre ihn an.

»Das ist die einzige Möglichkeit. Sorg nur dafür, dass dich jemand so schnell wie möglich außer Sichtweite der anderen bringt.« Er grinst. »Besonders jetzt, wo du dich entschlossen hast, Königin zu werden.«

»Hab ich nicht«, protestiere ich, aber er stöhnt nur.

»Zeit zurückzukehren. Vergiss nicht – hör genau zu, was ich sage. Schreib es dir auf, wenn es sein muss. Dann zieh die Magie aus mir raus. Tut saumäßig weh.«

Bevor ich etwas erwidern kann, blitzt das Regenbogen-Licht erneut auf, und ich bin wieder im Hof, stolpere vom Einhorn weg, das immer noch mit zuckenden Gliedern am Boden liegt.

»Holt meine Wächter!«, rufe ich den Umstehenden zu. »Sofort!«

Sie eilen davon, und ich wende mich wieder Blaze zu.

»Still jetzt! Hört alle zu, was er sagt und schreibt es nach Möglichkeit auf«, befehle ich, und sofort herrscht Stille. Alle Anwesenden warten nur darauf, was Blaze wohl sagen wird.

Ich hoffe nur, dass er etwas von sich gibt, sonst weiß ich auch nicht weiter.

»Der Frühling wird entführt«, stöhnt er. »Der Frühling wird entführt. Der Sommer wird verraten werden. Wo ist der Herbst? Findet den Herbst, sonst wird der Winter dahinschmelzen. Das Gleichgewicht muss erhalten bleiben. Dunkelheit kommt, kein Entkommen.«

Er wiehert vor Schmerzen und schweigt. Vor seinem Maul bildet sich Schaum, sein Körper verkrampft sich erneut. Ich schließe die Augen und konzentriere mich auf die Magie um ihn herum. Er ist wunderschön anzusehen, sein gesamter Körper ist reine Magie, so farbig und hell. Im Augenblick sprühen überall um ihn herum Funken, wie freigesetzte Elektrizität, die sich bald in Blitze verwandeln wird.

Ich leite etwas von der überschüssigen Magie weg von Blaze und in mich hinein. Vielleicht sollte ich es eher in der Umgebung verteilen, aber wer weiß, was Einhorn-Magie anrichten kann, wenn sie freigesetzt wird. Schließlich habe ich keinerlei Erfahrung mit dieser Form von Magie. Mit Ausnahme der Funken. Ich hoffe nur, dass meine Wächter zur Stelle sein werden, um mich fortzuschaffen. Nach früheren Reaktionen auf diese Droge zu urteilen, könnte es sonst äußerst peinlich für mich werden.

Nachdem ich genug Magie aus ihm entfernt habe, – hoffe ich zumindest –, öffne ich wieder die Augen. Blaze windet sich nicht länger in Krämpfen, atmet aber schwer.

Ich knie mich an seine Seite. »Blaze?«

Er öffnet langsam ein Auge. »Schlafen.«

Ich muss lachen. »Schlaf solange du willst.«

Ich stehe auf und wende mich an die Menge. »Ich möchte, dass jemand bei ihm bleibt, bis er von allein wieder aufstehen kann. Wenn es irgendeine Veränderung gibt, informiert mich sofort.«

Zwei Wächter verbeugen sich und nehmen neben dem Einhorn Position ein, bereit, eventuelle Feinde oder neugierige Zuschauer zu vertreiben. Es überrascht mich immer wieder, mit welchem Eifer jetzt meinen Befehlen Folge geleistet wird.

Noch spüre ich keine Wirkung der Einhorn-Magie. Vielleicht bin ich jetzt stark genug, ihr zu widerstehen. Ich richte meine Aufmerksamkeit auf die mir innewohnende Magie. Sie schläft in ihrer Höhle, ihr Kopf berührt beinahe die Decke. Sie ist so stark gewachsen, aber ich weiß nicht, wie ich die Höhle vergrößern könnte. Eine Wolke von Regenbogenstaub hüllt sie ein. Die Magie von Blaze, genauso farbenfroh und exzentrisch wie er. Ich hoffe, dass ich eines Tages noch andere Einhörner treffen werde, dann kann ich herausfinden, ob Blaze selbst unter Seinesgleichen etwas Besonderes ist oder ob alle so sind wie er.

Bei dem Gedanken an eine ganze Einhorn-Herde muss ich lachen. Bilden sie überhaupt Herden? Dafür sind sie wohl zu große Einzelgänger. Aber es könnte durchaus sein, dass Blaze Familienangehörige hat, die er mir vorstellen könnte. Geschwister vielleicht? Eltern? Baby-Einhörner? Das wäre doch etwas Wunderbares zum Knuddeln. Werden sie mit Hörnern geboren, oder wachsen die später? Später, hoffe ich, sonst dürfte die Geburt für die Mütter wohl ziemlich schmerzhaft sein.

»Zeit zu gehen«, meldet sich eine leise Stimme hinter mir, und als ich mich umdrehe, warten dort meine Wächter auf mich. Sie haben sich schützend vor mich gestellt, damit die Menge mich nicht sehen kann.

»Wieso weggehen?«, frage ich verwirrt.

Arc lacht. »Die Leute wollen vielleicht nicht alle deine Gedanken über Baby-Einhörner mitkriegen.« Er tritt vor und nimmt mich hoch in seine Arme. »Du bist so süß, wenn du zugedröhnt bist.«

»Wyn, kannst du uns in deine Gemächer teleportieren?«, fragt Sturm, und ich nicke stürmisch. Nichts lieber, als mit meinen Männern in meinem Zimmer zu sein.

Ich transportiere uns in mein Schlafzimmer.

»Du hast die anderen wohl vergessen«, grinst mich Arc nach unserer Ankunft an.

Huch. Tatsächlich.

»'tschuldigung.«

»War das Absicht?«, fragt er und dreht mich herum, damit ich ihm ins Gesicht sehen kann. Seine Hände auf meinen Schultern fühlen sich gut an, so gut. Ich will sie überall spüren.

Ich zucke mit den Schultern. »Vielleicht? Weiß nicht. Keine Ahnung.«

»Äffst du mich etwa nach?«

Wieder Schulterzucken. »Vielleicht?«

»An Sturms Stelle würde ich dich dafür bestrafen. Bin ich aber nicht. Ich will dich nur küssen.«

Ich lächele. Das ist nett. So schön. Seine Magie ist so schön. Seine Aura blitzt. Ich will ihn so sehr.

»Tu's schon.«

Er braucht keine weitere Einladung, legt seine Arme um meine Taille und zieht mich an sich heran, bis meine Brust seine berührt. Seine Brust ist hart, meine nicht. Mein Busen ist weich, wobei – die Nippel werden gerade hart. Sie wollen mehr von ihm, genau wie der Rest von mir. Ich kichere, aber Arc bringt mich mit seinen Lippen zum Schweigen.

Lecker. Ich erwidere seinen Kuss und umarme ihn fest. Gut, ich halte seinen Hintern fest, aber das ist okay. Der ist auch fest und hart, und vorne drückt noch etwas viel Härteres gegen meinen Bauch.

Seine Zunge umkreist meine Lippen, kitzelt mich. Ich lache gegen diesen Kuss, Glückseligkeit blubbert aus mir heraus. Am liebsten würde ich die ganze Welt umarmen. Alles ist so hübsch, so phantastisch. Auf der anderen Seite des Zimmers öffnet sich eine Tür, und meine anderen drei Wächter erscheinen. Ich kann sie spüren. Ich ziehe an dem Band, das uns verbindet, und sie halten alle die Luft an. Lustig.

»Warum hast du das gemacht?«, beschwert sich Frost. »Das war nicht gerade toll.«

Arc küsst mich nicht weiter, damit ich antworten kann. Böser Arc. Er soll weitermachen.

»Ich will euch alle umarmen«, verkünde ich und nehme meine Hände von Arcs Hintern, damit Platz geschaffen wird für die anderen.

»Sie ist total von der Rolle«, murmelt Crispin. »Zum Glück sind wir rechtzeitig erschienen.«

»Stimmt«, sagt Sturm mit überraschend dunkler Stimme.

»Sei nicht so finster«, befehle ich ihm. »Sei glücklich. Wie Regenbogen.«

»Sehr ihr, was ich meine?«, seufzt Sturm. »Ich werde das Einhorn umbringen. Ganz langsam.«

»Blaze hat mich glücklich gemacht«, protestiere ich, und Arc lacht, seine Brust stößt dabei gegen meine.

»Das sehen wir, Liebes. Du bist außerordentlich glücklich.«

Ich nicke. »Genau. Bist du auch glücklich?«

»Du bist in meinen Armen, klar bin ich glücklich.« Sein Kopf senkt sich wieder herab, um mich zu küssen, aber ich bin noch nicht fertig mit Reden. Ich beiße ihm in die Unterlippe, damit er das erkennt.

»Aua, was sollte das denn?!«

»Ich muss was sagen«, informiere ich ihn.

»Crispin, kannst du da was machen?«, fragt Sturm. Er klingt, als täte ihm etwas weh.

Ich winde mich aus Arcs Armen und laufe hinüber zu Sturm, umarme ihn stattdessen.

»Was ist denn los?«, frage ich ihn besorgt. »Wo tut's denn weh?«

»Weh? Wieso?«, seufzt er wieder. »Nichts tut weh. Alles ist gut.«

Ich lächele ihn an. »Schön, dann können wir uns ja küssen. Das macht Spaß.«

Frost lacht brüllend und lenkt mich damit von meinem Plan ab.

»Ich habe nur einen Mund«, stelle ich fest. »Wie kann ich euch dann alle küssen?«

»Wir können uns abwechseln«, schlägt Arc vor. Er ist zu den anderen gekommen, alle Vier umringen mich jetzt.

»Können wir, wenn sie wieder normal geworden ist«, sagt Sturm mit fester Stimme. »Wir werden nichts tun, solange sie keine Kontrolle über sich hat.«

»Nein, ich will aber küssen«, beschwere ich mich. »Und ich will Arcs hartes Ding.«

Frost krümmt sich vor Lachen am Boden, und Crispin ist vornüber gebeugt und scheint auch irgendwie Probleme mit dem Atmen zu haben.

»Das kannst du später, versprochen«. Sturm hebt mich hoch und trägt mich hinüber aufs Bett. »Haben wir jetzt Sex?«, frage ich aufgeregt, muss aber enttäuscht feststellen, dass er den Kopf schüttelt.

»Nein, du wirst jetzt erst mal hier liegenbleiben und dich ausschlafen, bis die Einhorn-Magie aus deinem Körper raus ist. Danach können wir tun, was immer du willst.«

»Ich will aber jetzt«, klage ich. »Ich brauche euch.«

»Wir werden deinen Zustand nicht ausnutzen. Schlaf jetzt, wir sind da, wenn du wieder aufwachst.«

Gut. Er steht nah genug, dass ich nach ihm greifen und seinen…

»Muss ich dich festbinden?«, knurrt er und legt sich auf den Rücken, damit ich nicht mehr zupacken kann.

»Au ja, festbinden hört sich gut an«, stimme ich eifrig zu. »Macht bestimmt Spaß.«

»Crispin, mach schon«, bittet Sturm und hält meine Handgelenke umklammert, während ich schon wieder versuche, mich an ihn ranzumachen.

Unser Heiler kichert und erscheint auf der anderen Seite, lenkt mich ab von meinem Versuch, endlich Sturms Jeans zu öffnen. Crispin legt mir seine Hand auf die Stirn, so weich, so kühl.

»Schlaf, Wyn«, flüstert er, und dann umgibt mich eine warme Umarmung, hilft mir, meine vom Regenbogen beeinflussten Gedanken hinter mir zu lassen.

KAPITEL

Sieben

Als erstes fällt mir ein, wie peinlich das alles ist. Dann die Worte.

»Der Frühling wird entführt. Der Sommer wird verraten werden. Wo ist der Herbst? Findet den Herbst, sonst wird der Winter dahinschmelzen. Dunkelheit kommt, kein Entkommen.«

Ich flüstere die Worte, bevor sie aus meinem Gedächtnis verschwinden können.

»Wie bitte?«, murmelt mir Crispin ins Ohr. Sein Kopf liegt an meiner Schulter, sein Atem stößt heiß an meine Wange.

»Blaze hat das gesagt, als er sich im Essenskoma befand.«

Meine Wächter richten sich auf, verschlucken sich fast vor Lachen. »Das war's also? Er hat nur zu viel gefressen?«

Ich grinse. »Joa. Zu viel Magie. Obwohl er behauptet hat, er habe es absichtlich getan, um eine Vision zu bekommen. Offenbar ist das Einhörnern möglich. Er hat auch noch gesagt, ich solle alles aufschreiben, was er prophezeit, aber ich glaube, danach sind meine Gedanken irgendwie abgedriftet.«

»Das kann man wohl sagen«, lacht Crispin. »Du warst so süß.«

Ich stoße ihm den Ellenbogen in den Oberschenkel, was ihn nur noch heftiger lachen lässt.

»War sogar noch besser als beim ersten Erlebnis mit den Funken. Einfach köstlich!«

Ich fahre ihm mit meiner Magie durch die Haare, und er schreit auf, schlägt sich mit der Hand auf den Kopf, als würde er dort Spinnen vermuten.

Ich richte mich auf und merke, dass ich noch immer dasselbe Kleid anhabe wie auf der Reise ins Drachenreich. War das wirklich erst heute Morgen?

»Wie spät ist es?« frage ich, obwohl ich weiß, dass ich das auf magische Art auch erfahren könnte.

»Drei Uhr früh. Wir wussten nicht, wie lange die Nachwirkungen der Einhorn-Magie anhalten würden, haben dich also lieber etwas länger als unbedingt nötig schlafen lassen.«

»Danke«, lächele ich ihn an.

»Du bist nicht wütend?«

Ich zucke mit den Schultern. »Weil du verhindert hast, dass ich mich wie eine Idiotin aufführe? Nein, dann lass mich lieber schlafen. Du hast hiermit die Erlaubnis, es beim nächsten Mal wieder zu tun.«

Crispin lacht. »Mit Vergnügen. Wobei ich hoffe, du wirst nicht so bald wieder Funken zu dir nehmen.«

»Nein, ganz sicher nicht. Das war ein Notfall. Und jetzt, wo ich wieder klar denken kann, finde ich es gut, dass Blaze es so eingerichtet hat. ‚Der Frühling ist überwältigt. ' Wir sollten wohl nachsehen, ob im Reich des Frühlings etwas geschehen ist. Flora befindet sich immer noch im Palast, nicht?«

Er nickt. »Soviel ich weiß. Ich habe sie gestern beim Essen im Großen Saal gesehen.«

Ich seufze. Wie gern würde ich jetzt mit Crispin im Bett bleiben und mit den Männern all die Dinge anstellen, die ich im Drogenrausch vorhatte; aber mein Verantwortungsgefühl lässt mich aufstehen.

»Ich sollte besser nach ihr sehen. Kommt ihr mit?«

Crispin schüttelt den Kopf. »Ich werde prüfen, ob es aktuelle Berichte aus dem Frühlingsreich gibt. Wollen wir uns bei dir im Büro treffen?«

»Gut, hoffen wir mal, dass diese Prophezeiung einfach nur Einhorn-Blödsinn war oder sie noch nicht eingetroffen ist.«

Ich teleportiere mich aus meinem Zimmer in den Gästebereich. Ich weiß nicht genau, welche Zimmer man Flora zugewiesen hat, erscheine also an der Haupteingangstür zum Gästetrakt. Die beiden Wachen dort springen irritiert auf, verbeugen sich aber sofort, als sie mich erkennen.

»Verzeihung, Eure Hoheit«, entschuldigt sich der eine. »Ich wusste nicht, dass Ihr es wart.«

»Bring mich zur Göttin des Frühlings«, sage ich ohne mich auf weiteren Small Talk einzulassen. »Es ist dringend.«

Der Wachmann nickt und öffnet die Tür, bedeutet mir, ihm zu folgen. Der Gästeflügel ist ein ausgedehnter Bereich und erstreckt sich über mehrere Stockwerke, beherbergt genug Räume für Hunderte von Personen. Nicht alle Götter beherrschen das Teleportieren, und nach einer langen Nacht mit viel Alkohol und sonstigen Vergnügungen ziehen es manche vor, hier zu bleiben, statt weiter zum nächstgelegenen Tor zu reisen. Außerdem werden die Zimmer genutzt, wenn jemandem ein hübscher Wächter über den Weg läuft und er/sie gern mit ihm (oder ihr) ins Bett hüpfen möchte.

Zum Glück sind Floras Gemächer in der Nähe. Der Wächter sieht mich fragend an, und ich weise ihn an, zurück auf seinen Posten zu gehen.

Ich warte, bis er verschwunden ist, und klopfe dann an die

Tür. Keine Antwort, aber es ist auch mitten in der Nacht, ich erwarte nicht, dass Flora wach ist.

Ich klopfe noch einmal und betrete dann den dunklen Raum. Mit Gedankenkraft mache ich die Lichter an. Ich stehe in einem gemütlichen Wohnzimmer, das mit Dutzenden von blumengefüllten Vasen auf Regalbrettern und Tischen geschmückt ist. Ganz offensichtlich hat die Frühlingsgöttin sich hier häuslich eingerichtet. Sie vermisst sicher ihr eigenes Reich, das nach eigener Angabe so ganz anders aussieht als unseres. Mehr Farben, weniger Schnee – klar.

»Flora?«, rufe ich als Vorwarnung, während ich auf die Tür am anderen Ende des Raumes zueile. Ich will ihr keine Angst machen.

Sicher, ich könnte auch meine Magie einsetzen. Dumm von mir, ich kann mich einfach nicht daran gewöhnen. Jetzt konzentriere ich mich auf meine Umgebung, versuche, andere Auren aufzuspüren. Nichts, hier ist niemand. Verdammt nochmal.

Ich renne weiter zur Schlafzimmertür, öffne sie – leer. Das Bett sieht aus, als hätte heute niemand darin geschlafen, aber überall liegen Kisten und Kleider verteilt, sie hat also hier gewohnt. Vielleicht ist sie ja nur auf einer Party, hat einen Liebhaber gefunden. Ich weigere mich noch, an etwas Schlimmeres zu denken.

Ich teleportiere mich zurück zum Eingang des Gästeflügels. Diesmal schrecken die Wachen nicht so hoch wie vorhin.

»Wann habt ihr Flora das letzte Mal gesehen?«, frage ich ohne Umschweife, und sie sehen sich an.

»Gestern«, meint einer schließlich, der andere nickt. »Sie ist nach dem Essen zurückgekommen, und kurz darauf ist einer Eurer Wächter gekommen und hat sie abgeholt.«

»Einer meiner Wächter?«, frage ich und spüre, wie mich kalte Furcht erfasst. Bitte nicht noch einmal!

»Crispin, Eure Hoheit«, bestätigt der andere Wachmann. »Er sagte, Ihr würdet Lady Flora zu sprechen wünschen.«

Ich teleportiere mich weg von ihnen, zurück in mein Büro. Dort angekommen, ziehe ich sofort an dem Band, das mich mit meinen Wächtern verbindet. Das tue ich wirklich nur im Notfall, weil sie das Gefühl nicht besonders mögen. Aber jetzt brauche ich sie hier, kann nicht erst nach ihnen suchen.

Ich öffne die Tür und bitte eine Wächterin, nach Tamara schicken zu lassen. Sollte es sie überraschen, dass ich im Büro bin, obwohl mich niemand hat hineingehen sehen, lässt sie sich nichts anmerken. Die Leute sind das hier wohl von meiner Mutter gewöhnt.

»Meine Wächter werden jeden Augenblick hier sein. Lass sie einfach durch.« Sie nickt und verneigt sich.

Ich schließe hinter mir die Tür und sehe mich in meinem leeren Büro um. Schon wieder muss ich eine Krisensituation meistern – und das ohne die Hilfe meiner Mutter. Es ist so deprimierend.

Arc erscheint als Erster, kommt ins Zimmer gestürmt. »Was ist los?«, keucht er, ist völlig außer Atem. Er muss hierher gerannt sein.

»Flora ist verschwunden, aber lass uns auf die anderen warten. Es gibt einen weiteren falschen Crispin, der hier sein Unwesen treibt.«

»Noch einen?« Er lässt sich auf einen Stuhl fallen. »Hat man nicht alle gewarnt, dass wieder einer von den Klonen erscheinen könnte?«

Ich seufze. »Offenbar nicht oder er kannte das Passwort. Ich muss die Wachen befragen. Da fällt mir ein – warte du hier bitte auf die anderen, bin gleich wieder da.«

Ich teleportiere mich noch einmal in den Gästetrakt. Dieselben beiden Wachleute stehen auf ihrem Posten.

»Als Crispin Flora mitgenommen hat, habt ihr ihn da nach

dem Codewort gefragt?«, frage ich scharf und bin schon darauf gefasst, dass sie es zugeben werden. Aber der stämmigere von Beiden verneigt sich und sagt »Selbstverständlich, Eure Hoheit. Er hat die richtige Antwort gegeben.« Nachdenklich schweigt er einen Moment lang, wechselt einen Blick mit seinem Kollegen. »Heißt das, es handelte sich um einen Betrüger?«

Ich nicke. »Es sieht ganz danach aus. Sagt bitte überall herum, dass der wahre Crispin sich jetzt immer an meiner Seite befinden wird; wenn er ohne mich gesehen wird, schlagt Alarm.«

Ich warte ihre Antwort nicht ab, sie werden meinem Befehl sicher folgen.

Zurück im Büro sind Crispin und Sturm zu Arc gestoßen. Ich kann nicht anders, aber ich überprüfe schnell Crispins Aura um sicherzugehen, dass er es tatsächlich ist.

»Ich hab's schon überprüft«, murmelt Arc. »Es ist Crispin.«

»Der einzig Wahre«, bestätigt Crispin finster. »Tut mir echt leid, dass ihr meinetwegen so viel Ärger habt.«

Ich gehe zu ihm hin, ziehe ihn vom Stuhl hoch und nehme ihn in die Arme. »Ist doch nicht deine Schuld«, flüstere ich ihm ins Ohr. »Nichts davon ist deine Schuld.«

Er schüttelt den Kopf, als wolle er widersprechen, aber da kommt gerade Frost ins Zimmer gestürmt, ebenfalls schwer atmend. »Was gibt's?«

Hinter ihm erscheint Tamara, das graue Haar mit einem Haarnetz bedeckt. In ihrem grell lila Bademantel und den kuscheligen Hausschuhen sieht sie sehr großmütterlich aus.

Ich löse mich von Crispin und gäbe einiges dafür, jetzt sein Gesicht sehen zu können. Seine Aura wirkt dunkel und schwermütig, voller Traurigkeit und Bedauern. Ob man ihm das ansehen kann? Vielleicht in seinen Augen?

Ich atme tief durch und wende mich dann an die

Umstehenden. »Die Göttin des Frühlings ist verschwunden. Die Wachen haben gesehen, dass Crispin sie weggeführt hat, und da *mein* Crispin es nicht gewesen ist, müssen wir davon ausgehen, dass ein weiterer Klon sich Zugang zum Palast verschafft hat. Crispin, von nun an wirst du nicht von meiner Seite weichen, dann wird jeder, der den Klon allein herumstreifen sieht wissen, dass dies der Betrüger ist.«

»Auch eine Art, mehr Zeit mit dir zu verbringen«, sagt er leise, aber ich kann ihm darauf jetzt keine Antwort geben. Es steht so viel auf dem Spiel.

»Floras Verschwinden passt zu dem, was Blaze in seiner Vision gesehen hat.«

»Er hatte eine Vision?«, unterbricht Tamara. »Ich wusste nicht, dass Einhörner dazu in der Lage sind.«

Ich zucke mit den Schultern. »Ich auch nicht, aber anscheinend ist dem so. Er sagte, der Frühling würde entführt, und genau das ist geschehen. Wir müssen Flora finden, sollten uns aber auch um die anderen Teile der Prophezeiung kümmern.«

»Der Sommer wird verraten werden«, zitiert Crispin. »Findet den Herbst, oder der Winter wird dahinschmelzen. Das Gleichgewicht muss bestehen bleiben. Dunkelheit kommt, kein Entkommen.«

»Heißt das, die Morrigan wird Angus verraten?«, fragt Tamara, und in ihrer Stimme schwingt Hoffnung.

»Das wäre zu schön«, murmele ich, »aber das Leben war in letzter Zeit nicht besonders schön. Könnte es sich nicht auch um Verrat innerhalb des Reichs handeln? Vielleicht betrügt seine Frau ihn? Wer weiß. Jetzt müssen wir uns erst einmal auf Flora und den Herbst konzentrieren.«

Bis jetzt habe ich die wichtigste Frage noch nicht gestellt, weil ich nicht ganz so dumm dastehen wollte. Schließlich habe ich mich so bemüht, mehr über die Götter und Göttinnen zu erfahren, aber schon wieder tut sich eine Lücke in meinem Wissen auf. Gut, ich muss sie schließen.

»Wer ist der Gott des Herbstes?«, frage ich und könnte mich insgeheim ohrfeigen. Was für eine bescheuerte Frage. Das müsste ich doch wirklich wissen. »Oder ist es eine Göttin?«

»Es gibt keinen«, antwortet Sturm achselzuckend. »Hat es auch nie gegeben.«

»Moment mal, es gibt Götter für Frühling, Sommer und Winter, aber keinen für den Herbst? Ist das nicht diskriminierend?«

»Ich glaube kaum, dass man eine Jahreszeit diskriminieren kann«, frotzelt Frost. »Wahrscheinlich hat man es nie für nötig gehalten. Beira übernimmt von Angus und geht für alles Lebendige dann langsam zum Winter über. Im Frühling zieht sie sich zurück, aber im Winter sterben auch einige, die Göttin des Frühlings muss also neues Leben in die Welten einhauchen, bevor sie den Stab an Angus übergibt.«

Das überzeugt mich nicht restlos, aber so ist es eben; es gibt also offiziell keinen Gott des Herbstes.

»Blaze würde dem wohl widersprechen«, betone ich. »Er hat gesagt, wir sollten den Herbst finden. Wie kann das gehen, wenn es einen solchen Gott gar nicht gibt?«

»Vielleicht handelt es sich um ein Rätsel«, mutmaßt Tamara. »Und wir sollten das nicht zu wörtlich nehmen.«

»Aber was soll es denn sonst heißen?«, fragt Sturm. Niemand antwortet, wir haben alle keine Ahnung.

»Herbst … Ernte … Ende des Sommers…«, murmele ich vor mich hin. »Beginn des Winters … dritte Jahreszeit…«

»Moment mal«, ruft Frost, und seine Aura strahlt heller. »Beginn des Winters. Winter. Könnte das nicht ein Hinweis sein, dass du gekrönt werden solltest?«

Seufz. »Interpretier da bitte nichts hinein, was überhaupt keinen Sinn ergibt. Ich weiß, dass ihr alle der Meinung seid, ich sollte die Thronfolge antreten, aber das ist nicht eure Entscheidung.«

»Aber siehst du das denn nicht?« Sein Enthusiasmus irritiert mich. »Wir würden ja den Herbst krönen. Nicht den Winter. Deine Mutter müsste ihren Thron nicht aufgeben, wenn wir es so machten.«

Ich schüttele den Kopf. »Klingt zwar ganz nett, aber dieses Reich hier braucht eine Winterkönigin, keine Herbstkönigin.«

»Ha!«, entfährt es Tamara. »Endlich gibst du zu, dass wir eine Königin brauchen!«

»Hört schon auf, ihr alle«. Ich verziehe das Gesicht. »Das steht nicht zur Debatte.«

»Ende der Wärme, Beginn der Kälte«, überlegt Crispin ruhig. »Feuer und Eis. Ich glaube, wir haben den Herbst schon gefunden.«

Mein Herz schlägt schneller, als ich verstehe, was er meint. »Dewi? Die Drachengöttin?«

Crispin nickt. »Vielleicht ist hier die Hoffnung Mutter des Gedanken; aber es würde Sinn ergeben. Das sind doch Eisdrachen, die in einem heißen Königreich leben. Es ist wie beim Wechsel der Jahreszeiten, beide Temperaturbereiche greifen ineinander.«

»Wüsste meine Mutter aber nicht über sie Bescheid? Ich kann kaum glauben, dass eine Göttin so lange unter dem Radar bleiben kann, besonders, wenn sie eine Jahreszeit repräsentiert.«

»Was das betrifft«, sagt Tamara und zieht ein Buch aus ihrer Manteltasche. »Nachdem du Dewi erwähnt hattest, habe ich ein paar Nachforschungen angestellt. Sie ist hier drin erwähnt, allerdings nicht als Göttin.«

Sie reicht mir das Buch, wohl wissend, dass ich mir dessen Inhalt innerhalb weniger Sekunden aneignen kann. Ich lege meine Hände auf den Einband, atme tief ein und lasse dann das ganze Wissen in mich einströmen.

»Oh!«

»Genau«, bestätigt Tamara. »Denkst du, was ich denke?«

Ich lächele. »Dewi wird hier als Halbgöttin beschrieben, die Tochter eines Drachenwandlers und einer nicht näher genannten Göttin. Sie wuchs außerhalb des Götterreichs unter Drachen auf. Jetzt ist sie eine Göttin. Erinnert euch das an jemanden?«

Ihren Auren verändern sich, als ihnen die Bedeutung des Gesagten klar wird. »Sie ist wie du«, schnauft Frost. »Eine Halbgöttin, die zur Göttin wurde. Was bedeutet, sie könnte für den Herbst stehen; aber weil die Drachen so zurückgezogen leben, hat ihr niemand diesen Namen gegeben. Das erklärt auch, warum Beira von ihr nichts wusste.«

Ich nicke. »Genau. Ich glaube, wir haben den Herbst gefunden, und zum Glück steht seine Repräsentantin schon auf unserer Seite. Endlich mal gute Nachrichten.«

»Findet den Herbst, sonst wird der Winter dahinschmelzen«, zitiert Crispin erneut. »Was nichts anderes heißt, als dass wir ohne ihre Hilfe wahrscheinlich den Kampf verloren hätten. Andererseits bedeutet es nicht, dass wir gewinnen werden, selbst mit Unterstützung der Drachen. Es wird keine leichte Sache werden.«

»Nö, und der Frühling ist auch gerade nicht da. Wir müssen Flora finden.« Arc hat bisher nichts gesagt, was für ihn unüblich ist. Aber darüber muss ich mir jetzt nicht den Kopf zerbrechen.

»Genau, das steht jetzt an erster Stelle, genauso wie die Eliminierung von möglichen weiteren Crispin Klons hier im Palast. Arc und Frost werden euch unterstützen. Tamara, du setzt bitte den Rat und unsere Verbündeten in Kenntnis.«

»Und was ist mit mir?«, fragt Crispin, und ein Schatten umgibt den Ring seiner Aura. Er will mit einbezogen werden.

»Du bleibst bei mir«, sage ich lächelnd. »Es gibt da noch etwas zu tun.«

KAPITEL

Acht

Ich teleportiere uns zum höchsten Turm. Ich müsste wahrscheinlich gar nicht hier draußen oder hier oben sein, aber das gibt mir etwas mehr Selbstvertrauen für das, was ich versuchen will.

»Kannst du mir mal verraten, was wir hier machen?«, fragt Crispin und geht vor zur Abbruchkante, blickt hinab in die Tiefe. Es ist noch dunkel, aber eine dünne Scheibe des Morgengrauens beginnt sich am Horizont hinter ihm abzuzeichnen. Bald wird die Sonne aufgehen und ein neuer Tag beginnen.

»Ich muss dieses Gleichgewicht spüren«, sage ich ruhig und hoffe, dass das nicht zu blöd klingt. »Meine Mutter und Blaze haben es beide erwähnt, und Beira meinte, ich müsste es irgendwie *erspüren* können. Ich muss wissen, wie gut oder schlecht es darum bestellt ist.«

Er nickt. »Was kann ich dabei tun?«

»Halte einfach Wache. Ich will nicht von übereifrigen Wachen oder von Attentätern überrascht werden.«

Crispin lacht. »Für dich stehen also Wachen und Attentäter jetzt auf derselben Stufe?«

»Beide nerven«, meine ich achselzuckend. »Wie eine Prinzessin gesprochen, nicht wahr?«

Er lacht noch mehr. »Gewiss doch. Keine Sorge, ich werde dafür sorgen, dass dich niemand stört.«

»Danke. Und sollte ich Prophezeiungen vor mich hinmurmeln wie Blaze, achte einfach nicht darauf. Mir reichen die kryptischen Botschaften auch so schon.«

Wieder lacht er, seine Aura färbt sich wunderschön golden. In einem anderen Leben würde ich ihn jetzt umarmen und stürmisch küssen, aber diese Wyn bin ich nicht mehr. Darf es nicht sein.

Ich setze mich im Schneidersitz auf den kalten Marmorboden. Ob ich jetzt ein summendes ‚Ommm' anstimmen sollte, um die ganze Sache noch lächerlicher zu machen? Was tue ich hier nur?

Die Stimme meiner Mutter geistert mir durch den Kopf. ‚Ohne das Gleichgewicht, werden alle Reiche zerbrechen'. Ich kann schon spüren, dass es begonnen hat. Konzentrier dich, dann wirst du es ebenfalls fühlen.

Ich schließe die Augen, atme mehrmals langsam und tief ein. Mit dem Stillsitzen hatte ich schon immer meine Probleme. Sobald ich es tue, fällt mir so Vieles ein, was zu erledigen wäre oder was ich lieber täte. Aber das hier ist wichtig. Konzentrier dich, Wyn. Mach schon.

Ich konzentriere mich auf meinen Atem ohne ihn bewusst zu beeinflussen. Ein, aus. Ein, aus. Die Luft fließt durch mich hindurch und dann wieder hinaus, verbindet mich mit der Umgebung. Ich kann Crispin hinter mir hören, er atmet dieselbe Luft. Jeder hier im Palast atmet ein und aus, jeder, überall. Ich fühle mich ihnen verbunden durch diese einfache, so wesentliche Bewegung.

Ein und aus. Diese Balance muss gewahrt bleiben. Einatmen ist genauso wichtig wie Ausatmen, ein ständiger Kreislauf, ebenso regelmäßig wie der der Jahreszeiten. Es kann keinen Sommer ohne den Winter geben.

Langsam erweitert sich mein Bewusstsein, ich spüre die Magie um mich herum auf neue Art. Sie pulsiert, bewegt sich in Mustern, die mir bisher verborgen geblieben sind. Wirbel, Knoten, parallele Linien. Eine Botschaft liegt in diesen Mustern, eine einfache Warnung schwingt durch die Lebensenergie, die uns allen innewohnt.

Bewahren.

Die Magie ist allerdings nur ein kleiner Ausschnitt des Gesamtbildes. Ich erweitere meine Sinne noch weiter, bis ich zu den Kräften vordringe, aus denen sie sich speist. Leben und Tod. Noch ein System im Gleichgewicht, aber es ist angeschlagen. Es hat Probleme und will Hilfe von mir, aber ich weiß doch nicht, was ich tun soll. Ich sehe mehr Tod als Leben, und das Gewicht verschiebt sich weiter in Richtung Tod. Durch die bevorstehende Schlacht wird sich daran nichts ändern, im Gegenteil. Wir brauchen mehr Leben, damit das Gleichgewicht wiederhergestellt werden kann, aber wie soll das geschehen? Ich kann wohl kaum den Leuten sagen, sie sollten alle mehr Babys bekommen? Nein, wir müssen die Sache anders angehen. Zu viele Todesfälle verhindern.

Ich schwebe noch weiter fort, hin zum Kreislauf der Jahreszeiten. Sie basieren auf dem Prinzip von Leben und Tod, sind aber noch so viel mehr. Der Winter bringt nicht nur den Tod, sondern bedeutet Erneuerung, Bewahrung, Erholung. Der Sommer ist Leben, gepaart aber auch mit Vergehen, Schönheit, Dürreperioden. Dann sind da Frühling und Herbst, Zeiten des Wandels, des Übergangs. Auch in ihnen mischen sich Leben und Tod. Nur, wenn alle vier zusammenkommen, kann das Leben gedeihen. Ich habe es noch nie so klar gesehen, erkenne jetzt aber tief in meinem Herzen, was andere versucht haben, mir klarzumachen. Der Winter muss stark sein, damit er es mit der Kraft des Sommers aufnehmen kann. Es geht nicht darum, den Sommer zu schwächen, nein, das würde dem Grundsatz des Gleichgewichts widersprechen. Sie müssen sich auf Augenhöhe begegnen.

Ich lasse mich in die Magie fallen, sauge das Gefühl von Angst auf, das dem Ungleichgewicht entströmt. Das Gewebe des Lebens hat schon Risse bekommen, und ich weiß, wenn nichts geschieht, wird die Magie durch diese Öffnungen ins Nichts hinausgezogen werden. Wir werden macht- und kraftlos zurückbleiben, wir alle, gleichgültig, in welchem Reich wir leben. Es wird keine Magie mehr geben, und ohne Magie auch kein Leben, keinen Tod. Bilder entstehen vor meinem inneren Auge. Weinende Babys, Blut, das aus nie verheilenden Wunden tropft, Liebende, die auseinander gerissen werden. Brennende Wälder, trocken fallende Seen, Ernten, die keine Familie mehr ernähren können. Die Welt leidet, und niemand unternimmt etwas. Im Gegenteil, wir machen es noch schlimmer.

Hilfe ist gefragt, und Hilfe wird kommen. »Ich werde das Richtige tun«, verspreche ich. »Das Gleichgewicht wird wiederhergestellt.«

Ein Gefühl der Dankbarkeit breitet sich in mir aus, und ich weiß, dass dieses Gefühl nicht aus mir heraus entspringt. Noch mehr Bilder entstehen vor mir, aber die sind jetzt anders. Sie sind Zeichen der Hoffnung.

❄

Ich öffne die Augen und schließe sie gleich wieder, weil mich die Sonne blendet. Wieso ist es denn schon so heller Tag?

»Na, wieder wach?«, fragt Crispin verschlafen. Er sitzt an die Zinnen gelehnt und beobachtet mich.

»Wie lange war ich … weggetreten?«

»So ungefähr drei Stunden. Deine Atmung hat sich stark verlangsamt, ich wollte mir schon Sorgen machen. Es war fast so, als würdest du in ein Koma fallen, aber dann hast du dich wieder stabilisiert.«

Ich muss schlucken. Drei Stunden. »Dann sollten wir besser zurückgehen. Die anderen werden uns schon vermissen.«

»Der Sonnenaufgang war wunderschön«, sagt Crispin leise, seine Aura wird leicht bläulich im Kern. »Ich frage mich, wie viele wir davon wohl noch erleben werden.«

Ich stehe auf und gehe zu ihm hinüber, strecke ihm die Hand entgegen. »Eine Ewigkeit. Wir werden uns nicht besiegen lassen und die Morrigan zurück in das dunkle Loch schicken, aus dem sie hervorgekrochen ist. Dies ist nicht das Ende, Crispy. Es ist ein neuer Anfang für unser gemeinsames Leben.«

Er sieht zu mir auf, und einen Augenblick lang kann ich seine Augen erkennen, einen Blitzschlag an Gefühlen, der mich zurücktaumeln lässt. Gleich darauf überdeckt seine Aura wieder sein Gesicht und ich denke atemlos an die Bewunderung, die ich in seinem Blick gesehen habe.

»Ich finde es schön, wenn du mich Crispy nennst«, lacht er. »Aber sag das nicht den anderen.«

Jetzt muss ich auch lachen. »Ich werde dieses Geheimnis mit ins Grab nehmen. Nein, lass es mich anders formulieren. Ich werde auf Ewigkeit Stillschweigen bewahren.«

»Ist auch besser so. Meine Feinde würden wohl kaum Angst vor mir haben, wenn sie hörten, dass du mich Crispy nennst.«

»Haben sie denn Angst vor dir?«

Er zuckt mit den Schultern. »Weiß man nie. Diese Klone könnten dafür sorgen, dass ich einen schrecklichen Ruf bekomme.« Seine Aura verdunkelt sich etwas. »Wieder mal.«

Zur Ablenkung ergreife ich seine Hände und ziehe ihn hoch, nehme ein bisschen Magie zu Hilfe, damit meine Kraft ausreicht. Er ist am wenigsten massig von allen Vieren, was aber nicht bedeutet, dass er ein Leichtgewicht wäre. Oder zu klein geraten. »Wir sollten zu den anderen zurückkehren. Crispy.«

»Ich weiß.« Er seufzt. »Wäre doch schön, wenn wir hierbleiben könnten und den Sonnenaufgang genießen.«

»Wenn all das vorbei ist, werde ich mir einen ganzen Monat frei nehmen und ihn mit euch verbringen«, verspreche ich. »Dann muss das Königreich so lange allein klarkommen.«

Das Dunkle in seiner Aura verschwindet. »Wir könnten durch alle Reiche reisen«, schlägt er begeistert vor. »Ich könnte dir ein paar wirklich tolle Orte zeigen.«

»Ist doch schön, etwas zu haben, auf das wir uns freuen können. Wir werden das letzten Endes schaffen. Müssen schließlich nur einen bescheuerten Gott und eine böse Hexe besiegen. Wenn's weiter nichts ist...«

❄

Natürlich hat niemand den falschen Crispin und Flora gesehen. Das hätte mich auch gewundert; dafür ist die Morrigan viel zu clever. Die Beiden befinden sich mittlerweile sicher in ihrem Reich, und die Frühlingsgöttin ist ihre Gefangene; oder Schlimmeres.

»Wir müssen sie zurückholen«, sagt Gwain ernst und legt die Hand an den Griff seines Schwertes. »Wir haben sie nicht ausreichend geschützt.«

Er steht mit Tamara vor meinem Schreibtisch, beide sehen entschlossen, aber erschöpft aus.

»Das stimmt, aber wir können sie nicht zurückholen.« Ich hebe die Hand, um ihren Protest abzuwehren. »Ich habe gesehen, um was es letzten Endes geht. Jetzt, wo wir den Herbst auf unserer Seite haben – Gwain, das ist die Drachengöttin, ich erkläre es später – gehört der Frühling zu Angus. Die Welt ist schon genug aus dem Gleichgewicht geraten, wir dürfen das nicht noch verschärfen.«

»Aber sie ist unsere Verbündete!«, protestiert Gwain. »Wir haben versprochen, dass sie hier sicher ist.«

Ich nicke bedauernd. »Ja, das haben wir, ich sogar persönlich, also ist das meine Verantwortung. Glaubt mir, ich fühle mich deshalb genauso schlecht wie ihr, wenn nicht noch schlechter. Viel schlechter.« Ich stehe von meinem Stuhl auf und sehen ihnen direkt in die Augen – jedenfalls dahin, wo ich sie vermute; es fällt ihnen hoffentlich nicht auf.

»Ich weiß, was ich tun muss, um wieder Frieden zu schaffen; und das beginnt mit meiner Krönung.«

Tamara kann ein scharfes Einatmen nicht unterdrücken. »Du hast deine Meinung geändert? Wieso das?«

»Ich habe gesehen, was passieren wird, wenn ich es nicht tue«, erkläre ich und versuche, die Bitterkeit aus meiner Stimme zu verbannen. »Ich bin im Grunde immer noch nicht damit einverstanden, weiß aber, dass mir keine andere Wahl bleibt. Ich muss Königin werden.«

Gwain verbeugt sich tief. »Eure Majestät.«

»Noch nicht ganz«, meine ich kopfschüttelnd. »Aber es muss bald über die Bühne gehen. Tamara, ich weiß ja, dass es dir in den Fingern juckt, die Zeremonie vorzubereiten. Wahrscheinlich hast du ohne mein Wissen auch schon gewisse Vorkehrungen getroffen?«

»Natürlich habe ich das. Ich wusste, du würdest deine Meinung ändern.«

Sie sieht nicht im Mindesten schuldbewusst aus. Ist mir aber auch egal. Ich mag die Begeisterung und Leidenschaft, mit der sie ihre Überzeugung vertritt.

»Es muss bald geschehen. Wie lange wirst du brauchen?«

Sie denkt einen Augenblick lang nach. »Ich kann bis morgen Abend mit den Vorbereitungen fertig sein, aber das dürfte nicht reichen, um alle Einladungen zu verschicken. Ich schlage übermorgen vor, dann haben unsere Verbündeten die Möglichkeit, persönlich anwesend zu sein. Sie sollen bei dieser Zeremonie mit eigenen Augen Eure Macht und Stärke sehen und erkennen, warum sie weiter mit unserem Reich verbunden sein wollen und sollen.«

Das ist später als von mir erhofft, aber sie hat gute Gründe vorgebracht. Es gilt, den Schein zu wahren und wird eine hervorragende Gelegenheit sein, all unsere Verbündeten zusammen zu bringen. Vielleicht bietet es sich sogar an, schon gewisse Schlachtvorbereitungen zu treffen. Multitasking, das liegt mir!

»Dir stehen alle Mittel zur Verfügung. Bediene dich aus der Schatzkammer – aber bitte mach das Kleid nicht zu aufwändig«. Allein schon der Gedanke an eine weitere Monstrosität, in die ich hineingezwungen werden könnte, lässt mich erschauern.

Tamara kichert. »Keine Sorge, es wird einzigartig sein.«

Genau das hatte ich befürchtet. Für sie beinhaltet dieses Wort Glitzer und jede Menge überflüssigen Stoff. Oder an gewissen Stellen zu wenig Stoff. Keines von Beidem führt bei mir zu Begeisterungsstürmen; andererseits ist mir klar, dass man nicht in T-Shirt und Jeans zur Winterkönigin gekrönt werden kann.

Gwain scheint mit der Situation noch immer unzufrieden zu sein. »Flora ist am Leben, es geht ihr gut«, teile ich ihm mit. »Ich kann es spüren, und wenn ich erst einmal gekrönt bin, werde ich wohl auch mit ihr sprechen können.«

»Was? Wie denn das?«, fragt er verwirrt.

»Bisher wurde das Gleichgewicht von Sommer und Winter

bestimmt, aber jetzt wo der Herbst dazugekommen ist, spielt der Frühling auch eine größere Rolle. Ich bin überzeugt davon, wenn wir vier erst einmal unsere Posten eingenommen haben, werden sich die Dinge bewegen. Das Spiel hat noch nicht begonnen; ich bin mir sicher, die Morrigan sieht das genauso. Sie wartet, dass der letzte Spieler seinen Platz einnimmt. Gut, ich werde sie nicht enttäuschen. Ich weiß jetzt Dinge, von denen sie keine Ahnung hat.«

Ich lächele, will ihnen nicht mehr verraten. Je weniger Leute Bescheid wissen, desto besser.

»Jetzt sollte ich meinen Männern besser mitteilen, dass sie bald zu Prinzgemahlen aufsteigen werden.«

KAPITEL
Neun

Mein Vater schläft, und meine Mutter ist zu schwach, mir zu antworten. Das bedeutet wohl, dass ich von keinem meiner verbliebenen Elternteile im Hinblick auf meine bevorstehende Krönung Zuspruch erwarten kann. Ich ertrinke in Selbstmitleid und suche nach einem Ventil dafür.

Die Männer würden wahrscheinlich versuchen, mich zu trösten, aber wohl eher halbherzig, weil sie ja von Anfang an der Meinung waren, ich sollte Königin werden. Dasselbe gilt für Tamara. Mit wem könnte ich noch reden? Ada vielleicht? Nein, ich lasse sie besser in Ruhe und gebe ihr Zeit mir ihren Männern. Da bleibt nur noch … das Einhorn.

Ich konzentriere mich auf meine Magie und lasse sie heraus. Glücklich schnurrend hüpft sie um mich herum, lässt die Bücher auf meinen Regalen erzittern. Ich hatte in letzter Zeit keine Gelegenheit, meine Magie so richtig einzusetzen. Teleportieren ist etwas ganz anderes, und das bisschen Wind-Zauberei im Drachenreich hat wirklich nur an der Oberfläche meiner Fähigkeiten gekratzt. *Finde Blaze,* trage ich ihr jetzt auf, denn wer anderes als meine Magie könnte ein Wesen aufspüren, das alles andere hier im Palast an Magischem übertrifft. Schließlich *essen* Einhörner Magie. Besser geht es nicht.

Meine Magie rennt los, und je weiter sie läuft, desto mehr erweitert sich mein Bewusstsein. Ich kann Leute reden hören, die sich einige Flure von mir entfernt aufhalten, kann den Schweiß der Soldaten riechen, die draußen trainieren, spüre die Brise im Hof, wo Blaze gerade schläft. Wow. Das muss ich öfter tun. Wenn ich wollte, könnte ich auf diese Art wahrscheinlich Leute am anderen Ende des Palastes belauschen. Kein Wunder, dass meine Mutter immer bestens informiert ist.

Meine Magie galoppiert um Blaze herum, und ich nehme ihre Energie als Zielort, teleportiere mich nur Sekundenbruchteile später hin zu ihr. Das Leben kann so einfach sein, wenn man so viel Macht hat. Zu einfach. Ich fürchte nur, im Laufe der Zeit zu nachlässig zu werden.

»Hi, Blaze!«, begrüße ich das Einhorn, das unter einem verschneiten Baum liegt. Er öffnet schlaftrunken ein Auge.

»Guten Morgen, Mylady. Bist du wegen der Funken hier?« Er grinst breit, und ich antworte mit einem Lächeln.

»Nö, nie wieder. Sturm würde mich umbringen, wenn ich wieder damit anfinge. Du hast wahrscheinlich nicht gehört, wie ich mich nach unserer kleinen Show hier gestern benommen habe?«

Er klimpert mit den Augenlidern. »Kein Wort darüber. Aber du solltest wissen, dass Einhorn-Babys ohne ihre Hörner geboren werden.«

»Blaze!«

Er lacht gackernd. »Keine Sorge, Prinzessin, ich werde schweigen wie ein Grab. Aber wenn du je erfahren willst, wie die kleinen Einhörner gemacht werden, weißt du, wo du mich findest.«

»Machst du mir gerade einen unsittlichen Antrag?«, frage ich völlig überrascht.

»Nein, ich biete dir nur eine wissenschaftliche Unterweisung an. Ich stehe nicht auf Hominide.«

»Den Göttern sei Dank.«

Er grinst und stellt sich auf die Beine, schüttelt dabei seine schimmernde Mähne.

»Also, warum bist du gekommen, wenn du keine Funken willst oder über Fohlen sprechen möchtest?«

Ich atme tief ein und platze dann damit heraus »Ich werde Königin werden.«

Er sieht keineswegs überrascht aus. »Stand das je in Frage?«

»Ja! Meine Mutter lebt noch, und normalerweise muss doch erst eine Königin sterben, bevor die nächste gekrönt werden kann.«

»Technische Details«, erklärt er unbeeindruckt. »Du hast das Zeug zu einer großartigen Königin, das ist das Einzige, was zählt.«

»Danke dafür«, murmele ich, ein bisschen enttäuscht, dass selbst er mir kein Mitgefühl entgegenbringt. Wenn doch nur meine Mama hier wäre. Ich könnte eine Umarmung und ein paar tröstliche Worte jetzt so gut gebrauchen. Aber nein, die Morrigan musste sie ja umbringen. Ich werde mich nie mehr an sie kuscheln können. Die Brutalität dieser Tatsache trifft mich wieder mitten ins Herz. Ich habe schon getrauert, aber es verbleibt noch so viel dieses tiefen Gefühls in mir. Es tut einfach weh.

»Funken?«, flüstert Blaze, aber ich starre ihn nur böse an und mache einen Schritt zurück.

»Führe mich nicht in Versuchung. Bitte nicht.«

Er nickt. »Tut mir leid, war ein schlechter Witz. Willst du reden? Das machen Menschen doch so, oder?«

»Ich denke schon, aber es gibt eigentlich nicht viel zu

bereden. Meine Mama ist tot, meine Mutter so schwach, dass sie heute nicht einmal mit mir sprechen konnte, und mein Vater ist traumatisiert. Alle wollen, dass ich Königin werde, aber ich will eigentlich nur diese schlimmen Ereignisse verdauen und mehr Zeit mit meinen Männern verbringen. Ich wünsche mir ein bisschen Ruhe und Frieden, Blaze.«

Er sagt einen Moment lang nichts, sieht mich nur mit seinen wunderschönen dunklen Augen an. »Berühr mein Horn, Prinzessin.«

»Auf keinen Fall!«, protestiere ich. Ich will nicht wieder über Baby-Einhörner schwadronieren, wenn nicht gar Schlimmeres.

»Nicht wegen der Funken«, erklärt er. »Ich möchte dir diesen Moment des Friedens schenken, den du dir so sehr wünschst. Keine Nebenwirkungen, versprochen, und es wird hier keine Zeit vergehen, während du woanders bist. Das ist ein ganz besonderer Einhorn-Zauber.«

Er zwinkert mir zu. Kann ich ihm vertrauen? Falsche Frage. Ich vertraue ihm natürlich insofern, als er auf meiner Seite steht und mich nicht umbringen würde. Aber was meinen Kopf betrifft und alles, was darin vorgeht – könnte er mich nicht wieder in eine Irre verwandeln, einfach, weil er Spaß daran hat? Da bin ich mir nicht so sicher.

»Ich verspreche es«, wiederholt er. »Es ist nichts Schlimmes. Du hast mir geholfen, jetzt will ich dir etwas Gutes tun.«

»Keine Funken?«, versichere ich mich ein letztes Mal, und er schüttelt lächelnd den Kopf.

»Ganz bestimmt nicht.«

»Dann gut – aber wenn du mich anlügst, wirst du ein mausetotes Einhorn sein. Ein Einhornfell würde sich sicher sehr gut auf dem Boden vor meinem Schreibtisch machen.«

Er zuckt zusammen. »Vielleicht sollte ich mein Angebot zurückziehen.«

Aber bevor er es sich anders überlegen kann, habe ich schon

sein Horn berührt und werde von dem Hof fort und durch das helle Licht eines funkelnden Regenbogens getragen.

❄

Ich kenne diesen Ort. Die vertraute Felsformation am blütenweißen Strand ist nicht zu verwechseln. Ich war oft mit der Familie in den Ferien hier. Das ist Barra, eine der Inseln der Äußeren Hebriden, wo sogar das Flugzeug auf dem Strand landet. Ich habe sie geliebt als Kind. Und wenn ich ehrlich bin, als Erwachsene ganz genauso. Dieser Moment, wenn das Flugzeug über den Boden rollt und dabei den Sand aufwirbelt, so dass das ganze kleine Fahrzeug davon eingehüllt ist! Zweimal saßen wir hier fest, weil Fliegen wegen des starken Windes unmöglich war. Ein wunderschöner Ort, aber warum bin ich hier?

»Zum Entspannen!«

Blazes Stimme dröhnt um mich herum, vibriert bis in meine Knochen hinein.

Also gut. Ich soll mich entspannen.

»Wie lange habe ich dafür Zeit?«, rufe ich, weil ich nicht weiß, ob er mich hören kann.

»Solange du willst. Die Zeit vergeht an diesem Ort nicht, du musst also nicht befürchten, irgendetwas zu versäumen. Entspann dich einfach und ruf mich, wenn du zurück willst.«

»Ähm, Blaze?«

»Ja, Prinzessin?«

»Kannst du mich hier sehen?«

Er lacht wieder gackernd. »Nein, du bist doch in deinem eigenen Kopf, Dummerchen. Ich liefere nur die Magie, damit sich das alles real anfühlt.«

Puh. Das bedeutet also, ich kann mich ohne Bedenken ausziehen und schwimmen gehen. Ich will nicht, dass mich das

Einhorn nackt sieht. Mir ist klar, dass er kein menschliches Wesen und an mir nicht interessiert ist, aber ich habe gern ein bisschen Privatsphäre.

Das Wasser ist schön warm, fast wie in der Badewanne. Jedenfalls deutlich wärmer als in einem beheizten Swimming Pool. Gut, das ist ja auch nicht real und ganz sicher nicht in Schottland. Dies ist wie im Paradies.

Ich ziehe mich aus und renne ins Wasser, fühle den weichen Sand unter meinen Füßen. Die Wellen rollen gegen meinen nackten Körper wie eine sanfte Massage. Das ist wirklich himmlisch.

Als ich bis zum Hals im Wasser bin, bleibe ich stehen und sehe über das Wasser hinweg. Die Sonne steht hoch über dem Horizont, ihr Licht wird von den Wellen gespiegelt, es wirft helle Muster auf meine Haut. Im wirklichen Leben würde ich jetzt dafür sorgen, dass ich keinen Sonnenbrand bekomme. Aber das hier ist ja nicht die Wirklichkeit, ist ein Traum, eine wunderschöne Fantasievorstellung, die ich aber weidlich auskosten werde.

Lächelnd beginne ich, gegen die Strömung zu schwimmen. Ich drehe mich auf den Rücken und lasse mich treiben, sehe hinauf in den herrlich blauen Himmel, an dem nur ein paar Schäfchenwolken dahinziehen.

Ich habe mich lange nicht mehr so entspannt gefühlt. Die Sonne treibt alle dunklen Gedanken und Erinnerungen fort, es bleiben nur Ruhe und Zufriedenheit.

Das ist so viel besser als die Funken. Meine Gefühle sind real, nicht künstlich überhöht. Ich bin nicht hyper-irgendetwas, sondern schlicht glücklich.

Ich denke an all die Ferien mit der Familie zurück, die wir hier auf Barra verbracht haben. Das Lachen, die Strandspaziergänge, die Live-Musik abends in den Pubs. Kein Wunder, dass Blaze mich hierher geschickt hat. Dies ist ein sicherer Ort, den ich beinahe vergessen hatte. Nichts Schlechtes ist je in einem der Urlaube geschehen, soweit ich mich erinnern kann. Kein Streit, keine Traurigkeit. Ich wollte immer hierher zurückkehren, um hier meine Arbeit für die Uni zu schreiben, wollte mir ein Ferienhäuschen am Meer mieten, wo mich nichts stören oder ablenken würde.

Ich lache. Meine Doktorarbeit. Aus der wird nun nichts mehr. Ich muss keine formalen Qualifikationen nachweisen, um Königin zu werden. Die Leute hier in den Götterreichen wissen sicher nicht einmal, was solch ein Doktortitel ist. Sie haben keine Schulen, weil es ja auch keine Kinder gibt. Und für die Erwachsenen gibt es auch keine Universitäten. Wächter werden mit all dem Wissen und den Fertigkeiten erschaffen, die sie für ihre Aufgabe brauchen. Alles andere eignen sie sich im Training an. Und dann gibt es ja noch die Bibliothek im Palast, falls jemand mehr lernen möchte. Schon merkwürdig, da habe ich immer gedacht, eine gute Bildung und Ausbildung sei so wichtig; aber hier in den Reichen trifft das überhaupt nicht zu.

»Prinzessin?«, ruft Blaze um mich herum. Ich gehe wieder nach vorne und sehe mich um, will sichergehen, dass da kein Einhorn am Strand steht.

»Ja?«

»Hier sind vier Herren, die sich gerne zu dir gesellen würden. Darf ich sie reinlassen?«

Ich grinse über beide Backen. Meine Wächter. Hat Blaze ihnen gesagt, wo ich mich aufhalte? Ist ja auch egal.

»Na klar!«, rufe ich zurück. So schön der Strand auch ist, ihn mit anderen zu teilen macht ihn noch attraktiver.

Ein Platschen rechts von mir lässt mich überrascht aufschreien. Blaze scheint meine Wächter ins Wasser geworfen zu haben, statt sie am Strand erscheinen zu lassen.

»Ich werde dieses Einhorn umbringen!«, prustet Sturm, und ich drehe mich zu ihm um. Er trägt immer noch seine Uniform, die allerdings jetzt völlig durchnässt an ihm klebt. Er ist groß genug, dass er im Wasser stehen kann, scheint aber nicht glücklich darüber zu sein.

Ich spritze ihn ein bisschen mit Wasser voll. »Nun komm schon, genieß es! Es ist so schön warm!«

Er sieht zum Himmel hinauf und starrt die Wolken an.

»Er hat mich nass gemacht«, beschwert er sich. »Warum kann er sich nicht *einmal* benehmen.«

Ich lache. »Das wäre doch langweilig, wenn er sich auf einmal an irgendwelche Regeln hielte.«

Sturm sieht mich nun lächelnd an. »Nein, das kann ich mir bei ihm auch nicht vorstellen.«

Und jetzt erst merke ich, dass ich sein Lächeln sehen kann. Seinen Mund, seine Nase, seine Augen. Ich kann ihn tatsächlich *sehen*! Diese fürchterliche Aura ist verschwunden, ich kann ihn wieder so sehen wie vorher.

Wieder ein Platschen, diesmal hinter mir, und ein ärgerlicher Arc stößt Flüche gegen das Einhorn aus. Sturm und ich sehen uns nur an und lachen los.

Er lacht tatsächlich, ein richtiges Lachen. Was bestätigt, dass dies ein sehr merkwürdiger Ort ist. Mein Sturm, der wie ein normaler Mensch … gut, Wächter, lacht!

Frost kommt als nächster an, beschwert sich allerdings nicht, sondern schreit freudig.

»Ist das nicht toll!«, ruft er und schwimmt auf mich zu. »Dieser Ort ist fantastisch!«

»Stimmt, herrlich«, bestätigt Arc. »Aber das Wasser könnte eine Spur kälter sein.«

»Du bist so schottisch«, lache ich. »Die meisten Leute würden warme Wellen dem eiskalten Meerwasser eindeutig vorziehen.«

Er zuckt mit den Schultern. »Ich bin kühle Luft um meine Beine herum gewöhnt.«

Und um andere Körperteile, hätte ich beinahe gesagt, aber sein Grinsen zeigt, dass er auch so genau weiß, was ich denke.

»Wieso seid ihr alle im Wasser?«, ruft Crispin, und wir fahren herum. Da steht er am Strand, die Hände in den Hosentaschen, vollständig bekleidet und im Gegensatz zu den anderen absolut trocken. Das geht doch nicht.

Ich werfe ein Wind-Lasso um ihn herum und ziehe ihn ins Meer. Er schreit auf, als ich ihn auf diese Weise nun auch ins Wasser befördere, während die anderen die Vorstellung mit dröhnendem Gelächter quittieren.

»Warum hast du das getan?«, stöhnt er, als er vor mir wieder auftaucht. »Mir hat's im Trockenen ganz gut gefallen.«

»Etwas zu sehr, Crisp«, kichert Frost. »Wenn Wyn dich nicht reingeholt hätte, hätte ich's getan.«

Crispin starrt ihn an, wendet sich dann aber wieder mir zu. »Und was genau machen wir hier? Gibt's einen Grund dafür, dass wir hier komplett angezogen im Meer stehen?« Da erst fällt ihm auf, dass ich gänzlich unbekleidet bin. »Oh…«

»Das Offensichtlichste sieht man immer zuletzt«, murmelt Arc. »Eine echte Wassernixe.«

Mir wird ganz heiß. Hat Blaze das geplant? Egal, es ist ein wunderschönes Geschenk. In der realen Welt waren wir alle schon lange nicht mehr zusammen, nicht gemeinsam. Hier steht die Zeit still, wir können uns so viel Zeit lassen, wie wir wollen. Wir können gemeinsam entspannen.

Die Männer stehen im Kreis um mich herum, beobachten mich, aber keiner bewegt sich.

»Braucht ihr erst nähere Anweisungen?«, necke ich sie. Um meine Absichten ganz klar zu machen, zaubere ich ihnen erst einmal die Kleider weg. Jetzt sind wir alle nackt.

»Hast du uns gerade ausgezogen?«, fragt Sturm mit dieser tiefen, sündigen, vielversprechenden Stimme.

Ich zucke mit den Schultern. »Ihr wart zu langsam.«

»Haben wir's denn eilig?« Arc kommt von hinten auf mich zu, kleinen Wellen kündigen sein Kommen an. Er legt seine Arme um meine Taille und zieht mich an seine Brust. »Wir können ganz schnell machen, wenn du willst.«

Sein Schwanz drückt gegen meinen Rücken, ist hart und bereit. Will ich es auf die Schnelle? Ja, mir ist nicht nach einem ausgedehnten Vorspiel. Ich will sie jetzt gleich. Aber wenn wir erst einmal dabei sind, können sie sich Zeit lassen. Ich möchte dieses kleine Paradies so schnell noch nicht aufgeben.

KAPITEL
Zehn

Arc trägt mich aus dem Wasser auf den sandigen Strand, obwohl ich protestiere, dass ich sehr wohl alleine laufen kann, schönen Dank auch. Der Sand ist von der Sonne erwärmt und bildet eine angenehme Unterlage, auf die mich Arc jetzt bettet.

»Du bist so wunderschön«, murmelt er und sieht mich lange an. Ich liege als Einzige am Boden; die Männer stehen um mich herum, betrachten mich bewundernd, begierig. Fast ein bisschen zu viel Aufmerksamkeit.

Ich strecke die Arme aus, als wolle ich die Männer zu mir hinunterziehen. Frost kniet sich lächelnd an meine Füße.

»Spreiz die Beine, Prinzessin«, flüstert er, und ich tue es spontan. Ich lege den Kopf in den Sand, atme schon schneller in Erwartung der Dinge, die da kommen werden. Ich werde sie genießen, so viel ist sicher.

Frosts Lippen streifen über meinen Schenkel, seine Zunge gleitet sanft über meine Haut. Die Berührung gleicht einem sanften Hauch, lässt mich freudig erzittern. Er drückt kleine Küsse auf den Muskel, arbeitet sich langsam nach oben.

Elektrische Energie pulsiert durch meine Adern, macht meinen Körper bereit für den bevorstehenden Schwall an Gefühlen und das damit verbundene Vergnügen.

Frost legt die Hände an meine Schenkel und öffnet meine Beine noch weiter. Seine Lippen haben nun fast mein Zentrum erreicht, sind nur noch wenige Zentimeter entfernt. Er ist so nah, dass ich beinahe schon schwach werde. Noch ein winziges Bisschen… sein Mund hat mich erreicht, seine Zunge flattert über den empfindlichsten Punkt in meinem Körper, und ich breite die Arme aus, greife in den Sand, als wolle ich mich auf diese Weise festhalten. Seine Berührung ist zu viel für mich – und doch noch nicht genug. Ich schließe die Augen, kann mich nur noch auf das Gefühl des an mir saugenden Frost konzentrieren. Da, wo seine Hände mich berühren, schießen kleine Blitze über meine Haut, machen mir Gänsehaut. Dann liegen seine Hände auf meinen Brüsten, aber nein, das können nicht seine sein, einer der anderen muss das tun. Derjenige massiert sanft meine Brüste, dann drehen Finger an meinen Nippeln, während ein weiteres Paar Hände mein Haar zurückstreicht. Lippen liegen auf meinen, weich, und doch so hart, dass ich meinen Mund öffne und ihn einlasse. Meine rechte Hand wird aufgehoben und um einen warmen, harten Schwanz gelegt. Ich lächele in den Kuss hinein. Da möchte einer meiner Männer etwas Aufmerksamkeit. Ich streichle ihn im selben Rhythmus, den Frost mit seiner flinken Zunge vorgibt. Ich stehe dicht vor dem Höhepunkt, bin so nah dran. So viele Empfindungen, ich kann sie kaum noch auseinander halten. Als Frosts Lippen verschwinden, will ich schon protestieren, aber ich bin ja mit Küssen beschäftigt, und egal, im nächsten Augenblick drückt jemand gegen meinen Eingang. Ich weiß genau, wer das ist, hebe meine Hüften etwas an, um es ihm leichter zu machen, was aber nicht nötig ist, er gleitet schon in mich hinein. Ich stöhne gegen den Kuss, drücke den Schwanz in meiner Hand etwas fester als ich wohl sollte. Er stöhnt – Arc, vermute ich – packt mich dann aber am Handgelenk und lässt mich ihn noch schneller reiben. Jemand knabbert an meinen Nippeln, ein warmer Mund umgibt sie.

Das ist alles zu viel, schreiend krümme ich den Rücken und komme mit Macht, wer auch immer mich da gerade beglückt. Funken tanzen vor meinen Augen, in allen Regenbogenfarben, zeigen mir einmal mehr, dass dies nicht real ist. Wen kümmert's, die Gefühle sind sehr real. Ich lege die Beine um den Mann in mir, der weiter in mich hineinstößt, mich ganz ausfüllt. Ich werde ihn nicht gehen lassen. Ich werde keinen von ihnen gehen lassen.

»Wyn, könntest du uns die Fesseln wieder abnehmen?«, bittet Crispin mit leicht genervter Stimme, und ich muss wohl oder übel die Augen öffnen. Alle vier – auch Sturm, der gerade in mir ist – sind an den Handgelenken und um den Leib herum mit einem Seil gefesselt, so dass sie sich nicht bewegen können.

Ich lache, kann kaum glauben, dass meine Magie das bewirkt hat.

»Bitte?«

Ich ersticke fast vor Lachen beim Anblick ihrer beleidigten Gesichter. Ich muss schon sagen, diese Seile stehen ihnen ganz gut. Meine Männer. Eindeutig meine. Niemand sonst darf sie haben, und sie dürfen nicht weggehen. Werde ich gerade zu einer Domina?

Sturm macht einen Schritt zurück und hinterlässt Leere in mir.

»Komm zurück!«, befehle ich, aber er grinst nur.

»Mach erst die Seile weg.«

Ich weiß genau, dass sie selbst dafür sorgen könnten, schließlich verfügen sie über einiges an Magie, aber sie wollen, dass ich es tue.

»Ich lasse mich nicht erpressen«, beschwere ich mich. »Und dieser Anblick gefällt mir eigentlich ganz gut.«

Crispin stöhnt. »Wir haben ein Monster geschaffen.«

»Ich würde es eher sexuell befreite Frau nennen«, gebe ich zurück. »Was aber nicht heißt, dass ihr nicht auch befreit werden könnt.«

Ich befehle meiner Magie, die Fesseln zu entfernen, und sie tut es sofort. Eigentlich schade. Ich hätte sonst gern meine stets rebellische Magie als Ausrede heranziehen können.

»Den Göttern sei Dank«, ruft Frost und reibt sich die Handgelenke. »Das war verdammt unbequem.«

Ich lächele. »Wie bitte?«

Er zwinkert mir zu. »Ich bin dran.«

Er schiebt seinen Bruder aus dem Weg und nimmt dessen Platz zwischen meinen Beinen ein. »Nein, wir sollten das mal anders machen«, sagt er und setzt sich auf den Boden. »Setz dich auf mich, Liebling.«

Ich will mich eigentlich gar nicht wegbewegen, aber der Anblick des steil aufragenden Schwanzes überzeugt mich dann doch; ich stehe auf und nähere mich ihm. Ich lasse mich langsam auf seine Härte hinunter, bis ich auf dem Boden knien kann und meine Beine gegen Frosts Hüften presse.

Er hebt sein Becken und dringt noch tiefer in mich hinein, was natürlich zu einem weiteren Stöhnen meinerseits führt. Er beschleunigt seinen Rhythmus, hält dabei meine Brüste, damit sie nicht zu stark auf und ab wippen. Er ist so tief in mir und dringt immer noch weiter vor, dass es sich anfühlt, als würden wir miteinander verschmelzen, zu einer Einheit werden.

Eine Hand fällt auf meinen unteren Rücken, drückt mich nach vorne.

»Bereit für zwei von uns?«, flüstert Arc mir ins Ohr, während sein Finger schon eine Körperöffnung umkreist, an die ich sonst nicht viele Gedanken verschwende. Bevor ich meine

Männer kennenlernte, hätte ich nie daran gedacht, mit zweien auf einmal Sex zu haben, aber wie sich das geändert hat!

Arc dringt sanft mit dem Finger in mich ein, reibt durch meine innere Trennwand Frosts Schwanz. Fühlt sich schmutzig und großartig an, davon will ich mehr.

»Mehr«, stöhne ich, was Beide kichern lässt.

»So fordernd«, murmelt Arc, zieht seinen Finger zurück und ersetzt ihn durch seinen Schwanz. Es tut erst ein bisschen weh, aber ein wenig Heil-Magie behebt dieses Gefühl sofort wieder. Ich will nur das Vergnügen, das Gefühl, ihnen so nahe zu sein. Sie bewegen sich in mir, finden einen Rhythmus, der für beide passt. Ich kann mich nicht mehr aufrecht halten, lasse mich auf Frosts Brust sinken, so dass meine Nippel hart auf seiner Haut reiben. Was machen die beiden anderen Wächter gerade? Warum sind sie nicht hier?

Frost hebt den Kopf und ergreift von meinen Lippen Besitz, was sofort alle Gedanken an die anderen vertreibt. Er küsst am besten von allen, zumindest im Augenblick, wo mir ja der Vergleich fehlt. Er schmeckt nach Meersalz und frischem Morgentau. Unsere Zungen treffen sich und beginnen jenen uralten Tanz, den wir schon so oft geübt haben.

Arc fasst mich um die Hüften und atmet schwer, während er die Geschwindigkeit erhöht. Er steht dicht davor, genau wie ich. Frost wohl ebenfalls. Wäre es nicht toll, wenn wir... da kommt mir ein verrückter Gedanke. Und bevor ich ihn richtig verfolgen kann, hat meine Magie schon das Heft des Handelns übernommen.

Meine vier Männer stöhnen gleichzeitig, und ich übertöne sie noch, als der Orgasmus uns alle überrollt. Uns alle fünf, zusammen. Ich reite auf der Welle und nehme nur schwach wahr, dass die beiden Männer sich immer noch in mir bewegen.

»Was war das denn?«, fragt Sturm atemlos. »Ich war nicht ... Ich habe nicht...«

»Wyn?«, lässt sich Crispin amüsiert, aber auch leicht schockiert vernehmen. »Warst du das?«

Ich halte die Augen geschlossen, bin die Unschuld in Person.

»Bin mir nicht sicher, ob mir das gefallen hat .... hat es vielleicht...«

Zumindest ist es mir wohl gelungen, sie alle sprachlos zu machen. Arc tritt zurück und Frost rollt mich von sich hinunter, zurück auf den Sand. Ich stöhne frustriert.

»Nur, um euch ein bisschen Raum zu geben«, flüstert Frost und steht auf.

Ich setze mich hin, beobachte, wie die drei weggehen, immer noch nackt und mit geröteter Haut. Jetzt steht nur noch Crispin hinter mir. Mir wird warm ums Herz angesichts ihres rücksichtsvollen Verhaltens. Crispin ist lieber allein mit mir, ohne die anderen, und das ermöglichen sie uns gerade.

Ich klopfe auf den Sand links neben mir, lade ihn ein, dort auf dem warmen Grund Platz zu nehmen.

Er legt sich neben mich und legt mir den Arm um die Schultern, so dass ich ihn als Kissen benutzen kann.

»Ist das für dich OK so?«, fragt er leise. »Ich weiß ja, dass du gern mit den anderen zusammen bist.«

Ich drehe den Kopf zu ihm um und schaue ihm in die Augen.

»Ich bin gerne mit den anderen zusammen, und ich bin gern mit dir zusammen. Du musst überhaupt keine Zweifel haben, ob du für mich weniger zählst als die anderen.«

Er seufzt. »Ich versuche es ja, aber... es erinnert mich an...« Seine Stimme bebt plötzlich. Ich muss mich einfach zu ihm umdrehen und ihn in den Arm nehmen.

»Die Morrigan hat auch... nicht nur mit mir...«

Ich fahre ihm mit den Händen über den Rücken, will die

Traurigkeit vertreiben, die gerade von uns Besitz zu ergreifen droht.

»Shhh«, flüstere ich. »Ich weiß doch. Du musst es nicht aussprechen.«

»Manchmal sind die Erinnerungen einfach zu stark. Ich versuche, sie abzuwehren, aber sie schlüpfen durch die Ritzen und in die Narben, die sie in mir hinterlassen hat.«

»Das verstehe ich. Ich habe ja gesehen, was du durchgemacht hast«, versuche ich ihn zu trösten und drücke ihn noch fester an mich. Er soll sich sicher fühlen. Glücklich. Ich will ihm helfen, die Dämonen der Vergangenheit zu vertreiben, weiß aber nicht wie. Wir haben Fortschritte gemacht, aber ich bin mir nicht sicher, dass wir sie je ganz besiegen werden.

»Ich weiß nicht einmal, womit ich dich verdient habe«, murmelt er. »Eigentlich müsstest du schreiend wegrennen. Du hast doch schon drei Männer, allesamt so viel stärker als ich, wozu brauchst du mich dann noch?« Seine Stimme hat einen bitteren Klang angenommen.

»Einfach, weil du *du* bist«, sage ich. »Ich bin nämlich der Meinung, dass du von allen der Stärkste bist. Sieh dich doch an, wie weit du es gebracht hast. Du hättest einfach aufgeben und ein Sklave der Morrigan bleiben können, aber nein, du hast gekämpft, kämpfst immer noch, sogar jetzt. Du bist der Kerl, den ich kenne, Crispy, und das werde ich dir so oft sagen, wie du es hören musst.«

Ich fahre mit einer Hand durch seine Haare, spiele mit den goldenen Locken. »Und jetzt entspann dich. Sei einfach hier mit mir, in diesem Moment, bevor wir zurückkehren müssen. Ich will dich ansehen, in deine Augen schauen, dein Gesicht betrachten. Tun wir einfach so, als sei alles in Ordnung.«

»Wir werden bestimmt eine Möglichkeit finden, dein Sehen zu richten«, verspricht er ruhig. »Irgendein Heilmittel gibt es bestimmt, und ich werde es für dich finden.«

»Vielleicht wird nach unserem Sieg über Angus und die Morrigan meine Mutter wieder stark genug sein, mir zu helfen.« Das ist Wunschdenken, ich weiß, aber manchmal ist es nur die Hoffnung auf etwas Unmögliches, das uns durch finstere Zeiten trägt. Tief im Herzen glaube ich immer noch, dass sie sich wieder erholen wird, auch wenn der Verstand mir etwas anderes sagt.

»Vielleicht.«

Er erwidert meine Umarmung und ich kuschele mich an seinen nackten Körper. Die Sonne wärmt unsere Haut, Möwen kreischen in einiger Entfernung; ich bin so glücklich, dass mir schier das Herz zerspringen könnte.

»Crispin?«, flüstere ich. »Danke, dass du hier bei mir bist.«

»Immer gerne. Vielleicht kann dir Blaze dieses Kunststück beibringen. Wir brauchen viel mehr solcher Auszeiten.«

»Einverstanden. Und jetzt küss mich.«

Er stützt sich auf die Ellbogen und lächelt auf mich herab.

»Mit Vergnügen.«

KAPITEL Elf

»Wirst du sie heiraten?«

Blaze begrüßt uns mit breitem Grinsen, als wir auf dem Boden zu seinen Füßen aufwachen. Meine vier Männer liegen an meiner Seite, alle sehen reichlich schläfrig aus.

»Was?«

Habe ich einen Teil des Gesprächs nicht mitbekommen?

Blaze seufzt. »Ich hab gedacht, du hättest die Gelegenheit genutzt, ihnen einen Antrag zu machen. Eine Krönung und eine Hochzeit passen so gut zusammen.«

Ich bin sprachlos, total sprachlos. Was glaubt denn dieses Einhorn, wer er ist? Und ich soll den Männern einen Antrag machen, statt sie mir? Wobei, ist vielleicht angemessener. Schließlich werde ich demnächst Königin sein, vielleicht sieht die Etikette in diesem Fall vor, dass die Herrscherin ihren künftigen Lebensgefährten einen Antrag macht? Aber nein, ich bin erst zweiundzwanzig und habe nicht vor, demnächst zu heiraten. Ich wollte immer warten, bis ich mindestens Mitte zwanzig bin und dann vielleicht ab dreißig auch an Kinder denken. Erst muss ich das Leben noch genießen.

Keiner der Männer sagt etwas. Sie warten meine Antwort ab. Feiglinge.

»Ich denke, die Krönung reicht im Moment völlig. Tamara könnte bestimmt nicht noch den zusätzlichen Stress einer Hochzeit verkraften.«

Da habt ihr's, immerhin habe ich einen Grund gefunden, warum das überhaupt keine gute Idee ist. Und es ist keinesfalls so, dass ich insgeheim danach lechze, dass die Männer vor mir auf die Knie sinken... nein, ich bin eine starke, emanzipierte Frau. Solche Traditionen sind doch vollständig überholt. Andererseits – bin ich durchaus romantisch veranlagt, und es wäre doch auch schön... Hör schon auf, Wyn, denke mit deinem Hirn, nicht mit den Hormonen. Dies ist nicht die Zeit für romantische Anwandlungen, es ist Krieg.

»Wie viel Zeit ist vergangen seit wir verschwunden sind?«, frage ich das Einhorn.

Er seufzt erneut. »Ihr wart nicht verschwunden«, erklärt er, als müsste er es einer Dreijährigen auseinandersetzen. »Ihr wart alle hier und habt ausgesehen, als ob ihr schlaft. Aber um deine Frage zu beantworten, es waren nur ein paar Minuten, vielleicht vier oder fünf. Nicht der Rede wert.«

»Gut, ich muss etwas nachsehen. Crispin, kommst du mit mir?«

Er nickt und steht auf, schüttelt sich den Staub aus den Kleidern. Irgendwie überrascht es mich, dass wir nicht länger nackt sind, obwohl es das natürlich nicht sollte. Das war alles reine Illusion.

»Dann an die Arbeit«, knurrt Sturm. »Ich muss zu einer Strategiebesprechung mit Gwain. Schon wieder.«

Er sieht nicht gerade glücklich darüber aus.

»Was ist mit euch beiden?«, frage ich die anderen.

Arc verzieht das Gesicht. »Ich muss den Verräter finden, der dem Klon das Passwort gegeben hat. Ich habe einen Verdacht, brauche aber noch Beweise, bevor ich's euch sagen kann.«

»Ich muss ein Training abhalten«, sagt Frost und klingt auch nicht gerade begeistert. »Einige der Feuer-Wächter sind nicht besonders gut in der Abwehr von Wasser und Eis, ich werde also mal den Bösewicht spielen.«

»Du *bist* einer der Bösewichte, kleiner Bruder«, lacht Sturm.

»Klein?«, schreit Frost und beginnt Wasserbälle auf seinen Bruder zu werfen.

»Lass uns gehen«, sage ich lachend zu Crispin und nehme seine Hand, teleportiere uns direkt in die Bibliothek. »Ich wollte nicht nass werden, und das sah doch ganz nach einer beginnenden Wasserschlacht aus.«

»Ich bin froh, dass ich heute mit dir arbeite«, lacht er. Wäre schön, wenn ich sein Lächeln erkennen könnte, aber mein Sehen hat sich wieder verändert – weg von den Gesichtern, hin zu den Auren. »Also, was machen wir hier?«

Ich sehe mich nach Algonquin um. Der Bibliothekar kann mir hoffentlich weiterhelfen und es mir erleichtern, die gewünschten Bücher zu finden.

»Ich werde ein paar Bücher lesen. Und du musst aufpassen, dass ich es nicht übertreibe und dabei den Verstand verliere.« Ich lächele ihn an. »Ich habe es noch nicht genug ausprobiert und weiß nicht, wie viele Bücher mein Hirn auf einmal verkraften kann.«

»Und du bist sicher, dass das eine gute Idee ist?«, fragt er vorsichtig. »Solltest du solche Experimente nicht lieber auf die Zeit nach dem Kampf verschieben?«

Ich schüttele den Kopf. »Schön wär's, aber ich brauche diese Informationen jetzt, und wir haben nicht die Zeit, die Bücher auf herkömmliche Art zu lesen. Vielleicht habe ich diese Fähigkeit auch aus einem besonderen Grund erhalten.«

Ich erweitere meine Sinne, suche nach Lebenszeichen. Am anderen Ende der Bibliothek sind zwei mir unbekannte Wächter, und Algonquins vertraute Aura erkenne ich in einer Regalreihe ganz in unserer Nähe. Ich ergreife wieder Crispins Hand und teleportiere uns direkt vor den Bibliothekar.

Er schrickt auf, beinahe tut es mir leid, das getan zu haben. Immerhin ist er ein alter Mann, und obwohl ich weiß, dass Wächter nicht am Herzinfarkt sterben können, will ich dieses Wissen doch nicht unbedingt auf die Probe stellen.

»Eure Majestät«. Er neigt den Kopf.

»Noch nicht«, murmele ich, korrigiere ihn aber nicht weiter. Ich muss mich an den Titel gewöhnen.

»Wie kann ich Euch helfen?«

»Habt ihr hier Bücher über das Gleichgewicht der Jahreszeiten? Insbesondere bezüglich Herbst und Frühling?«

Er überlegt einen Moment lang. »Nicht genau darüber, aber es gibt Chroniken über die Machtkämpfe zwischen Königin Beira und Angus im Verlauf der Jahrtausende. Mindestens zwei von ihnen beziehen sich auf Flora, aber ich bin mir ziemlich sicher, dass der Herbst nicht erwähnt wird. Seid Ihr Euch bewusst, dass es keinen Gott des Herbstes gibt?«

Ich nicke. »Ich weiß, dass es den nicht gab, aber das scheint sich geändert zu haben.«

Seine Aura verändert sich hin zu etwas, das ich als Begeisterung interpretieren würde. »Es gibt einen neuen Gott? Ihr habt ihn erschaffen?«

»Es ist eine Göttin, und sie hat sich selbst erschaffen.« Ich ignoriere sein verwirrtes Staunen. Und darüber brauche ich als nächstes Informationen. »Gibt es Bücher über die Verbindung eines weiblichen Drachenwandlers mit einem Gott? Sie hatten eine Tochter namens Dewi, aber ich muss wissen, wer ihr Vater war.«

»Das steht in keinem der Bücher, die wir über das Drachenreich haben, aber wenn der Gott nicht von hier war… lasst mich einige Bücher holen, die vielleicht weiterhelfen könnten.«

Seine Aura blitzt plötzlich gelb auf, und von allen Seiten kommen Bücher auf uns zugeflogen. Das ist ein nützlicher Zauber. Ich war davon ausgegangen, er würde auf altmodischen Karteikarten nachsehen, hätte es aber besser wissen müssen. Dies ist schließlich die größte Bibliothek des Reiches, noch dazu eine magische.

Etwa zwanzig Bücher landen in Algonquins Armen, der unter dem Gewicht keucht und sie langsam auf den Boden gleiten lässt. »Es wird eine Weile dauern, bis ich gefunden habe, wonach Ihr sucht, Eure Majestät. Was ist für Euch zunächst wichtiger, das Gleichgewicht der Jahreszeiten oder der Partner des Drachenwandlers?«

»Beide Dinge sind miteinander verbunden«, erkläre ich, »und ich brauche beim Lesen keine Hilfe. Das kann ich selbst tun.«

Offensichtlich hat sich die Kunde von dieser neuen Fähigkeit noch nicht verbreitet. Algonquin wird vor Neid erblassen, wenn er davon erfährt.

»Ich würde gern helfen, Eure Majestät«, sagt er und klingt etwas verschnupft, weil ich seine Unterstützung abgelehnt habe. Ich sollte ihm als kleinen Ausgleich etwas anderes zu tun geben.

»Ich weiß das sehr zu schätzen, Algonquin, aber ich habe eine andere Aufgabe für Euch. Könntet ihr die besten Bücher über Gefechtsstrategien zusammenstellen und sie Sturm schicken, vielleicht gleich mit einer schriftlichen Zusammenfassung? Besonders interessant wären Schriften über

Guerilla-Taktiken. Das könnte uns unseren Feinden gegenüber zu einem Vorteil verhelfen. Oh, und dann natürlich noch alles über Drachen-Kriege.«

Er verbeugt sich, augenscheinlich erfreut über diese wichtige Aufgabe.

»Selbstverständlich, Mylady. Ich werde mich sofort darum kümmern.«

Er schlurft davon, lässt mich mit einem amüsierten Crispin zurück. »Bist du sicher, dass Sturm diese ganzen Bücher nicht schon gelesen hat?«

Ich zucke mit den Schultern. »Ist doch besser, auf der sicheren Seite zu sein. Dann lass uns mal ein paar Bücher lesen. Und halte mich auf, wenn ich durchdrehe. Ähm, also, *bevor* ich durchdrehe.«

❄

»Das dürfte genügen.«

Seine leise Stimme dringt kaum durch den Wörterwirbel, der da durch meinen Kopf fegt. So viele Wörter. Bilder. Geräusche. Eindrücke. Leute. Leben. So viel Chaos. Es strömt in keiner erkennbaren Ordnung in mich hinein und bereitet mir Kopfschmerzen.

»Aua«, jammere ich. »Bücher tun ganz schön weh.«

»Ist es dein Kopf?«

Ich nicke und bereue es sofort. Beim Nicken schlagen die Wörter gegen meine Schädeldecke und verursachen nur noch mehr Schmerzen.

Crispin legt mir die Hände auf den Kopf, kühle Luft weht in mich hinein. Magie, keine Luft. Ist doch dasselbe, oder?

Er beginnt mit einer vorsichtigen Kopfhautmassage, seine Finger bewegen sich in kleinen Kreisen. Fühlt sich gut an, sehr gut sogar.

»Mehr«, flüstere ich, und die Kühle nimmt zu. Die herumwirbelnden Wörter verlangsamen sich etwas, aber noch bewegen sie sich zu schnell, als dass ich sie erfassen könnte. Ich lehne mich an Crispin, lasse mich an seine Brust fallen. Er reibt mir weiter den Kopf, murmelt dabei tröstende Worte, die noch komplizierter zu sein scheinen als die anderen in mir.

»Ich glaube, ein bisschen Schlaf könnte dir guttun«, schlägt er vor. Ich kann ihn kaum verstehen. Seine Worte klingen irgendwie verdreht, obwohl ich weiß, dass er sie in der richtigen Reihenfolge gesagt hat. »Ruh dich aus, lass deinen Verstand all die neuen Informationen verdauen. Soll ich dir beim Einschlafen helfen?«

»Aua«, wiederhole ich. Was für ein süßes kleines Wort. Und so voller Bedeutung.

Er streicht mir sanft über die Wange.

»Schlaf jetzt, Wyn. Schöne Träume!«

❄

Ich springe aus dem Bett, sobald ich erwacht bin. Es gibt so viel zu tun, so viel den anderen mitzuteilen.

»Ratsversammlung, jetzt sofort«, rufe ich, noch bevor ich mich vergewissert habe, dass überhaupt außer mir jemand im Zimmer ist. Zum Glück sind Frost und Crispin da, spielen Schach auf einem kleinen Tisch am Fenster.

»Gut, dass du aufgewacht bist, das rettet mich, sonst hätte Crisp mich geschlagen«, lacht Frost und steht von seinem Stuhl auf. »Was gibt's? Wieso eine Ratsversammlung?«

Ich lächele ihn an. »Erinnerst du dich, dass Blaze gesagt hat, der Sommer würde verraten werden? Ich glaube ich weiß, wer ihn verraten wird. Oder besser, wer es schon getan hat.«

Ich bin ganz kribbelig vor Aufregung. Alles ergibt jetzt einen Sinn. Die Worte in meinem Kopf haben sich geordnet, sich zu einem wunderschönen Muster zusammengefügt. Ich kenne nun so Vieles, was uns helfen wird. Dies ist die Gelegenheit, auf die wir gewartet haben.

Ich renne zu den Männern, berühre sie an den Schultern und teleportiere uns ins Ratszimmer. Noch ist niemand hier, aber das wird nicht lange so bleiben.

»Wartet hier«, weise ich sie an und setze meine Magie ein, um nach den Ratsmitgliedern zu forschen. Ich erscheine bei einem nach dem anderen und teleportiere sie in dieses Zimmer, auch wenn sie laut protestieren. Der Einzige, den ich nicht sofort herbeischaffe, ist Zephyr, der gerade unter der Dusche steht. Das wollte ich nun wirklich nicht sehen, und zum Glück hat mich ein Duschvorhang davor bewahrt. Ich habe ihm immerhin gesagt, er solle sich beeilen. Ich kann die Neuigkeiten kaum noch für mich behalten, sonst platze ich!

Alle starren mich erwartungsvoll an – zumindest sagt mir das ihre Aura – aber ich warte noch, bis Zephyr hereingestürmt kommt, die nassen grauen Haare kleben ihm noch in der Stirn. Er hat sein Hemd verkehrt herum angezogen, ich helfe mit ein bisschen Magie nach und richte das. Er selbst bemerkt davon anscheinend nichts, aber neben mir kichert Tamara fast unhörbar.

Als er endlich auch sitzt, stehe ich auf und sehe sie der Reihe nach an.

»Ich weiß nicht, wie viel euch schon bekannt ist, werde also besser ganz am Anfang beginnen. Als wir ins Drachenreich geflogen sind, haben wir dort deren Königin, Dewi, kennengelernt, die von sich behauptet, sie sei eine Göttin. Bis dahin hatte niemand auch nur von einer Drachengöttin gehört; aber Tamara hat herausgefunden, dass Dewi bis vor kurzem eine Halbgöttin war, die dann zu einer Göttin wurde, genau wie ich.«

Ich beachte das Stirnrunzeln und den angehaltenen Atem

der anderen im Raum nicht weiter. »Laut dem Buch, das Tamara gelesen hat, sind Dewis Eltern ein weiblicher Drachenwandler und ein Gott. Nun, die Übersetzung muss etwas fehlerhaft gewesen sein, denn gemäß einigen Büchern, die ich selbst gelesen habe, war es kein Gott. Es war eine Göttin, von der wir alle schon gehört haben. Ratet mal, welche!«

Keiner traut sich, einen Tipp abzugeben.

»Bridget. Bevor sie Angus kennenlernte und seine Königin wurde, unterhielt sie eine Beziehung zu einem männlichen Drachenwandler. Ein Kind wird auch erwähnt, taucht aber erst zweiundzwanzig Jahre später wieder auf, als das Mädchen von der Erde zurückkehrt und von nun an im Drachenreich wohnt. Ich bin mir nicht sicher, ob Dewi ihrer Mutter weggenommen wurde oder ob Bridget mit ihr nichts zu tun haben wollte, vermute aber ersteres. Sie und Angus haben ständig versucht, ein Kind zu bekommen seit Beira mich erwartete, vielleicht auch schon davor, deshalb bezweifle ich, dass sie damals ihr Baby einfach so weggeben hätte.«

»Aber das bedeutet ja…«, beginnt Gwain, und ich lasse ihm Zeit, dem Gedanken zu folgen. »Unsere neue Verbündete ist die Tochter unserer Feinde?«

»Genau«, lächele ich. »Ihr habt mir doch erklärt, dass Bridget ihrem Mann Angus viele Dinge einflüstert, seine Entscheidungen mit beeinflusst. Gehen wir mal davon aus, dass sie dies aus Machtstreben tut. Und nun stellt euch vor, sie findet heraus, dass ihre Tochter jetzt eine Göttin ist und Herrscherin über das Drachenreich…«

»Dann würde sie sich auf Dewis Seite schlagen«, beendet Sturm meinen Satz. »Ich glaube nicht, dass sie sich gegen Angus stellen würde, aber sie könnte den Versuch unternehmen, ihn zum Seitenwechsel zu bewegen. Sie ist eine kluge Frau, und wenn wir Glück haben, wird sie selbst schon bezweifeln, dass die Morrigan sie und ihren Mann tatsächlich nach einem Sieg auf dem Schlachtfeld über das Sommer- und Winterreich herrschen lassen wird. Der Mord an Floras Ehemann hat nicht nur uns überrascht, sondern auch Angus und seine Verbündeten, wie unsere Spione herausgefunden haben. Auch sie mussten erkennen, dass die Morrigan nicht vertrauenswürdig ist und dass sie sich keinesfalls in Sicherheit wiegen dürfen.«

»Meint Ihr im Ernst, dass Angus und Bridget die Seiten wechseln könnten?«, fragt Zephyr skeptisch. »Nichts für ungut, Eure Hoheit, aber wir kämpfen schon seit Jahrhunderten gegen sie, manche von uns seit Jahrtausenden. Ich glaube nicht, dass sie ihre Position so schnell ändern werden.«

»Mutterliebe«, sagt Tamara ruhig, aber es wird sofort ganz still im Raum. »Es gibt nichts Vergleichbares. Wenn Bridget damals annehmen musste, dass ihre Tochter tot war, wird sie jetzt alles dafür tun, sie am Leben zu erhalten.«

Gwain wendet sich an mich. »Es ist einen Versuch wert. Sollte es allerdings nicht funktionieren, müsst Ihr bedenken, dass sie dann wissen, dass die Drachen unsere Verbündeten sind, und ein Überraschungselement ginge verloren.«

»Wir haben selbst dann noch einige Überraschungen in der Hinterhand«, entgegne ich. »Sturm hat euch sicher von den provisorischen Toren erzählt?«

Der Waffenmeister nickt. »Ja, das wird ein großer taktischer Vorteil für uns sein. Wir möchten Euch bitten, unsere mächtigsten Magier darin zu unterweisen, wie man sie herstellt. Wenn sie diese Kunst beherrschen, werden wir nicht mehr so abhängig von den Drachen oder von Euch sein.«

Ich sehe ihn stirnrunzelnd an. »Erwartet Ihr noch vor dem Kampf mein Ableben?«

Wieder völlige Stille im Saal, bis Gwain sich verlegen räuspert. »Nein, natürlich nicht, Eure Hoheit. Ich dachte nur,

Ihr würdet vielleicht die Sicherheit des Palastes vorziehen, und deshalb...«

»Auf keinen Fall«, unterbreche ich ihn. »Ich werde kämpfen wie alle anderen auch. Solange meine Mutter krank ist, bin ich es doch offensichtlich, die über die größte Macht im Reich verfügt. Es wäre Verschwendung von Ressourcen, wenn ausgerechnet ich mich hinter den Mauern der Hauptstadt verstecken würde. Das müsst Ihr doch einsehen.« Ich hoffe damit an sein logisches Denken zu appellieren. Er ist schließlich ein sehr rationaler, berechnend denkender Mann.

Ohne ihm groß Zeit für Gegenargumente zu geben wende ich mich an Tamara. »Du hast sicher eine Möglichkeit, Bridget eher zufällig von Dewi wissen zu lassen?«

Meine Chefspionin lacht in sich hinein. »Selbstverständlich. Ich werde auch Ada einbeziehen um sicherzugehen, dass die Drachen vorbereitet sind, wenn Bridget versucht, mit ihnen Kontakt aufzunehmen.«

»Besteht eine auch noch so entfernte Möglichkeit, dass Dewi die Seiten wechselt, wenn sie herausfindet, wer ihre Mutter ist?«, fragt Algonquin in seiner krächzenden Altmännerstimme.

»Nein, nicht nach allem, was die Morrigan im Drachenreich angerichtet hat«, antworte ich entschieden. »Sie hat praktisch jeden einzelnen Drachenwandler in seinem eigenen Kopf eingesperrt und ihre Königin gefoltert. Es erscheint undenkbar, dass sie dies jemals vergeben könnten.«

Mir fallen meine eigenen Gründe ein, die Morrigan zu hassen. Könnte ich je mit ihr zusammenarbeiten, wenn meine Mutter oder meine Freundin plötzlich die Seiten wechseln würden? Ganz sicher nicht. Sie hat meine Mama getötet, meinen Vater gefangengenommen, Crispin gequält. Das kann man nicht vergessen. Und schon gar nicht vergeben.

Ich unterdrücke den in mir aufsteigenden Hass. Jetzt bloß nicht zu emotional werden!

»Tamara, wenn Ada und du von mir ins Drachenreich transportiert werden wollt, sagt Bescheid. Ich muss morgen mit Dewi sprechen.«

Tamara seufzt. »Heißt das, ich muss die Kleideranprobe verschieben?«

Ich schnalze unwirsch mit der Zunge. »Prioritäten, Mara, Prioritäten!«

KAPITEL Zwölf

Ich werde Tamara umbringen.

Oder die Schneiderin.

Oder beide.

Jetzt weiß ich, warum Tamara unbedingt wissen wollte, wann genau ich ins Drachenreich aufbrechen werde. Nicht, damit sie dann auf jeden Fall fertig ist. Nein, damit die Chef-Schneiderin mich vorher noch abstechen und sonst wie quälen kann.

Ich stehe in meiner Unterwäsche auf einem Podest, und der Schneiderin scheint es großen Spaß zu machen, mich an allen möglichen empfindlichen Stellen zu pieken. Keine Ahnung, warum sie überhaupt Maß nehmen muss. Sie verfügt doch über Magie, wie alle anderen auch, zum .... Also ist es wohl tatsächlich das Spaß-Element, das sie veranlasst, die künftige Königin nach Herzenslust mit Nadeln zu stechen. Ich muss meine Magie im Zaum halten, sonst wäre die Schneiderin wohl schon in Flammen aufgegangen.

Das erste neue Gesetz, das ich als Königin erlassen werde, betrifft mit Sicherheit die Kleiderordnung. Und da steht die

Königin selbst natürlich an erster Stelle: Sie darf tragen, was sie will, auch Jeans, T-Shirts und unförmige Hoodies. Was Kleider betrifft, besteht keine Notwendigkeit für Rüschen, ein tiefes Dekolleté oder Löcher, die zu viel Haut zeigen. Denn dies alles, fürchte ich, wird das Kleid zu meiner Krönung wohl aufweisen.

Ich habe meine Männer schon gefragt, ob es irgendwelche Regularien bezüglich der Krönungszeremonie gibt, aber es existiert dafür im Reich kein Präzedenzfall. Beira war bisher die erste und einzige Königin, also bestand keine Notwendigkeit, sie zu krönen. Das ist wohl auch der Grund, warum Tamara so aufgeregt ist. Dies ist eine einmalige Gelegenheit, selbst für unsterbliche Wächter und Wächterinnen.

In anderen Götterreichen gab es allerdings schon Krönungen, und von denen lässt sich Tamara inspirieren. Sie hat auch schon etwas von William und Kate gemurmelt, aber da habe ich mich hoffentlich verhört. Man wird doch bei den Göttern nicht etwa irdische Monarchien verfolgen?!

»Wie wird das Kleid aussehen?«, frage ich die Schneiderin gelangweilt, aber sie sticht mich einfach weiter mit ihren Nadeln. Diese Frau zeigt keinerlei Respekt. Keine Ahnung, ob sie nur mich so behandelt oder ob sie generell kaltherzig ist und Freude daran hat, anderen Leuten ihre fürchterlichen Kreationen aufzuzwingen und sie vorher noch ein bisschen zu quälen.

Um mir die Zeit zu vertreiben, erweitere ich mit Hilfe meiner Magie meine Sinne und konzentriere mich auf die Leute in den anderen Zimmern und auf den Fluren in der Umgebung. Alle scheinen mit den Vorbereitungen für Krieg oder Krönung stark beschäftigt zu sein. Zwei Personen weit unter meinem Zimmer sprechen gerade über die Krone. Der Plan ist wohl, meine derzeitige, eher kleine Prinzessinnen-Krone in etwas Größeres umzuarbeiten, das der Krone meiner Mutter ähnelt, aber doch nicht völlig gleicht. Ich habe mich geweigert, die

Krone meiner Mutter anzunehmen; die werde ich für sie aufbewahren, bis es ihr besser geht.

Ich übergehe die Gespräche über das bevorstehende Festmahl – das macht mich nur hungrig – und lausche erst wieder, als ich eine Gruppe Wächter darüber reden höre, welche Göttinnen der Krönungszeremonie wohl beiwohnen werden. Ich muss lächeln. Das Leben geht einfach weiter, auch in Kriegszeiten. Ich höre ihnen eine Weile zu, wende mich dann aber ab, als sie über mich zu sprechen beginnen. Nein danke, habe nicht die Absicht herauszufinden, was die männliche Palast-Bevölkerung über mich denkt. Das wird mich entweder zu selbstverliebt machen oder meinem Selbstvertrauen einen gehörigen Dämpfer versetzen.

Ein stechender Schmerz in meiner Bauchgegend lässt mich hochfahren.

»Das hat weh getan«, beschwere ich mich, aber die Schneiderin hat sich schon abgewendet und packt gerade ihre Sachen. Und tschüs. Vielleicht sollte ich in Erfahrung bringen, ob ich mit meinen neu erworbenen Fähigkeiten nicht auch meine eigene Kleidung entwerfen kann. Und sei es nur, um dieser verrückten Frau eins auszuwischen.

Ich warte, bis sie verschwunden ist und ziehe dann lose sitzende Leinenkleidung an, die für das Wetter im Winterreich vollkommen ungeeignet ist, aber hervorragend zum Klima im Drachenreich passt. Ich teleportiere mich noch schnell in die Küche und nehme mir ein paar Zimtschnecken, bevor ich schließlich in meinem Arbeitszimmer vorbeischaue.

Ada erwartet mich dort schon; sie sieht so viel besser aus als bei unserer letzten Begegnung.

»Wie geht's dir?«, frage ich voller Wärme und scanne dabei unauffällig ihren Körper. Sie ist gesund, wenn auch noch etwas untergewichtig. Das wird sich hoffentlich bald ändern. Ihre

Aura macht einen erheblich lebendigeren Eindruck, bebt vor freudiger Erwartung.

»Mir geht es gut, danke der Nachfrage. Tamara hat mir von Dewi und ihrer Mutter berichtet. Bist du sicher, dass sie Bridgets Tochter ist?«

»Nicht hundertprozentig«, gebe ich zu. »Aber nah daran. Hat sie je ihre Eltern erwähnt?«

Ada lacht. »Wir hatten keine Zeit für Small Talk. Ich habe sie gerettet, sie hat mich zum Dank dafür eingesperrt, weiter reicht unsere Beziehung bisher nicht. Aber ich habe viel Klatsch und Tratsch gehört, als ich in der Zelle saß. Dewi war eine Halbgöttin bevor die Morrigan die Herrschaft übernahm, aber nachdem ich sie gerettet hatte, geschah etwas mit ihr und sie wurde … mehr.«

Ich frage mich, ob ihre Transformation zur selben Zeit geschah wie meine eigene. Das wäre sehr interessant. Zwei Halbgöttinnen, die just am selben Tag zu Göttinnen werden. Ob es da eine Verbindung gibt? Weder Algonquin noch sonst jemand hat bisher einen Nachweis dafür gefunden, dass dies jemals zuvor geschehen ist. Und ich dachte, ich sei einzigartig – wie sich jetzt herausgestellt hat, gibt es mindestens zwei von uns.

»Agierth dagegen ist ganz nett«, fährt Ada fort. »Sie ist vernünftig, wenn auch manchmal etwas vorschnell. Sie weiß auch gut mit Dewis Stimmungsschwankungen umzugehen. Die Wächter haben erzählt, dass diese vor ihrer Haft schon schlimm waren, sich seit ihrer Befreiung aber noch verstärkt hätten. Es ist nicht immer leicht, mit ihr auszukommen.« Sie zuckt mit den Schultern. »Keine Ahnung, wie Agierth das aushält.«

Meine Magie signalisiert mir, dass Tamara sich dem Büro nähert. Ich lasse die Tür vor ihr auffliegen. Das geht doch viel schneller, als wenn die Wachen sie öffnen müssten.

»Wie war die Anprobe?«, fragt sie leicht amüsiert.

»Fang nicht davon an, sonst garantiere ich für nichts mehr!«, antworte ich kalt. »Diese Frau ist ein Teufel.«

»Stimmt, sie freut sich, wenn sie dich zur Weißglut bringen kann«, lacht sie. »Sind wir bereit für einen Ausflug ins Drachenland? Ich bin schon ganz aufgeregt. Dieses Reich ist eines der wenigen, die ich noch nicht besucht habe.«

»Es ist wunderschön«, schwärmt Ada. »Das Schönste sind die Sonnenuntergänge, wenn die dunkelrote Erde in orangefarbenes Licht getaucht wird… Außerdem gibt es dort einige ungewöhnliche Pflanzen, die sehen wie kleine Bäume mit Stacheln aus.«

»Kakteen?«, frage ich, aber sie zuckt nur mit den Schultern.

»Keine Ahnung. Die gibt es hier nicht, und dieses Wissen wurde mir nicht mitgegeben, als man mich erschaffen hat.«

Ich lasse etwas Nebel vor mir entstehen und gebe ihm die Form eines Kaktus.

»Oh ja, das ist es!«, ruft sie vergnügt. »Das ist also ein Kakteen?«

»Ein Kaktus«, verbessere ich sie. »Das andere ist die Mehrzahl. Aber wir sollten besser weitermachen, sonst verpasse ich noch all die Vorbereitungen zu meiner Krönung.«

Der Sarkasmus in meiner Stimme ist sicher nicht zu überhören. Wenn ich könnte wie ich wollte, würde ich mich im Drachenreich verkriechen bis kurz vor dem Moment, wo man mir tatsächlich die Krone aufs Haupt setzt. Und würde mich wieder dorthin zurückziehen, um auch den sich anschließenden Festivitäten zu entgehen.

Ich strecke einen Arm aus, und beide Frauen legen ihre Hände darauf.

»Na dann los«, warne ich sie noch und teleportiere uns direkt in den Palast der Drachen.

Hinter uns brüllt etwas, und ich kann gerade noch rechtzeitig eine Barriere errichten, bevor eisiger Hagel dagegen drischt. Was für ein Willkommen! Vielleicht hätte ich uns doch nicht gleich in den Thronsaal transportieren sollen, aber wir haben nicht viel Zeit.

»Halt, das ist die Königin des Winters«, ruft jemand irgendwo vor uns, aber die eisige Schranke verhindert buchstäblich den Durchblick.

Der Drache versucht nicht länger, uns in lebende Eiszapfen zu verwandeln, und ich taue die Barriere mit etwas heißer Luft ab. Ich vergewissere mich noch, dass der Drache tatsächlich seinen Angriff eingestellt hat, bevor ich die Schranke gänzlich abbaue.

»Willkommen zurück«, begrüßt uns Agierth fröhlich. Sie klatscht in die Hände, und der Raum leert sich, auch der leuchtend grüne Drache, der uns mit der Eisattacke überrascht hat, zieht sich zurück.

»Vielleicht solltest du beim nächsten Mal anklopfen, bevor du uns besuchst«, schlägt die Drachenwandlerin lachend vor. »Wir Drachen lieben keine Überraschungen.«

Ada tritt vor und verbeugt sich knapp vor der Frau. »Es freut mich, dich wiederzusehen, Agierth.«

»Ganz meinerseits. Ich freue mich, dich nicht länger als Gefangene behandeln zu müssen. Warum seid ihr also gekommen?«

»Tamara und Ada müssen etwas Wichtiges mit dir besprechen«, sage ich. »Darf ich übrigens vorstellen – das ist Tamara, mein Haushaltsvorstand.«

»Sehr erfreut«, sagt Agierth. Sollte es sie überraschen, dass ich mit einer Palastangestellten erschienen bin, lässt sie es sich nicht anmerken, nicht einmal in ihrer Aura.

»Ich muss mit Dewi sprechen. Kannst du mir sagen, wo ich sie finde?«

»Nicht nötig, sie ist schon auf dem Weg.« Agierth deutet auf ihre Schläfen. »Wir sind miteinander verbunden. Ist das bei Nicht-Drachen auch so?«

»Bei mir schon«, antwortet Ada, bevor ich etwas sagen kann. »Ich kann bei Bedarf in meinen Gedanken mit meinen Männern kommunizieren.«

Ich wünschte, das könnte ich auch behaupten. Bevor ich zur Göttin wurde, konnte ich gelegentlich die Gedanken meiner Männer lesen, aber diese Fähigkeit ist mir völlig abhandengekommen. Ich sehe ihre Auren und fühle von weitem ihre Anwesenheit, kann aber nicht mental mit ihnen kommunizieren.

»Was machst du denn hier?« Dewis dröhnende Stimme lässt uns alle herumfahren. Sie sitzt auf ihrem Thron, obwohl der vor einer Sekunde noch leer war.

»Ich muss mit dir sprechen. Allein.« Ich weiß nicht, wie zuvorkommend ich sie behandeln soll, wo sie doch Ada und ihre Männer eingesperrt hatte, bemühe mich also um einen neutralen Tonfall.

Sie betrachtet mich neugierig, und ich bin wieder überrascht, dass ich ihr Gesicht sehen kann. Zumindest weiß ich jetzt, dass sie anders als andere Götter ist. Sie wurde nicht als Göttin geboren, wurde erst zu einer, genau wie ich. Vielleicht sollten wir Freundinnen werden, zumindest in Kontakt bleiben. Das habe ich sowieso geplant.

»Lass uns in meine Privatgemächer gehen«, sagt sie und geht los, ohne meine Reaktion abzuwarten. Tamara nickt mir aufmunternd zu, was gar nicht nötig ist. Ich eile Dewi schon hinterher.

Sie führt uns durch eine schmale Tür hinter dem Thron in ein gemütliches Wohnzimmer. Dicke Wandbehände mit Bildern von Drachen bekleiden die Wände. Einigen von ihnen sieht man ihr Alter an, sie beginnen sich an den Rändern aufzulösen.

Wie lange es wohl schon Drachen gibt? Wurden sie von den Göttern erschaffen? Oder entstanden sie auf andere Art?

Sehr schade, dass ich nicht mehr Zeit habe. Sonst würde ich gerne einige Stunden in der Bibliothek dieses Palastes verbringen und mehr in Erfahrung bringen.

Dewi deutet auf eines der Sofas, und ich nehme Platz. Es ist weich, ich sinke tief hinein. Und biete damit sicher keinen königlichen Anblick.

»Also, warum bist du hier?« Sie hat sich auf einen Stuhl gesetzt, der ein bisschen wie ein Thron aussieht. Er ist höher als das Sofa, sie schaut also auf mich herab. Sehr schlau. Da fühlt man sich doch gleich kleiner. Aber ich weiß, dass ich ihr nicht unterlegen bin – ich bin die künftige Königin des Winters, die Tochter der Göttermutter.

»Es hat einige neue Entwicklungen gegeben, die unsere Lage im Kampf gegen die Morrigan verändern könnte«, beginne ich, und habe gleich ihre volle Aufmerksamkeit. Sie hört mir zu. Gut so.

»Verzeih die persönliche Frage, aber weißt du, wer deine Eltern sind?«

Sie runzelt die Stirn. »Ich habe meinen Vater gekannt, aber wieso geht dich das was an?«

»Werde ich gleich erklären. Hat er dir je gesagt, wer deine Mutter ist?«

»Nein.« Ein schmerzerfüllter Ausdruck erscheint auf ihrem Gesicht. Dies ist offensichtlich ein wunder Punkt. »Ich wurde von meinem Vater in einer Gruppe von Drachen auf der Erde aufgezogen. Als ich Mitte zwanzig war, brachte er mich hierher. Bis dahin wusste ich nicht einmal, dass ich königliches Blut hatte. Der Bruder meines Vaters war der König, und als er starb, übernahm mein Vater die Amtsgeschäfte. Plötzlich war ich eine Prinzessin…«

Ihre Stimme verliert sich, und ich verziehe das Gesicht. »Ich weiß, wie sich das anfühlt.«

Sie schaut mich an, als sähe sie mich zum ersten Mal. »Ja, das glaube ich dir. Uns verbindet eine Menge.« Sie hält inne und fragt dann leise »Also, wer ist meine Mutter? Selbst auf dem Totenbett hat mein Vater sich geweigert, es mir zu sagen.«

»Ich glaube, es war eine Göttin. Sie hat später geheiratet, aber davor hatte sie ein Verhältnis mit deinem Vater…«

»Wer?«, fragt sie mit Nachdruck.

»Bridget. Die Frau des Sommer-Königs.«

Ihr stockt der Atem. »Das kann nicht sein. Das darf einfach nicht sein.«

Ich erwidere nichts darauf, lasse ihr Zeit, sich an den Gedanken zu gewöhnen.

»Woher weißt du das überhaupt?«

»Ich bin auf verschiedene Bücher gestoßen, in denen von der Beziehung eines Drachenwandlers mit einer Göttin die Rede war. In einem wird Bridget namentlich genannt. Und da du eine Halbgöttin warst, ergibt das alles Sinn. Du bist wie ich, du bist plötzlich zur Göttin aufgestiegen.«

Dewi lächelt. »Ja, das war ein ganz schöner Schock. Ich wusste davor nicht einmal, dass ich eine Halbgöttin war. Mir war schon klar, dass ich anders war als die anderen, mächtiger und über größere Fertigkeiten verfügte, das schon, aber niemand hat mir je gesagt, dass ich eine Halbgöttin war. Ich habe alles andere lediglich auf mein königliches Blut geschoben.«

Stirnrunzelnd fragt sie nach. »Bridget? Wirklich? Die Frau von Angus? Sind die Beiden nicht schon ewige Zeiten zusammen?«

»Merkwürdigerweise nicht, nein. Sie haben sich erst vor ein paar Hundert Jahren getroffen. Wie alt bist du jetzt?«

»Fünfhundertzweiundzwanzig.«

Wow. Es ist für mich immer noch unfassbar, wie alt alle Bewohner der Götterreiche sind. Jahrhunderte, Jahrtausende, das ist hier nichts Ungewöhnliches. Ihnen muss ich wie eine Eintagsfliege erscheinen.

Ich versuche, mir meine Überraschung nicht anmerken zu lassen. »Das entspricht dem, was ich in den Büchern gelesen habe. Ich bin überzeugt davon, dass Bridget von deiner Existenz nichts weiß. Sie hat immer wieder versucht, schwanger zu werden, aber ohne Erfolg. Wenn sie herausfindet, dass es dich gibt, wird sie sich vielleicht auf deine Seite schlagen. Unsere Seite.«

»Aber sie ist Angus' Frau! Sie steht auf der Seite unserer Feinde.«

»Im Augenblick ja«, gebe ich lächelnd zurück. »Aber ich hoffe, wir können das ändern. Wir werden dafür sorgen, dass sie die Neuigkeit erfährt, vielleicht beißt sie an. Sie wird wahrscheinlich einige ihrer Spione in dein Reich schicken oder vielleicht sogar versuchen, selbst zu kommen. Natürlich solltest du das zulassen. Sie wird dies vielleicht erst einmal vor ihrem Mann geheim halten, damit der nicht denkt, sie hätte ihn betrogen.«

»Du willst, dass ich unsere Feinde ins Reich lasse?«, fragt sie ungläubig.

»Genau das. In der Hoffnung, dass sie nicht mehr zu den Feinden gehören, wenn sie wieder gehen.«

»Meinst du wirklich, sie kann Angus dazu bringen, die Seiten zu wechseln?«

Das genau ist der kritische Punkt, auf den ich keine Antwort weiß. Tamara ist dieser Meinung, aber ich kenne weder Angus noch Bridget. Und weiß nicht, wie ihre Beziehung zueinander ist.

»Es ist einen Versuch wert«, drücke ich mich um eine klare

Aussage. »Und würdest du nicht gerne deine Mutter kennenlernen?«

Ihre Aura hellt sich ein wenig auf. »Selbstverständlich. Also gut, ich werde den Grenzposten sagen, sie sollen mögliche Spione durchlassen.«

»Gut«. Ich lächele sie dankbar an. »Sag mir Bescheid, wenn das geschieht oder wenn Bridget persönlich auftaucht. Das wäre natürlich der beste Fall. Aber da ist noch etwas. Im Zusammenhang mit deiner Magie.«

»Noch eine Überraschung?«, sie lächelt unsicher. »War mein Vater etwa gar nicht mein Vater?«

Sie hat ihre raue Schale geöffnet, und ich kann darunter endlich die wahre Dewi erkennen. Das macht sie menschlicher ... drachiger? ... göttlicher ... also, ihr wisst schon, was ich meine. Nahbarer, das ist es wohl.

»Hast du dich nie gefragt, warum es keinen Gott des Herbstes gibt, obwohl die anderen Jahreszeiten von einer Gottheit repräsentiert werden?«

Sie zuckt mit den Schultern. »Nicht wirklich. Bis vor kurzem hatten wir in diesem Reich überhaupt keine Götter.«

»Ich hatte auch nie darüber nachgedacht, aber jetzt, wo ich zur Königin des Winters gekrönt werde, bin ich mir des empfindlichen Gleichgewichts unter den Jahreszeiten viel stärker bewusst. Angus und Beira waren die beiden Ersten und haben seither das Gleichgewicht mehr oder weniger aufrechterhalten. Klar, der Sommergott hat verschiedentlich versucht, die Macht zu übernehmen und das Gleichgewicht zu zerstören, aber dabei ging es ihm eher um puren Machterwerb, weniger darum, das System zu destabilisieren, das auch die Magie am Leben erhält.«

»Moment mal, das Gleichgewicht zwischen Sommer und Winter erhält die Magie am Leben?«

»Ja, so ist es. Und laut meiner Mutter sogar alles Leben. Das Gleichgewicht muss unter allen Umständen erhalten bleiben.«

»Wie kann diese Balance dann ohne den Herbst funktionieren?«

Ich lächele. »Ich bin mir ziemlich sicher, dass wir schon eine Göttin des Herbstes haben, sie weiß es nur noch nicht.«

Es dauert einen Moment, bis der Groschen fällt.

»Ich?!«

»Das nehme ich stark an. Es gibt aber auch eine Möglichkeit, das herauszufinden. Ich müsste mich dazu mit deiner Magie verbinden. Noch bin ich nicht die Winterkönigin, aber morgen werde ich gekrönt. Und ich kann es jetzt schon spüren, habe gestern das Gleichgewicht erkundet. Ich habe dabei viel erfahren, und es hat mir Hinweise gegeben, wie wir es retten können.«

»Es? Du sprichst davon, als handele es sich um ein lebendiges Wesen.«

Ich zucke mit den Schultern. »Irgendwie fühlt es sich so an. Kann man schwer erklären. Es ist wie ein Energiefeld, das uns alle verbindet, dass aber durch die Jahreszeiten kanalisiert wird. Ohne die vier Gottheiten kann diese Energie nicht in die Reiche fließen. Ich nenne diese Energieform einfach das Gleichgewicht, vielleicht hat sie aber auch einen ganz anderen Namen.«

»Was, wenn ich nicht der Herbst bin?«

Diese Frage jagt mir ein wenig Angst ein. Ich bin überzeugt davon, dass sie es ist, aber wenn nicht, was heißt das dann für meine anderen Pläne und Theorien?

Ich lächele tapfer. »Lass es uns herausfinden.«

Sie atmet hörbar ein. »Gut. Was muss ich tun?«

»Sende deine Magie aus, bis sie auf meine trifft.«

Ich tue dasselbe, schiebe meine Magie wie einen Ballon hinaus, fülle die Luft um uns herum damit. Ich hoffe, dass es zu irgendeiner Reaktion kommt, wenn sie auf Dewis‘ stößt. Jetzt heißt es Daumen drücken. Im Grunde habe ich ja keine Ahnung, was ich hier mache. Ich bin einige Jahrhunderte jünger als Dewi, weiß auch nicht, ob meine Magie stärker oder schwächer ist als ihre. Eine merkwürdige Situation.

Ich kann spüren, wie ihre Magie näherkommt und bereite mich auf den Kontakt vor. Als sich die Beiden treffen, sprühen Funken. Nein, keine Funken. Das sind Schneeflocken. Es schneit!

Ihre Magie ist warm und intensiv, aber nicht so brennend heiß wie sich der Sommer vermutlich anfühlt. Ihre ist gleichzeitig heiß und kalt, wie die Extreme an einem Herbsttag. Der Duft von Äpfeln und Tannennadeln breitet sich aus. Ja, sie ist tatsächlich der Herbst, kein Zweifel. Sie fühlt sich genauso an, wie der Kern jener Jahreszeit.

»Du bist der Winter«, flüstert sie.

»Und du bist der Herbst«, antworte ich. »Sieh uns nur an, zwei Jahreszeiten im selben Raum.«

»Ich fühle mich plötzlich stärker. Als wäre meine Magie vorher unterdrückt worden und hat jetzt die Freiheit erlangt.«

»Mir geht's genauso«, gestehe ich.

»Meinst du, dasselbe würde zwischen Angus und der Frühlings-Gottheit geschehen, wer immer das sein mag?«

»Ich denke schon. Es gibt da nur ein kleines Problem – die Göttin des Frühlings, Flora, wurde von der Morrigan entführt.«

Dewi unterbricht unsere Verbindung und starrt mich an. »Wir müssen sie zurückholen.«

Ihre Stimme klingt jetzt leidenschaftlich und entschlossen. Was auch immer gerade zwischen uns geschehen ist, es hat sie verändert. Gut, ich wusste immer, dass ich ins Winterreich gehöre, für sie ist das alles neu.

»Glaub mir, ist in Arbeit. Im Moment können wir nichts tun, ohne die Balance zu zerstören. Du und ich stehen auf der einen Seite, Angus und Flora auf der anderen, auch wenn das in ihrem Fall nicht freiwillig ist. Wir müssen sie jetzt beide auf unsere Seite ziehen. Wenn du Bridget dazu bringen kannst, mit uns zu kämpfen und sie ihren Mann davon überzeugt, dann können wir hoffentlich gemeinsam Flora befreien. Stell dir das mal vor, wir vier gegen die Morrigan. Dann könnten wir sie mit Sicherheit stoppen.«

Sie legt die Stirn in Falten. »Du glaubst also nicht, dass wir sie in der momentanen Konstellation schlagen können?«

»Das habe ich nicht gesagt. Aber es wäre sehr viel schwieriger. Wir würden größere Verluste erleiden. Wir haben keine Ahnung, wie viele Dämonen die Morrigan unter ihrer Befehlsgewalt hat. Angus ist gut einzuschätzen, sie nicht.«

»Nein, das ganz gewiss nicht«, murmelt Dewi. »Wir wussten auch nicht, dass sie Interesse an unserem Reich haben könnte. Wir haben so lange schon völlig zurückgezogen gelebt, dass wir mit einem Überfall überhaupt nicht rechneten. So konnte sie unser Reich einnehmen, ohne einen einzigen Blutstropfen zu vergießen.« Sie erschauert. »Natürlich hat sie bald danach erhebliches Blutvergießen verursacht. Sie muss unbedingt aufgehalten werden.«

»Keine Sorge, das wird sie. Sie hat meine Mutter getötet, dafür wird sie büßen müssen.«

KAPITEL Dreizehn

So langsam formieren sich die Puzzleteile zu einem Ganzen, es wird Zeit für das endgültige Bild.

Da ist Dewi, die auf das Erscheinen ihrer Mutter wartet. Flora, irgendwo gefangen gehalten, die auf unsere Hilfe wartet. Angus, der auf das Signal der Morrigan zum Angriff wartet. Und ich, die ich auf meine Krönung warte.

Alles ist vorbereitet – das Festmahl, das Kleid, die Krone. Ich bin als Einzige noch nicht bereit.

»Das ist ein riesiger Fehler«, murmele ich gegen Arcs Brust gedrückt. Er hält mich dort schon seit zehn Minuten und versucht, mich zu beruhigen. »Ich kann einfach nicht die Königin sein.«

»Kannst du wohl«, wiederholt er zum x-ten Mal. »Dafür wurdest du geboren. Und die damit verbundenen Zweifel sind in Wirklichkeit Teil deiner Stärke.«

Ich lache bitter. »Fühlt sich nicht gerade wie eine Stärke an.«

»Ist es aber. Du denkst, du bist es nicht wert, und das ist genau der richtige Weg.«

»Das ergibt doch keinen Sinn.«

Mit der einen Hand reibt er meinen Rücken, mit der anderen streichelt er mein Haar.

»Glaub an dich, Wyn. Es wird alles gut.«

Ich wünschte, ich hätte dieselbe Art von Vertrauen in mich, die er offensichtlich hat. Ich bin nicht zur Königin gemacht, scheine das aber als Einzige so zu sehen. Ich bin nicht stark genug, nicht klug genug und ganz sicher nicht rücksichtslos genug. Ich tue so, als könnte ich alle Hindernisse auf meinem Weg irgendwie umgehen, aber irgendwann werden die Leute merken, dass dies alles Vorspiegelung falscher Tatsachen ist. Sie werden meine Schwäche erkennen und es bedauern, mich gekrönt zu haben.

Hinter mir gehen die Türen auf, aber ich sehe nicht hin. Ach, würde dieser Augenblick doch ewig dauern! Arc ist warm und seine Gegenwart tröstlich, denn wenn er es auch nicht geschafft hat, mich vollständig zu beruhigen, ist es doch besser mit als ohne ihn.

»Alle sind bereit«, verkündet Sturm. »Sie sind vollständig versammelt.«

Ein Schauer überläuft mich. Nein, das geschieht nicht wirklich. Es ist ein Albtraum.

»Sogar Beira ist hier.«

Das lässt mich einen Blick um Arc herum werfen.

»Beira?«

»Sie will während der Krönung anwesend sein. Sie glaubt an dich und zeigt dir ihre Unterstützung, Wyn.«

Ich trete aus Arcs Umarmung, wenn ich das auch gleich bereue, als seine Wärme von meiner Haut verschwindet.

»Meine Mutter muss das Bett hüten. Sie ist zu schwach.«

»Dann sollten wir uns besser beeilen, damit sie sich bald wieder hinlegen kann.« Crispin ist hinzugekommen. »Aber keine Sorge, ihr geht es heute viel besser. Vielleicht hängt es damit zusammen, dass ein großer Druck von ihr genommen wird. Jetzt, wo du Königin wirst, kann sie viel von ihrer Verantwortung abgeben und sich ganz auf ihre Genesung konzentrieren.«

Auf diese Weise hatte ich das noch gar nicht gesehen, aber es stimmt. Obwohl ich ihr die meisten Aufgaben abgenommen habe, wurde sie nach wie vor in Staatsangelegenheiten zu Rate gezogen. Wenn ich ehrlich bin, war ich es selbst, die beinahe täglich an ihrem Bett stand und Rat und Hilfe wollte. Das werde ich sicher auch weiterhin tun, aber ihre Position wird dennoch eine andere sein, weniger Verantwortung auf ihr lasten.

Ich streiche mein Kleid glatt und richte mich auf. Krönung, du kannst kommen.

Der große Saal ist so voll, dass man die Anwesenden kaum zählen könnte. Jeder Quadratzentimeter ist besetzt, sie alle wollen einen Blick auf ihre künftige Königin erhaschen. Beira sitzt in der ersten Reihe auf einem mit Decken ausgekleideten Stuhl. Sie ist blass, sieht aber um einiges besser aus als in den vergangenen Tagen; Crispin hatte recht. Der Thronsitz auf der Empore steht leer, und ich werde mich zunächst nicht dort hinsetzen. Tamara ist den Ablauf der Zeremonie wieder und wieder mit mir durchgegangen, damit ich mich ja nicht vor den Anwesenden blamiere.

Ich wollte nicht den Mittelgang entlang laufen, betrete die Halle also durch eine Tür in der Nähe des Throns. In meinem Kleid kann ich nicht richtig gehen, ich halte die Röcke krampfhaft umklammert, um ja nicht zu stolpern. Das wäre kein guter Start für meine Regentschaft, wenn auch eine symbolträchtige. Ich werde mich von einer Stolperstelle zur nächsten hangeln.

Ich nehme meinen Platz vor dem Thron ein – nicht

hinsetzen, Wyn, nicht hinsetzen – und warte auf Thor und Luzifer. Es hat etwas gedauert, bis wir entschieden haben, wer mich krönen soll; schließlich ist die Wahl auf diese Beiden gefallen. Sie sind gleichermaßen mächtige Götter und eng mit meiner Mutter befreundet. Hoffentlich werden sie auch mir mit Rat und Tat zur Seite stehen, wenn ich sie brauche. Ich unterdrücke ein Lachen. Ausgerechnet Luzifer in dieser Funktion. Die Menschen auf der Erde würden ihm das sicher nicht zutrauen. Er ist aber wirklich ein ganz netter Typ, und ich schätze besonders an ihm, dass er irdische Frauen heiratet und ihnen bis zum Tod treu bleibt, nicht von ihrer Seite weicht, auch wenn sie alt werden.

Loki ist auch unter den Anwesenden, aber ein schwächerer Vertreter als sein Bruder, deshalb beobachtet er das Geschehen aus der Menge heraus.

Die beiden Gottheiten verbeugen sich vor mir und nehmen dann den Platz zu meinen Seiten ein. Ich hätte gern meine Männer ebenfalls hier oben gehabt, aber Tamara war dagegen. Wären wir verheiratet gewesen, hätte die Sache anders ausgesehen, aber das sind wir nicht. Deshalb muss meine Botschaft sein, dass ich allein die Herrscherin bin, unabhängig von allen anderen. Ich bin die Königin und darf als solche zwar romantische Beziehungen pflegen; meine Partner sollen sich aber aus dem politischen Geschäft heraushalten. Dabei wird hoffentlich übersehen, dass Sturm Ratsmitglied ist.

Selbst Dewi ist erschienen, in Begleitung weiterer Drachenwandler. Hier weiß noch niemand, dass sie die Göttin des Herbstes ist, weshalb sie auch nicht in der ersten Reihe bei all den anderen wichtigen Göttern sitzt. Wir wollen diesen Umstand zunächst geheim halten, damit Angus nichts davon erfährt. Er hat mit Sicherheit Spione hier am Hof.

Gwain erscheint am anderen Ende des Saals, er trägt die Krone auf einem blauen Kissen. An seiner Ausgehuniform blitzen Dutzende von Orden. Er ist trotz seines Alters eine imposante Erscheinung. Hinter ihm stehen weitere Ratsmitglieder und Vertreter des Militärs. Die meisten von ihnen kenne ich vom Sehen, könnte mir aber kaum ihre Namen ins Gedächtnis rufen. Sie sind eher etwas ‚fürs Auge', wie sich Tamara ausgedrückt hat, nicht ohne sich dabei vielsagend über die Lippen zu lecken. Männer in Uniform scheinen es ihr angetan zu haben, und wer könnte das nicht verstehen. Ich blicke auf meine Wächter in ihren Uniformen der Königlichen Garde. Wenn ich könnte wie ich wollte, würde ich uns alle umgehend in meine Gemächer teleportieren und ihnen die Kleider vom Leib reißen.

Leider würde das bei den versammelten Würdenträgern wohl auf wenig Verständnis stoßen. Und bei Tamara auch nicht, die mich gerade ansieht, als könne sie meine Gedanken lesen. Sie sitzt neben Frost und trägt ein Kleid, das entschieden zu jugendlich für ihr Alter ist. Aber was weiß ich schon.

Gwain schreitet langsam auf mich zu. Viel zu langsam, ich halte die Spannung nicht mehr aus. Im Hintergrund spielt ein Orchester, aber ich kann mich auf die Musik nicht konzentrieren. Hard Rock oder Beethoven, es geht an mir vorbei. Meine Augen sind starr auf die Krone gerichtet. Sie ist schön, zeigt ein aufwändiges Design und ist nicht so schwer wie die meiner Mutter, auch nicht so groß. Sie stellt eine Kombination aus meiner derzeitigen Prinzessinnen-Krone – die eher ein Diadem ist – und der Krone der Winter-Königin dar, die einer Reihe umgedrehter Eiszapfen gleicht. Wer immer sie geschaffen hat, ihm oder ihr gebührt Dank. Dieser Kopfschmuck sieht wie etwas aus, das ich tatsächlich mehrere Stunden hintereinander tragen kann, was wohl auch von mir verlangt werden wird.

»Alles wird gut«, flüstert Thor kaum hörbar. »Nach der

Zeremonie kannst du Party machen und dich so richtig gehenlassen.«

Ich komme nicht dazu, ihm zu sagen, dass ich nicht die geringste Absicht habe, dies zu tun, denn Gwain hat endlich die Empore erreicht. Er bleibt vor uns stehen und verneigt sich, wobei die Krone auf dem Kissen bedenklich ins Schwanken gerät.

»Eure Hoheit«, sagt er leise, bevor er sich zu der wartenden Menge umdreht. Wie auf Kommando stehen alle auf. Toll, das verringert den Druck nicht gerade.

Er räuspert sich und hebt dann die Stimme, damit alle ihn hören können. Mit Sicherheit verwendet er auch etwas Magie, damit selbst den Leuten in der hintersten Reihe nichts entgeht.

»Wir sind hier zusammen gekommen, um der Krönung von Wynter, der Tochter von Beira, beizuwohnen. Sie hat sich als würdig erwiesen, unser Reich in guten wie in schlechten Zeiten zu führen.« Er dreht sich wieder zu mir um.

»Ist Eure Majestät bereit, den Eid abzulegen?«

»Das bin ich«, antworte ich laut und klar.

Helle, goldene Magie bricht hervor, umgibt Gwain, mich und die beiden Götter zu meiner Seite wie ein feuriger Kreis. Dieser Zauber wird den Wahrheitsgehalt meiner Worte überprüfen. Ich muss schlucken. Schon zu diesem Zeitpunkt wird ein Urteil über mich gefällt, und noch bin ich nicht einmal Königin.

»Wollt Ihr feierlich versprechen und schwören, das Volk dieses Reiches gemäß unseren Gesetzen und Gebräuchen zu regieren?«

»Ich verspreche feierlich, dies zu tun.«, sage ich, wie ich es viele Male geübt habe.

»Werdet Ihr in Eurer Macht Gesetz und Gerechtigkeit in allen Euren Urteilen ausführen?«

Diese viel zu förmliche Sprache ist mir zuwider. Sie stammt

direkt aus dem britischen Krönungseid. Man wollte mir damit wohl einen Gefallen tun, damit es sich vertraut anhört, aber es hilft nicht wirklich.

»Das werde ich tun.«

»Werdet Ihr danach streben, die Magie, die unser Reich und unser Volk trägt, zu erhalten und sie nur zum Guten einzusetzen?«

»Das gelobe ich.«

Die Magie um uns herum scheint noch heller, bevor sie sich in Tausende kleiner Sterne auflöst. Sie fliegen hoch zur Zimmerdecke und bleiben dort hängen, sehen aus wie ein Nachthimmel, der sich über uns wölbt. Wunderschöne Magie, die Tamara perfekt inszeniert hat. Jede Wette, dass sie gerade sehr zufrieden aussieht.

»Dann werde ich diese Krone den Ranghöheren übergeben, auf dass sie Euch krönen mögen.« Gwain übergibt das Kissen an Luzifer und zieht sich dann zurück, geht dabei ein paar Schritte rückwärts, bevor er sich verbeugt und umdreht.

Endlich setze ich mich auf dem Thron nieder. Die Sitzfläche ist relativ kurz und zwingt mich, sehr aufrecht zu sitzen. Das kann auf die Dauer nicht bequem sein. Kein Wunder, dass meine Mutter immer so kalt und ungeduldig wirkt, wenn sie hier sitzt und redet.

Die beiden Götter nehmen ihre Plätze hinter mir ein. Der große Augenblick ist gekommen. Ich werde Königin sein. Ich unterdrücke den mit Macht aufsteigenden Drang, einfach wegzulaufen, zu fliehen, weit, weit weg. Es gibt keinen Weg mehr zurück. Dieses Reich braucht mich.

Ich spüre, wie sich Thor mir nähert und weiß, dass er jetzt die Krone über mein Haupt halten wird.

»Möge diese Krone Symbol für unser Vertrauen in Euch, unsere Königin, sein«, erklärt er mit dröhnender Stimme. »Möge Eure Herrschaft von Dauer und gesegnet sein.«

Langsam senkt er die Krone, bis sie meinen Kopf berührt. Die Erhabenheit dieses Augenblicks lässt mich erzittern. Als er seine Hände löst und die Krone fest auf meinem Kopf sitzt, ich sie dort spüre, atme ich tief ein. Ich bin die Königin.

Königin. Monarchin. Regentin.

Ich bin die Königin eines gesamten Reiches. Wie ist es dazu nur gekommen?

Applaus bricht sich Bahn, es sind Rufe zu hören, aber irgendetwas geschieht gerade. Schwärze legt sich über mein Gesichtsfeld, und ich lasse mich auf den Thron zurückfallen, während ich aus meinem Körper hinauskatapultiert werde ins Nichts.

»Wyn?«

Eine vertraute Stimme ruft mich, aber es dauert einen Moment, bevor ich sie einordnen kann.

»Flora?«

Ich öffne die Augen, aber mich umgibt nur Dunkelheit.

»Wo bist du?«, frage ich und strecke meine Arme aus, falls da jemand mit mir im selben Raum sein sollte.

»Ich bin mir nicht sicher. Alles ist so dunkel.«

»Hallo?« Eine neue Stimme. Anscheinend hat sich die Vertreterin des Herbstes zu uns gesellt.

»Dewi?«, rufe ich zurück. »Bist du das?«

»Ja. Kann mir mal jemand erklären, was hier vor sich geht? Ich war bei deiner Krönung, und jetzt bin ich plötzlich hier.«

»Keine Ahnung. Flora?«

»Ich auch nicht«, antwortet die Königin des Frühlings. »Aber besser hier als in der Zelle, in die sie mich eingesperrt haben.«

»Haben sie dir wehgetan?«, frage ich und schäme mich

etwas, nicht gleich danach gefragt zu haben. »Hat dich die Morrigan in ihrer Gewalt?«

»Mir geht's gut. Jedenfalls nichts, was sich nicht richten ließe.« Sie seufzt resigniert. »Und ja, hat sie. Sie hat mich ausgetrickst. Ich hätte es besser wissen müssen, hatte doch von Crispins Doppelgängern gehört, aber ich war einfach dumm und … na ja, jetzt hat sie mich in ihrer Gewalt. Wobei ich sie persönlich noch gar nicht gesehen habe; ehrlich gesagt, bin ich froh darüber.«

»Wir werden dich da rausholen«, verspreche ich. »Das wird sie bereuen.«

»Sie wird viele Dinge bereuen, wenn wir sie in die Finger kriegen«, fügt Dewi grimmig hinzu. »Sie wird dafür büßen müssen, was sie in unseren Reichen angerichtet hat.«

»Sind meine Leute in Sicherheit?«, fragt Flora.

»Ja, niemand hat den Versuch unternommen, in euer Reich einzudringen«, beruhige ich sie. »Ich habe aber für alle Fälle zusätzliche Truppen zu euch geschickt.«

»Danke«, flüstert sie, was dazu führt, dass ich mich noch schlechter fühle. Ich hätte sie besser schützen müssen.

Plötzlich räuspert sich jemand. Ein Mann. »Ist ja alles sehr rührend, aber könnte mir mal jemand erklären, was hier vor sich geht?«

»Angus!«, kreischt Flora und bestätigt meinen Verdacht. »Wie bist du hierher gekommen?«

»Auf dieselbe Art wie ihr alle. Habe auch keine Ahnung, was geschehen ist. Aber gut, dir endlich persönlich zu begegnen, Prinzessin des Winters.«

Ich lache verächtlich. »Die Freude ist recht einseitig. Und ‚Königin' für dich, ich wurde soeben gekrönt.«

»Stimmt ja«, gluckst er. »Ich wollte eigentlich Blumen schicken, hab mich dann aber dagegen entschieden. Werde dir stattdessen welche zur Beerdigung bringen.«

Das ist jetzt regelrecht unverschämt.

»Und wer ist die andere Frau?«, fragt er, aber ich unterbreche ihn.

»Geht dich nichts an.«

»Dann gehe ich besser, wenn ihr meine Fragen nicht beantworten wollt.«

Ich warte darauf, dass er verschwindet, aber höre ihn nur ein paar Sekunden später protestieren »Lasst mich gehen.«

»Ich halte dich nicht zurück«, antworte ich ruhig. »Aber ich glaube, ich weiß, warum wir hier sind. Um zu reden. Zu besprechen, was vor sich geht.

»Da gibt's nichts zu besprechen«, ruft Dewi. »Ich werde mich nicht mit dem Verbündeten dieses Monsters unterhalten, das versucht hat, mein Volk zu unterjochen.«

»Wovon redest du?«, giftet Angus zurück. »Wer bist du?«

»Ich bin Königin Dewi, Herrscherin im Drachenreich«, verkündet sie von oben herab, und ich unterdrücke einen Seufzer. Das sollte eigentlich vorerst ein Geheimnis bleiben.

»Drachen? Ich habe mit Drachen nichts zu schaffen«, antwortet der König des Sommers und klingt ziemlich verwirrt. »Ich habe euer Reich nicht angegriffen.«

»Nein, aber deine Freundin!«, schreit Dewi hysterisch.

»Meine…Freundin?!«

Ich muss lachen. »Das hat sie dir nicht gesagt, oder? Oh, dafür ist sie viel zu schlau, sie hat ihre kleinen Geheimnisse, auch vor ihren Verbündeten. Besonders vor solchen, denen sie nicht gerade vertraut.«

»Sie hat bestimmt ihre Gründe«, versetzt Angus. »Vielleicht hatte sie einfach noch keine Zeit, mich zu informieren.«

»Sie ist vor drei Monaten in mein Reich eingefallen. Das dürfte genug Zeit gewesen sein, dir Bescheid zu sagen.« Dewis Stimme trieft vor Sarkasmus, zeigt aber auch Spuren von Befriedigung. Im Moment sind wir im Vorteil. Wir haben die

Saat des Misstrauens in den Gedanken des Sommerkönigs gesät; auch wenn dieses Treffen für uns alle völlig überraschend kam, hat es sich doch als genau richtig erwiesen. Wir haben vor, Bridget als Werkzeug zu benutzen, um einen Keil zwischen Angus und die Morrigan zu treiben – und jetzt bietet sich die Gelegenheit, diesen Keil auch noch von einer anderen Seite vorzuschieben.

»Manchmal muss ein wahrer Führer Geheimnisse bewahren, selbst vor seinen Verbündeten«, sagt Angus, klingt aber nicht mehr so selbstbewusst und überzeugt wie zu Beginn.

»Du könntest sie ja mal fragen, ob sie dir gegenüber noch andere Geheimnisse hat«, sage ich leicht dahin. »Es könnte da noch so einiges geben.«

»Wusstest du, dass sie meinen Mann töten ließ?«, fragt Flora plötzlich, wodurch wir auf ihre Gegenwart wieder aufmerksam werden. »Wir waren eure Verbündeten, aber ihr habt uns einfach fallenlassen, ohne auch nur einen Gedanken daran zu verschwenden. Bringt sie euch das bei? Verbündete zu hintergehen und Leute zu verraten, die euch vertraut haben?«

Angus antwortet nicht. Jede Wette, dass er von dem Attentat vor dessen Ausführung nichts wusste. Wieder ein Samenkorn gesät.

»Es ist nicht zu spät, sich von ihr abzuwenden«, dränge ich ihn. »Sie vertraut dir ihre Pläne nicht an, was hindert dich daran, sie auf ähnliche Art zu hintergehen? Was hat sie dir für deine Unterstützung versprochen? Oder hilft sie dir, benutzt dich nur?«

»Wir sind gleichwertige Partner«, kläfft Angus los.

Auf einmal sind Emotionen im Spiel. Gut so. Jetzt braucht er nur noch ein bisschen Zeit, um über all dies nachzudenken, dann werden die Zweifel hoffentlich immer größer werden. Wenn wir ihn tatsächlich dazu bringen könnten, die Seiten zu wechseln, wäre die Schlacht schon halb gewonnen. Oder bin ich da einfach zu optimistisch? Schließlich kenne ich Angus längst nicht so gut wie alle anderen. Ich bin neu hier in diesem Spiel der Kriege und Throne, verfüge über keinerlei Erfahrung. Hoffentlich hat das den Vorteil, dass mein Handeln zumindest wenig vorhersehbar ist.

»Ich weiß allerdings immer noch nicht, warum wir überhaupt hier sind«, beschwert sich Dewi. »Ich hab Besseres zu tun, als mit dem hier zu reden.«

»Geht mir genauso«, murmelt Angus.

Ich bin zwar ganz froh, meiner eigenen Krönung für einen Moment entflohen zu sein, aber diese Sache ist schon sehr merkwürdig. Ist die Ursache für unser Zusammentreffen dieses Gleichgewicht? Sollen wir hier irgendetwas erreichen? Wenn dieser Job doch nur mit einer Dienstanweisung käme! ‚Sollten Sie entführt und zusammen mit Freund und Feind in einen dunklen Raum eingesperrt werden, folgen Sie den Anweisungen in 4B' – oder so ähnlich.

Wo sind wir hier bloß? Sitze ich noch im Großen Saal und wurde nur in Gedanken hierher transportiert oder bin ich auch körperlich bei der Krönung abwesend? Das gäbe natürlich Anlass zu viel Gerede. Die frisch gekrönte Königin löst sich wenige Augenblicke, nachdem die Krone ihren Kopf berührt hat, in Luft auf. Der Stoff, aus dem Mythen geboren werden.

»Fühlt ihr euch plötzlich auch leicht benommen?«, fragt Flora plötzlich, aber bevor ich darauf eine Antwort geben kann, wird auch mir richtig schwindelig, die Dunkelheit verschwindet, und ich kann endlich sehen, wo ich mich befinde.

Wow. Ich stehe inmitten einer Winterlandschaft, mit einem Wald am Horizont und einigen verschneiten Büschen um mich herum. Um mich her fallen dicke Schneeflocken, aber – Moment mal. Sie fallen nicht. Sie entschweben nach oben. Der Schnee hebt sich vom Boden und bewegt sich zu den Wolken empor.

Genau das Gegenteil von dem, was eigentlich geschehen sollte. Und wieso kann ich bei all dem Schnee überhaupt den Horizont erkennen? Hier stimmt etwas ganz gewaltig nicht.

»Hallo?«, rufe ich, denn ich erwarte, dass die anderen Götter in der Nähe sind. Schließlich haben wir uns gerade unterhalten, sie müssen hier sein.

»Die braunen Blätter werden gerade grün!«, ruft Dewi. Es klingt, als stünde sie direkt neben mir, aber da ist niemand. Sie muss in meinem Kopf sein. Bedeutet das, dass wir gar nicht gemeinsam in diesem dunklen Raum waren? Dass alles eine Illusion war?

»Die Schneeglöckchen verwandeln sich in Schnee.« Flora ist offensichtlich den Tränen nahe, aber auch hier kann ich sie ganz deutlich hören, als wäre sie sehr nahe bei mir.

»Wie sieht's bei dir aus, Angus?«, rufe ich, obwohl ich das wahrscheinlich gar nicht müsste. »Ich nehme an, du befindest dich in der Sommerwelt?«

»Alles brennt«, flüstert er, ich kann ihn aber trotzdem hören. »Das Gras brennt, die Bäume auch. Es ist zu heiß, die Sonne bringt uns um.«

»Würde all das passieren, wenn das Gleichgewicht aus den Fugen geriete?«, frage ich in die leere Landschaft hinein. »Könnte so die neue Welt aussehen?«

Der meiste Schnee um mich herum hat sich in die Luft erhoben, aber die Schneeflocken entschweben weiter. Was wird wohl als nächstes geschehen? Wird mehr Schnee fallen? Wird alles auftauen?

»Dieses sogenannte Gleichgewicht ist so ein Mythos, den deine Mutter gern ins Spiel bringt, wenn ich irgendetwas tue, was ihr nicht passt«, sagt Angus verärgert. Komisch, wie er ein Eindringen in ihr Reich als etwas »das ihr nicht passt« beschreibt. Mir würden da andere Worte in den Sinn kommen, die dem Sommerkönig aber noch weniger gefallen dürften.

Dewi schreit erschrocken auf; aber als ich mich in ihre Richtung umdrehe, sehe ich natürlich nichts. Wir sind alle gleichermaßen zusammen und getrennt voneinander. Eine Metapher für unseren allgemeinen Zustand?

»Alles… alles wird zu Schlamm«, schreit sie. »Die Blätter fallen weiter, aber bevor sie den Boden berühren, verwandeln sie sich in Schlamm. Die Bäume schmelzen… helft mir hier raus!«

Auch Flora beginnt zu schreien, gefolgt von Angus' Flüchen.

»Angus!« rufe ich. »Siehst du jetzt, was geschieht, wenn wir das Gleichgewicht nicht bewahren? Dies ist eine Warnung, zeigt, was uns bevorsteht. Wir müssen zusammenarbeiten, damit wir diese Entwicklung stoppen können – bitte!«

Er antwortet nicht, flucht nur noch mehr. Was geschieht wohl da, wo er sich gerade befindet?

»Ich bin zu Verhandlungen bereit«, dränge ich. »Wenn wir uns zusammentun, können wir die Morrigan schlagen und das wieder richten, was Schaden genommen hat. Bitte Angus, gebrauch deinen Verstand!«

Hinter mir entsteht plötzlich Lärm, ein brüllendes Geräusch lässt mich herumfahren. Zwei Wirbelstürme kommen auf mich zugerast, einer bestehend aus Schnee, der andere aus reinen Flammen. Sie zerstören alles, was ihnen in den Weg kommt.

Ich muss hier weg.

Und ich entkomme. Sobald ich den Gedanken denke, bin ich zurück im Großen Saal, fühle das Gewicht der Krone schwer auf meinem Kopf lasten. Keiner starrt mich auf andere Art an als zuvor. Anscheinend hat sich dies alles in meinen Gedanken abgespielt.

Irgendwie jedenfalls. Mein Blick trifft sich mit Dewis', und sie senkt leicht nickend den Kopf. Ja, sie hat es auch gesehen.

Es war sehr, sehr real.

KAPITEL Vierzehn

Als alle Anwesenden anfangen umherzulaufen und Grüppchen zu bilden – die Bänke sind auf wundersame Weise verschwunden und haben einer Tanzfläche Platz gemacht -, gehe ich zu meinen Männern und erzähle ihnen, was gerade vorgefallen ist.

»Glaubst du, Angus wird seine Meinung ändern?«, fragt Arc, und die Zweifel sind ihm deutlich anzuhören.

»Vielleicht nicht aufgrund dieser Vision, aber in Kombination mit dem Wunsch seiner Frau, ihre Tochter wiederzusehen – das könnte ihn vielleicht dazu bringen. Ich will ihn auch gar nicht zu meinem besten Freund machen, wäre schon zufrieden, wenn er nur nicht mehr mein Feind ist.«

»Hoffentlich hören wir bald gute Nachrichten aus dem Drachenreich«, meint Sturm dazu. »Und ich glaube, deine Mutter möchte dich sprechen.«

Ich drehe mich um und folge seinem Blick. Beira sitzt immer noch auf ihrem Stuhl, sieht aber blasser aus als noch zu Beginn der Zeremonie. Höchste Zeit, dass sie wieder ins Bett kommt.

»Ich kümmere mich um sie. Männer, könnt ihr ein bisschen

die Runde machen? Ich wüsste gern, was die anderen Götter davon halten, dass ich jetzt Königin bin.«

Crispin seufzt. »Solange ich nicht flirten muss. Ich hasse Flirten.«

»Das kann ich kaum glauben«, gebe ich stirnrunzelnd zurück.

Er lacht. »Mit dir zu flirten ist einfach toll. Aber bei anderen Frauen ist das anstrengend. Sie werden dann so rot und aufgeregt und kichern. Ich kann das Gekicher nicht ertragen.«

Grinsend überlasse ich sie ihrem Schicksal und gehe zu meiner Mutter.

»Beira.« Ich verneige mich, um ihr zu zeigen, dass ich sie immer noch als weit über mir stehend sehe, auch wenn es jetzt amtlich ist, dass ich die neue Königin bin. Sie hat offiziell noch nicht abgedankt, aber das hat bisher noch niemand bemängelt. Vielleicht werden die Leute auch zwei Königinnen akzeptieren, oder es gibt zu viele andere Dinge, um die sie sich zurzeit kümmern müssen. Krieg und seine Folgen sind weit wichtiger als die Zahl der Throne.

»Ich bin so stolz auf dich«, sagt sie mit so leiser Stimme, dass ich sie kaum hören kann. »Du hast das sehr gut gemacht.«

Ich rücke die Krone auf meinem Kopf etwas zurecht. Ich könnte Wetten abschließen, dass es nicht lange dauern wird, bis ich sie fallenlasse. Oder im schlimmsten Fall sogar verliere.

»Wie lange hast du gebraucht, bis du dich an die Krone gewöhnt hast?«, frage ich, und sie lächelt schwach.

»Ich trug die Krone schon, als ich das erste Mal die Augen aufschlug. Sie ist einTeil von mir - und mach dir keine Sorgen, sie wird auch ein Teil von dir werden. An die damit verbundene Rolle muss man sich erst gewöhnen, aber ich werde immer da sein, wenn du einen Rat brauchst.« Sie räuspert sich, ein schwacher, gequält klingender Ton. »Hilfst du mir bitte zurück in meine Gemächer?«

Ich nicke und ergreife sanft ihren Arm, teleportiere uns direkt in ihr Schlafzimmer. Ich helfe ihr ins Bett und vergewissere mich, dass die Kissen sie im Rücken stützen. Sie sieht erschöpft aus, aber ich kann nicht fortgehen, ohne ihr eine Frage gestellt zu haben.

»Während der Krönung, als mir die Krone auf den Kopf gesetzt wurde, da hatte ich … ich weiß nicht recht, wie ich es beschreiben soll … so eine Vision. Ich sprach mit Angus, Dewi und Flora, und dann fanden wir uns in einer Landschaft wieder, die der uns zugehörigen Jahreszeit entsprach. Für mich war es Winter, aber statt dass der Schnee *fiel,* stieg er zum Himmel auf. Ist dir so etwas je passiert?«

Sie sieht mich neugierig an. »Nein, nicht dass ich wüsste. Ich kann mit Angus telepathisch kommunizieren, was aber bedeutet, dass ich mich ihm öffnen muss, was ich gern vermeide. Wir haben es in Friedenszeiten gelegentlich getan, wenn ich ihm dringend etwas mitteilen musste, aber ich habe mit ihm seit Jahrzehnten nicht auf diese Weise gesprochen. Merkwürdig, dass dir das jetzt passiert ist, aber es ergibt durchaus Sinn. Die vier Götter haben ihre Plätze eingenommen, aber mit Vieren statt nur Zweien wird es jetzt noch schwieriger, das Gleichgewicht zu erhalten. Ihr werdet alle zusammenarbeiten müssen.«

Sie sinkt zurück, selbst das Sprechen ist jetzt zu anstrengend.

»Dann hoffen wir mal, dass dies auch Angus bewusst ist«, murmele ich. »Ich lasse dich jetzt eine Weile in Ruhe. Brauchst du noch etwas?«

Beira lächelt. »Nein, aber tu mir den Gefallen und genieße die Feier. Uns stehen harte Zeiten bevor, du solltest diese frohen Momente also nutzen, solange es sie noch gibt.«

• • •

Ich hatte tatsächlich nicht vorgehabt, zur Party zu gehen, aber Beiras Rat hat seine Berechtigung. Dies ist die Ruhe vor dem Sturm, wer weiß schon, wann wir wieder Zeit zum Feiern haben werden.

Ich teleportiere mich zurück in den Großen Saal und suche Dewi, aber sie scheint schon gegangen zu sein. Die Männer machen die Runde, wie ich sie gebeten hatte, aber Crispins Aura leuchtet verärgert auf, als er sich von fünf Wächterinnen umgeben sieht. Ich werde ihn bald vor ihnen retten müssen.

Bevor ich ihn erreiche, stellt sich mir jedoch ein vertrauter Gott in den Weg. Thor. Seine Aura strahlt hell, lässt es – wie bei allen Göttern – aber zu, dass ich sein Gesicht sehen kann. Je stärker der Gott, umso klarer erscheinen seine Gesichtszüge.

»Eure Majestät«. Er verbeugt sich und lächelt mich an. »Ich gratuliere, das war eine sehr aufregende Krönung.«

»Schön, dass es dir gefallen hat«, erwidere ich tonlos und hoffe, dass er meinen Mangel an Enthusiasmus nicht allzu deutlich heraushört. »Bleibst du noch für die Feierlichkeiten?«

Er grinst. »Aber sicher, das würde ich um nichts in der Welt versäumen wollen. Das Leben war in letzter Zeit viel zu ernst, als dass wir nicht ein wenig Ablenkung gebrauchen könnten.«

Sehr ähnlich hat sich meine Mutter ausgedrückt, und die meisten der Gäste scheinen das genauso zu sehen. Es wird schon wild und ausgelassen getanzt, die Atmosphäre ist so entspannt, dass es fast schon ein bisschen zu viel wird. Angesichts der halbnackten Wächter und Wächterinnen, die die Götter umringen, befürchte ich fast, dass dies sehr bald in eine Orgie ausarten könnte.

»Na dann viel Spaß«, ermuntere ich ihn grinsend. Ich weiß, dass er verheiratet ist und eine Tochter hat, er sollte sich also von den nackten Wächterinnen fernhalten; aber er wird bestimmt keine der anderen körperlichen Genüsse auslassen, die heute Abend geboten werden. Tamara hat einige der besten

Weine im Keller ausgesucht, auch solche aus anderen Götterreichen. Zu beiden Seiten des Saals biegen sich die Tische unter all dem Essen, und mich persönlich zieht besonders der Schokoladenbrunnen an, der in der Nähe des Haupteingangs erschienen ist.

»Ich muss dir etwas sagen«, meint er dann, immer noch lächelnd, lässt aber die Augen über die Menge schweifen, um sicherzugehen, dass in unserer Umgebung niemand mithört. »Tanz mit mir.«

Ohne eine Antwort abzuwarten, legt er mir einen Arm um die Hüfte, ergreift meine Hand und beginnt, einen Walzer zu tanzen. Ich lasse mich führen, hoffe, dass ich dem Donnergott nicht auf die Füße treten werde. Das wäre so richtig peinlich. Ich habe das Gefühl, die Krone wird jeden Moment abrutschen, aber Thor hält mich fest. Er senkt den Kopf, bis er mir beinahe etwas zu nahe kommt.

»Hier im Raum befindet sich ein Spion«, flüstert er mir ins Ohr.

»Ich bin sicher, es gibt nicht nur einen«, flüstere ich zurück, wenig überrascht. Von Anfang an hat mir Tamara klargemacht, dass etliche Agenten unserer Feinde im Palast unter uns leben. Manchmal füttert sie sie mit falschen Informationen und dann wieder lässt sie es zu, dass sie einige wichtige Dinge weitergeben, damit sie das Vertrauen ihrer Vorgesetzten behalten.

»Ja, aber nicht alle von ihnen haben einen Attentäter hereingelassen.« Ich lehne mich zurück und sehe Thor an, aber er hält mich fest in seinem Griff. »Nicht hinschauen. Es sind zwei Crispins hier im Raum. Einer spricht mit ein paar Frauen, der andere flüstert mit einem mir unbekannten Mann. Wahrscheinlich haben sie nicht vermutet, hier einen Gott mit hervorragendem Gehör anzutreffen. Ich werde uns in einigen Augenblicken herumdrehen, dann kannst du ihn dir ansehen.«

Meine Stimmung sinkt. Nicht schon wieder ein Crispin-Klon. Das ist doch jetzt schon abgeschmackt – und beide, den echten und den falschen im selben Raum, das ist außerdem viel zu offensichtlich. Ist die Morrigan so verzweifelt? Sie weiß sicher, dass wir von den Crispin-Klonen wissen und die Palastwachen informiert sind. Wir haben täglich wechselnde Passwörter… wobei das Floras Entführung nicht verhindert hat.

Thor wirbelt mich elegant herum. Er ist wirklich ein hervorragender Tänzer. Wenn ich darauf stehen würde, könnte ich ihn bitten, meinen Männern etwas beizubringen, aber das tue ich nicht. Meine Hand-Fuß-Koordination macht da nicht mit.

»In der Ecke, beim Stand mit den Trockenfrüchten«, flüstert Thor. Es dauert einen Augenblick, bis ich das blonde Haar des falschen Crispin in der Menge ausmachen kann. Als ich sehe, mit wem er redet, bin ich nicht gerade überrascht. Das hätte ich ahnen können.

»Das ist Magnus, der ehemalige Schatzmeister«, erkläre ich. »Ich habe ihn vor kurzem seines Amtes enthoben. Er war schon immer sonderbar, aber ich dachte zunächst, wenn meine Mutter ihm vertraut, sollte ich das auch tun.«

»Je älter wir Götter werden, desto blinder können wir unserer Umgebung gegenüber sein«, meint Thor weise. »Manchmal springt uns etwas ins Gesicht, aber wir achten einfach nicht darauf. Magnus will dich weghaben, und der Klon hat zugesagt, das für ihn zu erledigen.«

Magnus' Verrat überrascht mich nicht, hinterlässt aber doch einen faden Beigeschmack. Ich hatte gehofft, er würde mich lediglich nicht mögen; aber er scheint mich dermaßen zu hassen, dass er tatsächlich einen Killer in den Palast geholt hat. Ich bin mir sicher, dass er bei Floras Entführung auch die Finger im Spiel hatte.

»Wir müssen sie auseinander bringen«, flüstere ich. »Ich

werde meine Wächter informieren und dann so tun, als ob ich nicht wüsste, dass er nicht der echte Crispin ist. Kannst du Magnus ablenken?«

Thor nickt. »Mir wird schon etwas einfallen. Wo soll ich ihn hinführen?«

Ich grinse. »Weißt du, wo sich die Verliese befinden?«

Sein freches Grinsen ist mir Antwort genug.

Wir beenden unseren Tanz, und ich sehe mich nach dem mir am nächsten stehenden Wächter um. Sturm lehnt an einer Säule und sieht gelangweilt und nicht gerade amüsiert aus. Er wird für eine Abwechslung sicher dankbar sein.

Ich gehe zu ihm und lege ihm wie zufällig den Arm um die Hüften.

»Tu so, als ob du mich küsst«, murmele ich kaum hörbar.

»Da muss ich nicht so tun als ob«, antwortet er, und das Dunkle in seiner Stimme lässt meine Eierstöcke schon wieder Freudentänze aufführen. Beruhigt euch, ihr Lieben. Nicht jetzt. Wir müssen noch arbeiten.

Er beugt sich vor, bis sein Mund beinahe meinen berührt. Seine Lippen schweben dicht über meiner Haut, ich kann seinen heißen Atem spüren.

»Magnus unterhält sich mit einem Crispin-Klon«, sage ich schnell, bevor ich der Versuchung erliege und ihn tatsächlich küsse und dabei den potentiellen Attentäter vergesse. »Thor wird Magnus weglocken, und ich werde mich um den falschen Crispin kümmern. Kannst du dafür sorgen, dass der echte Crispin nicht auftaucht? Der andere soll glauben, ich weiß nicht, dass er ein Klon ist.«

»Das solltest du nicht allein tun«, protestiert Sturm, aber ich lege ihm einen Finger an die Lippen, um ihn zum Schweigen zu bringen. Er öffnet den Mund und saugt daran. So viel dazu. Ein

Kribbeln breitet sich über meine Hand aus, und ich würde so gern weitermachen, aber ich bin jetzt Königin. Ich muss mich um meine Untertanen kümmern.

Sieh an, jetzt verwende ich schon Begriffe wie ‚Untertanen'. Bald werde ich noch über Steuern und ähnlich langweiliges Zeug reden!

»Halt Crispin von mir fern«, wiederhole ich. »Wenn nötig, kannst du mir nachher folgen, aber mach dir keine Gedanken, ich kann das alleine durchziehen. Ich bin jetzt stärker als beim letzten Mal und habe das Überraschungsmoment auf meiner Seite. Wir sollten das unter der Decke halten, damit unsere Verbündeten nichts davon mitbekommen; sonst denken sie noch, wir seien zu schwach, um Mörder aus unserem Palast fernzuhalten.«

Er nickt, wobei sich seine Aura verdunkelt. Er findet meinen Alleingang nicht gut. Aber daran wird er sich gewöhnen müssen. Ich bin jetzt verdammt nochmal Königin von diesem verfluchten Reich und kann meine eigenen Entscheidungen treffen. Ich schlucke meinen Ärger hinunter; schließlich sollte meine Wut nicht auf ihn gerichtet sein. Eher auf Magnus und den Klon. Die ruinieren mir gerade meine Krönungsfeier.

Ich überlasse es Sturm, den wahren Crispin zu suchen und gehe in die Ecke, wo ich zuletzt meine beiden Zielpersonen gesehen habe. Magnus ist verschwunden, wurde hoffentlich von Thor gerufen. Der Klon steht noch da, knabbert an ein paar Trockenfrüchten. Er scheint sich gut zu amüsieren. Das wird sich sehr bald ändern.

Ich bringe meine Gesichtszüge unter Kontrolle und nähere mich ihm von hinten.

»Da bist du ja! Ich habe dich schon gesucht!«

Ich sollte ihn wohl umarmen, um die Sache überzeugender zu gestalten, aber dazu kann ich mich nicht durchringen. Dies ist ein Betrüger, der von der Morrigan erschaffen und ausgebildet wurde. Er könnte mich jeden Augenblick umbringen, obwohl er wohl so schlau sein wird, damit zu warten, bis wir allein sind.

»Was gibt's«, fragt er und klingt dabei genau wie Crispin. Ich nutze meine Magie, um mich noch einmal zu vergewissern, dass er tatsächlich der Klon ist. Ja, das vertraute Band, das ich zu allen meinen Wächtern habe, fehlt hier gänzlich.

»Tamara hat gesagt, sie hätte eine Überraschung«, erwidere ich, »ein Geschenk nur für uns Beide. Wollen wir uns das ansehen?«

Er macht einen leicht verwirrten Eindruck. Moment mal, ich kann sein Gesicht erkennen. Da gibt es keine Aura. Wieso habe ich das nicht schon früher bemerkt? Das ist Crispins schönes Gesicht. Seine Augen, sein Lächeln, seine kussbereiten Lippen. Aber nein, er ist es nicht wirklich. Und wieso hat er keine Aura? Jeder hat sie, sogar die Götter und die merkwürdigen Drachenwandler. Er ist der Erste hier in den Götterreichen, den ich ohne sie gesehen habe. Sonderbar. Bedeutet das, er verfügt nicht über Magie? Oder liegt es daran, dass er eine Kopie ist, nur der Schatten einer real existierenden Person?

»Wo ist denn diese Überraschung?«, fragt er und sieht sich im Raum um, als suche er Tamara. Zum Glück habe ich mittels Magie schon in Erfahrung gebracht, dass sie nicht anwesend ist. »Und wieso nur für uns Beide? Was ist mit den anderen?«

Für meinen Geschmack ist er viel zu misstrauisch. Er muss mir vertrauen; er soll nicht weiter auf der Hut sein.

»Sie hat gesagt im Übungshof, wo sich Blaze gern aufhält. Vielleicht hat es etwas mit Blaze zu tun? Du weißt doch, wie sehr Einhörner Geheimnisse lieben.«

»Klar doch.« Er nickt, obwohl ich mir nicht sicher bin, dass er schon einmal einem Einhorn begegnet ist. Ich hoffe nicht, denn das würde bedeuten, die Morrigan hätte eines in ihrer Gewalt. Und daran möchte ich nicht einmal denken.

»Gut, dann gehen wir«, sage ich fröhlich und ergreife seine Hand, ziehe ihn hinter mir her.

»Du bist ja richtig aufgeregt«, merkt er an, folgt mir aber widerstandslos.

»Ist ja schließlich meine Krönung, klar bin ich aufgeregt!«

Ich halte ihn an meiner Seite, damit ich ihn beobachten kann. Habe nicht vor, mich hinterrücks abstechen zu lassen.

»Ich kann's kaum erwarten – was hat sie wohl für uns vorbereitet?«, plappere ich und bemühe mich, so unbesorgt und überglücklich zu klingen wie möglich. Er soll sich entspannen.

»Ja, ich auch nicht.« Er klingt nicht gerade enthusiastisch. »Muss schon was Besonderes sein, wenn es nur für dich und mich ist.«

»Sie hat sich sicher viele Gedanken darüber gemacht.« Bis wir dort sind, erwarte ich beinahe, dort auch Tamara anzutreffen, aber als wir den Hof betreten, liegt er verlassen da, genau wie von mir erhofft. Alle sind im Großen Saal und feiern, lediglich die Königlichen Gemächer sind weiter bewacht, weshalb ich ihn nicht dorthin führen konnte.

Keine Ahnung, wo Blaze gerade ist. Ich hatte eigentlich erwartet, dass er zur Krönung kommen würde, er war aber nicht da – und hier, an seinem Lieblingsort, ist er auch nicht. Vielleicht hat er den Palast schon verlassen? Er kam schließlich ohne Vorwarnung, vielleicht ist er nun auch ohne ein Wort wieder gegangen? Aber nein, er liebt Aufmerksamkeit über alles und erwartet sicher eine würdige Abschiedszeremonie von uns.

»Hier ist aber niemand«, bemerkt Crispin kalt. Ihm schwant wohl, dass er aufgeflogen ist.

»Vielleicht hat sie sich nur verspätet?«, mutmaße ich, greife aber gleichzeitig nach meiner Magie und wickele sie zum Schutz fest um mich herum. Ich errichte eine harte, aber unsichtbare und undurchdringliche Barriere, die mich vor körperlichen Verletzungen schützen wird. Meine mentalen Schranken stehen und sind stark. Er kann mir nichts anhaben, es sei denn, er setzt äußerst mächtige Magie ein.

»Vielleicht war sie ja auch nie hier.« Er sieht mir direkt in die Augen. Seine sind so schwarz und haben keinerlei Ähnlichkeit mit den wunderschönen warmen Augen des wahren Crispin.

»Kann schon sein«, stimme ich zu. »Und was nun?«

»Ich bin nicht hier, um dich zu töten«, sagt er ruhig und verstellt sich nicht länger. »Ich soll eine Botschaft überbringen.«

»Warum hast du dich mit Magnus unterhalten?«, frage ich und gehe nicht weiter auf das Gesagte ein.

Der Klon zuckt mit den Schultern. »Er ist meine Kontaktperson im Palast. Ich sollte ihm auch etwas ausrichten, aber er wurde vorher weggerufen.«

»Lügner«, zische ich. »Euer Gespräch war nicht ganz so privat wie von euch vermutet. Ich weiß, dass du mich umbringen willst.«

Er lacht kalt. »Ob ich will? Ja. Darf ich es? Noch nicht. Das habe ich dem alten Mann nur erzählt, damit er mir vertraut.«

»Wieso würde er dir nicht trauen?«

»Nicht jeder kann erkennen, ob ich real bin oder nicht. Ich musste ihn erst davon überzeugen, dass ich zur Morrigan gehöre.«

»Warum arbeitest du für sie?«, frage ich, obwohl mir klar ist, dass er wahrscheinlich schon zu sehr beeinflusst wurde, als dass er noch erreichbar wäre. »Weißt du denn nicht, was sie tut?«

»Sie schafft eine bessere Welt, und wenn ihre Vision erst einmal Realität geworden ist, werde ich an ihrer Seite stehen und auf das schauen, was wir gemeinsam erreicht haben.«

Ich lache, was bei ihm ein Stirnrunzeln hervorruft. »Im Ernst? Für die Morrigan ist *gemeinsam* ein Fremdwort. Sie wird dich beiseiteschaffen, wenn du deinen Zweck erfüllt hast, wie sie das mit allen ihren Verbündeten tut. Sie interessiert sich nur für sich selbst.«

»Da hast du recht.« Sein Lächeln verschwindet. Die Stimme des Klons hat sich verändert, ist höher geworden, beinahe schrill. Sein Gesicht wirkt ausdruckslos, noch viel weniger wie das meines Crispin. »Hey, Süße. Toll, endlich mit dir zu reden.« Er kichert wie ein kleines Mädchen. »Hübsche Krone. Passt gut in meine Sammlung.«

»Morrigan?«, frage ich, obwohl ich mir sicher bin. Die Schwärze in den Augen des Klons ist dieselbe, die ich in Crispins Erinnerungen gesehen habe. Auf irgendeine Art kann die Morrigan von ihren Kreaturen Besitz ergreifen.

»Die bin ich.« Sie kichert erneut, am liebsten würde ich ihr eine runterhauen. Was hat Crispin vorhin über kichernde Weiber gesagt? Kein Wunder, dass er sie nicht ausstehen kann.

»Was willst du?« Ich versuche nicht einmal, weniger feindselig zu klingen. Wenn ich wüsste, dass ich sie umbringen könnte, während sie im Leib dieses Klons steckt, würde ich es umgehend tun. Sie hat meine Mutter getötet. Funken sprühen vor meinen Augen, als ich versuche, meine Wut und meinen Hass zu beherrschen. Sie ist schließlich nicht tatsächlich anwesend. Ich kann ihr nichts anhaben. Zumindest vermute ich das. Denn ehrlich gesagt habe ich keine Ahnung, wie sie das hier macht.

»Ich dachte, ich komme mal kurz vorbei. Er hat dir doch gesagt, dass er eine Botschaft überbringen würde, oder?« Sie grinst und sieht an ihrem männlichen Körper hinab. »Er ist so schön. Ich erinnere mich an seinen Körper, wie es sich anfühlte, als er mich berührte … Solch ein begabter Junge, so talentiert!«

Ich erschauere vor Ekel und verbanne schnell das Bild von ihr mit Crispin aus meinen Gedanken. Er wurde dazu gezwungen, hatte keinen freien Willen. Zuerst hat sie ihn durch eine Gehirnwäsche beherrscht, später dann durch die Drohung, ein Baby umzubringen.

»Was willst du?«, wiederhole ich kalt.

»Eine Botschaft übermitteln. Das wirst du gleich verstehen. Ich bin froh, dass du uns nach draußen gebracht hast, die Sicht von hier ist so viel besser.«

Keine Ahnung, wovon sie redet.

»Sag mir, was zu sagen ist, und dann ist's gut«, knurre ich, greife noch fester nach meiner Magie.

»Immer diese Ungeduld«, gackert sie. »Deine Mutter wäre so enttäuscht. Oder wird es ein paar Sekunden lang sein. Danach ist sie dazu nicht mehr in der Lage.«

»Was?«

»Ach, Liebchen, du bist ganz schön dumm, nicht?«

Sie lächelt mich mit Crispins Gesicht an, ich könnte kotzen. Sie hat sich wieder etwas Teuflisches ausgedacht, und das wird gleich geschehen.

Die Sicht – ich schaue hinauf. Von hier aus kann ich einige der höchsten Türme sehen, auch den, in dem sich die Gemächer meiner Mutter befinden. Oh nein. Sie will Beira angreifen. Aber warum? Meine Mutter ist schon so geschwächt, und ich habe jetzt die Herrschaft. Es wäre sehr viel sinnvoller, mich zu beseitigen. Es sei denn ... sie ist schließlich die Morrigan. Sie lässt andere gerne leiden.

Beira.

Ich breite meine Flügel aus und fliege zum Turm so schnell ich kann. Tief unter mir höre ich noch Crispins schrilles Gelächter. Ich werfe einen Feuerball in seine Richtung und schlage noch schneller mit den Flügeln. Ich muss mir ein besseres Bild von der Lage machen, und das bekomme ich nicht, wenn ich mich in die Gemächer meiner Mutter teleportiere. Ich bezweifle sowieso, dass die Morrigan dort drinnen etwas tun würde, wo keiner zusehen kann. Diesmal geht es nicht um Attentäter. Kein Gift. Sie will allen zeigen, dass wir nicht einmal im Palast vor ihr sicher sind.

Ich ziehe an dem Band, das mich mit meinen Wächtern verbindet, warne sie vor der heraufziehenden Gefahr und breite dann meine Magie aus, um nach Bedrohungen zu suchen.

Finde, was immer meine Mutter gefährden könnte, bitte ich sie und hoffe inständig, dass sie diesmal tut, was ich ihr auftrage. Sie dringt schnell durch die Mauern des Turms und untersucht die Räume. Ich schicke sie zuerst ins Schlafzimmer meiner Mutter. Dort ist niemand außer Beira, die friedlich in ihrem Bett schläft. Vielleicht ist in den Gemächern irgendein magischer Gegenstand versteckt?

Meine Magie findet etwas, und ich teleportiere mich sofort an den Ort, den sie mir zeigt. Da ist eine Kugel, sie schwebt in der Luft und pulsiert mit einem sonderbaren schwarzen Licht. Es ist gerade so, als würde das Licht aus dem Zimmer in sie hineingezogen und ließe sie damit selbst leuchten.

»Was ist denn das?«, flüstere ich und erwarte keine Antwort auf meine Frage.

Das Pulsieren wird stärker, die Kugel scheint sich langsam auszudehnen. Was immer es ist, es kann nichts Gutes bedeuten. Ich umhülle die Kugel mit etwas Luft-Magie und werfe sie aus dem geöffneten Fenster, so weit weg wie möglich. Sie bekämpft mich, will bleiben, aber ich bin stärker. Ich renne zum Fenster und schaue auf die Kugel. Sie hat jetzt fast die Größe einer Person angenommen, ist dick und schwarz und durch und durch böse. Ich drücke sie noch weiter weg, außer Reichweite irgendeines Gebäudes im Palast.

Meine Magie warnt mich Bruchteile einer Sekunde bevor es geschieht, aber die Vorwarnzeit ist zu gering. Die Kugel explodiert plötzlich, meine Magie wird durch die Explosion zurückgeworfen, kracht in mich hinein und reißt mich zu Boden.

»Was ist los?«, fragt meine Mutter schwach, kann kaum den Kopf heben.

»Die Morrigan«, antworte ich grimmig und springe wieder auf die Füße. Draußen brennt ein schwarzes Feuer in der Luft und schwebt dort, wo sich zuvor die Kugel befand. Ich wage mir nicht vorzustellen, was geschehen wäre, wenn die Kugel sich noch in diesem Zimmer befunden hätte. Es hätte eine gewaltige Explosion gegeben.

Asche regnet herab, während das Schwarze sich langsam auflöst. Es wäre beinahe schön zu nennen, wüsste ich nicht, was um ein Haar geschehen wäre.

Sie wird dafür büßen müssen.

Ich teleportiere mich zurück in den Hof, aber der Crispin-Klon liegt reglos am Boden. Ich lasse ihn durch meine Magie untersuchen, weiß aber schon, dass er tot ist. Ich habe Recht behalten. Die Morrigan kennt kein *gemeinsam*.

Die erste Ratsversammlung mit mir als Königin kommt erheblich früher als geplant. Aber nach dem Beinahe-Attentat auf meine Mutter konnte ich nicht einfach wieder zu den Krönungsfeierlichkeiten zurückkehren. Ich habe sie weiterlaufen lassen, gleichzeitig aber die Ratsmitglieder zusammengerufen. Jetzt sind wir in unserem normalen Sitzungszimmer versammelt, aber die Stimmung ist noch düsterer als in den vergangenen Wochen.

»Wie ist er gestorben?«, frage ich Theodor, den Heiler.

»Er hat keine äußeren Verletzungen, es gibt auch keine Anzeichen von Vergiftung. Sein Herz ist anscheinend ohne erkennbaren Anlass stehengeblieben.«

»Dann gehen wir mal davon aus, dass die Morrigan ihn umgebracht hat. Ich verstehe nur nicht, warum sie mich rechtzeitig gewarnt hat, so dass ich die Explosion im Zimmer meiner Mutter verhindern konnte. Sie hätte ein paar Minuten warten können. Wir waren draußen und hätten es gesehen auch ohne dass sie uns darauf hinweist.«

»Gute Frage«, murmelt Tamara. »Vielleicht wollte sie nur angeben? Ist übers Ziel hinausgeschossen?«

»Auch wenn sie eine Psychopatin ist, handelt sie nie ohne Berechnung«, gibt Crispin zu bedenken. Ich habe meine Wächter gebeten, an dieser Sitzung teilzunehmen, sie sitzen also mit mir am Kopfende des Tisches. »Sie wollte, dass du die Sache stoppst. Aber warum?«

Niemand antwortet. Wie sollen wir das auch wissen? Es ergibt keinen Sinn. Das sollte ein Überraschungsangriff werden. Hätte Thor nicht Magnus und den Klon belauscht, wäre es uns völlig entgangen, dass wieder ein Crispin-Klon im Palast war. Die Kugel wäre explodiert, und wir hätten keine Ahnung gehabt, was vorgefallen ist. Wahrscheinlich hätten wir eher Angus als die Morrigan in Verdacht gehabt.

»Wenn jemandem eine Lösung einfällt, lasst es mich wissen«, sage ich müde. Es war ein langer, anstrengender Tag. Am liebsten würde ich mich mit meinen Wächtern zusammenkuscheln und all das vergessen. Aber das geht nicht. Ich bin die Königin.

»Lasst uns…«

Der Raum erzittert, und ich springe auf, sehe mich entsetzt um. Die übrigen Ratsmitglieder haben ähnlich reagiert, ihre Auren zeigen eine Mischung aus Verwirrung und Angst.

»Mama.«

Ich teleportiere mich schon, als ich das Wort ausspreche – und ein wahnsinniger Schmerz rast durch meinen Körper, als es mich zerreißt.

• • •

Als ich aufwache, bin ich von Schnee umgeben. Dicke Flocken fallen vom Himmel… nein, das ist kein Schnee. Es riecht verbrannt und nach Tod.

Asche.

Ich will mich aufsetzen, aber mein Körper gehorcht mir nicht. Ich bin zerbrochen, habe Schmerzen im Innern, die erst langsam mein Bewusstsein erreichen. Solche Schmerzen, überall.

Tränen laufen mir über die Wangen und vermischen sich mit der Asche, die weiter auf mich herabfällt. Es ist, als würde ich mit einer Decke des Todes eingehüllt. Bald werde ich völlig darunter verschwinden, begraben unter der Asche meiner Mutter. Dunkelheit macht sich an den Rändern meines Gesichtsfeldes breit, und ich lasse die Augen zufallen. Mit einer letzten Willensanstrengung ziehe ich am Band zu meinen Wächtern und hoffe, dass sie mich hören werden. Falls sie noch am Leben sind.

KAPITEL Fünfzehn

»Ich wollte sie nie wirklich umbringen. Sie eigentlich nur besiegen.

»Aber jetzt siehst du, wohin das geführt hat. Sie ist tot.«

»Wartet mal, ich glaube, ich kann Wyn spüren.«

Drei Stimmen, alle vertraut. Ein Mann, zwei Frauen.

»Wyn? Bist du da?«

Das ist Flora, die süße, so lebendige Flora. Frühling eben.

»Ich bin… was ist los?« Mein Kopf arbeitet nur langsam, viel zu langsam, um das alles zu erfassen.

»Wir sind wieder in dem dunklen Raum. Heute schon zum dritten Mal, glaube ich. Wir waren gestern schon zweimal hier.«

»Moment mal…was…«

Ich kann noch immer keinen klaren Gedanken fassen. Das ist alles so verwirrend.

»Es gab im Palast eine Explosion, erinnerst du dich?« Dewis Stimme klingt überraschend sanft. »Das war vor zwei Tagen. Du warst bis jetzt bewusstlos, vielleicht bist du es auch noch.

Ich habe stündlich Berichte von deinen Assistenten bekommen, aber jetzt… nun ja, hier drinnen können sie mich schlecht erreichen.«

»Zwei Tage?«

Das fühlt sich nicht richtig an. Kann nicht wahr sein. Zwei Tage lang bewusstlos? Ich bin doch eine Göttin! Hätte schon früher geheilt sein müssen…

Der Mann räuspert sich. Angus. »Es tut mir leid.«

»Das sollte es auch«, meint Dewi wütend, jetzt gar nicht mehr ruhig. »Die Morrigan ist deine Verbündete!«

»War es«, grummelt er. »Sie war's.«

»Moment mal, du bist nicht länger…?« Zumindest habe ich eine fast vollständige Frage zustande gebracht.

»Nein, bin ich nicht.« Er atmet hörbar tief ein. »Ich wusste nicht, dass sie Beira angreifen würde. Hatte keine Ahnung. Genauso wenig, wie sie mir von Flora und Fav erzählt hat. Und es gibt mit Sicherheit noch viele andere Dinge, die sie vor mir verheimlicht hat.«

»Du bist auf unserer Seite?«, frage ich schwach, und spüre seine Zustimmung zu mir durchsickern.

»Ja, bin ich. Wir sind alle Vier jetzt verbündet. Ich habe Dewi und Flora schon alle Schlachtpläne der Morrigan mitgeteilt, soweit ich sie kenne. Dabei ist Flora noch ihre Gefangene.«

»Nicht mehr lange, wenn's nach mir geht«, sagt Dewi selbstbewusst. »Ich habe einen Plan, wie man dort eindringen und sie rausholen kann.«

Mir ist so viel entgangen. Angus, der jetzt auf unserer Seite steht. Und Flora, für die es anscheinend schon einen Rettungsplan gibt.

»Dewi… deine Mutter?«

Eine Welle glücklicher Gefühle macht sich in der dunklen Kammer breit. »Wir haben miteinander gesprochen. Ich weiß, dass sie meine Mutter ist, ich spüre die Verbindung zu ihr.

Man hatte ihr gesagt, ich sei auf dem Weg zur Erde gestorben.«

»So schnell kommt man zu einer Stieftochter«, lacht Angus. »Wir sind jetzt nicht nur Verbündete, sondern sogar eine Familie.«

Kann ich ihm wirklich trauen? Er war so lange der Feind und hat so schnell seine Meinung geändert, einfach so? Augenblick mal, ganz zu Anfang hat er etwas gesagt. Etwas Fürchterliches, das ich verdrängt habe.

»Was genau ist geschehen?«, frage ich, und es wird still.

»Du hast dich genau in eine Explosion hinein teleportiert«, sagt Dewi schließlich. »Es hat dich zerrissen. Keiner hätte gedacht, dass du überlebst, aber ... ähm... ist ein bisschen abartig, aber dir sind neue Gliedmaßen gewachsen. Also nicht ganz neue, eher die Teile, die du verloren hattest. Mach dir keine Sorgen, du hast wieder zwei Arme und Beine, nur dass jeweils die Hälfte von ihnen eben ganz neu ist. Vielleicht auch mehr als die Hälfte, eher Dreiviertel.«

Es überläuft mich kalt, ich kann nicht glauben, was ich da höre. Das muss ein schlechter Witz sein. Es wachsen einem doch nicht einfach so neue Körperteile, wenn man sie verliert. Nicht mal den Göttern. Bis jetzt. Bis es mich betraf.

»Ich gehe davon aus, dass es die Morrigan war?«

»Oh ja. Die erste Bombe sollte dir nur zeigen, wozu sie in der Lage war, die zweite die Tat dann tatsächlich vollbringen.«

Mir wird kalt. »Welche Tat?«

Wieder Schweigen.

»Tut mir so leid«, flüstert Flora dann. »Beira ist tot.«

❄

Ich will gar nicht aufwachen. Der dunkle Raum ist verschwunden und mit ihm die drei Götter, aber ich bin noch nicht bereit, wieder unter die Lebenden zu treten. Beira – tot. Jetzt habe ich meine beiden Mütter verloren. Mein Vater ist das letzte Familienmitglied, das mir geblieben ist. Wie soll ich funktionieren, kämpfen, mit so viel Trauer im Herzen? So viel Kummer. Er erfüllt mich ganz, meine Adern, meine Knochen, verhindert, dass ich mich bewegen kann.

Ich komme damit nicht klar, kann es einfach nicht. Wie viel Trauer kann ein Herz ertragen, bevor es endgültig stirbt?

Obwohl mein Herz gar nicht sterben kann. Ich muss endlich akzeptieren, dass ich jetzt unsterblich bin und man mich noch weniger töten kann als andere Götter. Ich habe einen neuen Körper *wachsen lassen*. Das macht man nicht, nicht einmal in den Götterreichen.

Beira ist tot.

Ich lebe.

Das ist so unfair. Sie ist die Mutter der Götter, war die erste Göttin überhaupt. Wie kann sie einfach so verschwinden? Das dürfte nicht möglich sein. Es ist so falsch.

Habe ich vielleicht dazu beigetragen? Wäre sie gestorben, wenn ich nicht gekrönt worden wäre? Vielleicht meinte das Universum, sie würde nicht länger gebraucht, jetzt, wo ich die neue Königin war.

Das Universum. Das Gleichgewicht. Die Jahreszeiten. Die können mich alle mal. Ich will dieses dauernde Herzeleid nicht länger. Von nun an will ich ein gutes Leben haben. Ich werde die Morrigan und ihre Dämonen töten und dann dieses Reich hier in ein Paradies verwandeln, in dem es kein Leiden mehr gibt. Nicht für mich, nicht für meine Untertanen. Das Winterreich soll ein Ort des Friedens, des Glücks sein.

Kein Krieg mehr. Nur noch dieses Mal, diese eine letzte Schlacht. Und ich will auch nicht mehr darauf warten, dass der Kampf zu mir kommt. Ich werde ihn zur Morrigan bringen und all dem ein Ende bereiten.

• • •

Ich erwache mit grimmigem Lächeln. Ein Körper wärmt den meinen. Mit Hilfe meiner Magie erkunde ich den Raum, bevor ich die Augen öffne. Arc ist bei mir im Bett, hält mich fest, als fürchte er, ich könne wieder verschwinden. Theodor sitzt in einer Ecke und schläft halb. Die beiden anderen sind Wachposten und stehen an der Tür, sind hellwach und bereit, auf jede Bedrohung sofort zu reagieren.

Ich kenne diesen Raum nicht. Es ist nicht mein Schlafzimmer, aber auch kein Krankenzimmer. Ich schiebe meine Magie weiter vor. Wir befinden uns unterhalb des Palastes, in einem Bereich, den ich noch nicht erforscht habe. Die Wände sind dick und sehr alt, leuchten durch eine sonderbare Substanz, die meine Magie abweist. Ich kann sie nur mit Mühe durchdringen. Offenbar hat man mich an den sichersten Ort gebracht, der zu finden war. Einen Bereich, an dem Magie wirkungslos wird, damit ich in meinem wehrlosen Zustand keiner Gefahr ausgesetzt würde. Clever.

Neben diesem gibt es einen kleineren Raum, in dem sich die drei anderen Wächter aufhalten. Crispin schläft. Gut so; seine schwache Aura zeigt, wie erschöpft er ist. Sturm ist wach und geht vor sich hinbrütend auf und ab. Frost sitzt an Crispins Seite, seine Aura ist so ruhelos wie die seines Bruders.

Ich ziehe sanft an unserem Band und sehe sie aufspringen und aus ihrem Zimmer in meines stürzen. Sturm befiehlt den Wachen und dem Heiler, den Raum zu verlassen, was sie auch sofort tun.

Arme schlingen sich um mich.

»Willkommen zurück«, flüstert Arc, bevor er seinen Griff lockert und aus meinem Bett verschwindet. Warum das denn?

Crispin nähert sich mir als Erster. Aus seinen Händen rinnt Magie, als er mich auf Verletzungen untersucht.

»Wyn? Kannst du mich hören?«

»Laut und deutlich.« Meine Stimme ist überraschend kräftig, nicht so schwach wie ich vermutet hätte. Also, für jemanden, der gerade erst seinen Körper neu hat wachsen lassen, gar nicht schlecht.

»Wie fühlst du dich?« Seine Magie untersucht mich weiter, ich spüre davon aber nur ein leichtes Kitzeln.

Ich gehe meinen Körper auf Anzeichen von Schmerzen durch. Da ist nur ein dumpfer Schmerz in meinem rechten Arm, aber das ist alles. Kaum zu glauben, dass ich vor zwei Tagen noch schwer verletzt war.

»Ganz gut«, antworte ich. »Wie ist die Lage?«

Sie sehen einander an. Und wollen über das Offensichtliche nicht reden. Die tote Göttin.

»Ich weiß es schon«, sage ich tonlos. Jetzt kann ich mir keinen Zusammenbruch leisten. »Ich weiß, dass sie tot ist. Ich habe auch von der Explosion erfahren, und dass Angus jetzt auf unserer Seite steht. Es gab da eine kleine Konferenzschaltung mit den drei Göttern der anderen Jahreszeiten.«

»Dann weißt du wohl auch über Bridget Bescheid?«, fragt Sturm.

»Dass sie Dewis Mutter ist und uns unterstützt? Ja.«

»Das ist echt merkwürdig«, murmelt Frost. Ganz seiner Meinung. Am liebsten würde ich ja noch ein Weilchen das Bett hüten und mich von meinen besorgten, liebenden Wächtern verwöhnen lassen. Aber dazu fehlt die Zeit. Ich spüre die Veränderung in der Luft. Der Sturm zieht auf und wird uns hart treffen.

»Angus meint, es könnte der Morrigan vielleicht entgangen sein, dass er nicht länger auf ihrer Seite ist«, berichtet Sturm. »Sie hat angeordnet, er solle seine Armeen bereithalten, und er wird noch eine Weile so tun, als habe sich nichts geändert. Nur seine höchsten Generäle werden informiert werden, und das erst kurz vor dem Kampf. Es wird sie hoffentlich überraschen, wenn Angus' Truppen sich plötzlich gegen die Dämonen der Morrigan wenden.«

»Sind sonst alle bereit? Alle unsere Verbündeten?«

Sturm nickt. »Ja, sie warten alle auf unser Signal. Angus hat versucht, die Morrigan so lange aufzuhalten, bis du geheilt bist. Sie wird sich aber nicht mehr lange hinhalten lassen. Ihre Dämonen bleiben nicht länger im Verborgenen, sie ziehen sich an den Toren zusammen.«

»Ein Ablenkungsmanöver«, murmele ich. »Sie kann doch ihre eigenen provisorischen Tore bauen, erinnert ihr euch? Sie wird irgendwo im Zentrum unseres Reichs eines errichten und die Invasion beginnen, während wir noch die bestehenden Tore bewachen.«

»Woher weißt du…« Sturm ist sprachlos. Dass ich das noch erlebe!

»Es hat sich etwas verändert. Meine Gedanken arbeiten anders, sind offener. Ich kann mehr *fühlen*.«

»Bin nicht sicher, dass ich das verstanden habe«, sagt Arc, und seine Aura flimmert vor Ungewissheit. »Was genau hat sich verändert?«

»Meine Kräfte. Die Verbindung zur Magie, die mich umgibt. Ich weiß nicht, ob meine Krönung damit zu tun hat oder der Tod meiner Mutter, vielleicht Beides. Ich weiß Dinge, die ich vorher nicht wusste. Meine geistigen Fähigkeiten nehmen zu.«

Erst jetzt, wo ich versuche, sie in Worte zu fassen, wird mir die Bedeutung dieser neuen Gefühlswelt klar. Ich bin noch mächtiger als zuvor. Ich verfüge über Wissen, sehr altes Wissen, das nur darauf wartet, von mir erforscht und genutzt zu werden. Zum Beispiel wie sich die Morrigan in der Vergangenheit verhalten hat. Wie sie denkt. Wie ich sie erschaffen habe.

Moment mal.

Ich habe sie nicht erschaffen.

»Die Erinnerungen meiner Mutter«, flüstere ich. »Ich habe Zugang zu einigen von ihnen.«

»Das ist verrückt«, ruft Frost aus, fügt aber sofort hinzu »und sehr nützlich.«

Ich versuche, die nicht zu mir gehörenden Erinnerungen zu lokalisieren, aber sie sind mit meinen eigenen verschmolzen. Lediglich ihr Geschmack ist leicht verschieden, kaum merklich. Ich werde viel Zeit brauchen, die Erinnerungen meiner Mutter und meine eigenen zu sortieren. Das ist alles äußerst verwirrend.

Ich denke an die Morrigan, und es tauchen neue Erinnerungen auf. Ich lächele besonders über eine.

»Die Morrigan wurde als Kriegerin geschaffen. Auf diese Art denkt sie auch, immer im Hinblick auf Gewalt und Zerstörung. Sie geht außerdem davon aus, dass nur sie in diesen Kategorien denkt und erwartet nicht, dass wir den ersten Schritt tun.«

»Was wir auch nicht vorhatten«, meint Sturm bedächtig. »Meinst du, wir sollten jetzt den Plan ändern?«

»Niemand weiß, dass ich aufgewacht bin. Ihre Spione werden ihr nichts anderes berichtet haben. Noch nicht. Sie denkt, wir sind schwach und wird bald angreifen. Angus könnte der einzige Grund sein, warum sie es noch nicht getan hat. Wir müssen schneller sein als sie.«

»Sobald wir unsere Verbündeten unterrichten, wird sie Bescheid wissen«, betont Sturm. »Sie hat überall ihre Spione.«

»Gewiss.« Ich lächele. »Aber sie kann nicht in ihre Köpfe eindringen. Ich schon.«

Sie starren mich alle an.

»Ich kann die Götter im Palast über uns erspüren«, erkläre ich ihnen. »Ich weiß, dass ich telepathisch mit ihnen in

Verbindung treten kann. Ich spüre auch, welche von ihnen auf unserer Seite stehen. Da ist mindestens einer, auf den das nicht zutrifft, und zwei, die noch schwanken.«

»Wer?«, fragt Sturm postwendend, seine Aura verdunkelt sich.

Ich konzentriere mich auf die Köpfe, deren Gedanken sich von denen der anderen unterscheiden. Sie stechen wie dunkle Punkte aus dem ansonsten weißen Untergrund heraus, der hellen Gedankenwelt der anderen Götter. Wächter erscheinen eher wie ein silberner Schleier, und dann ist da noch ein rosafarbener Punkt. Blaze.

»Saturn ist ein Verräter«, verkünde ich. Ich habe mit diesem Gott noch nicht persönlich gesprochen, ihn nur in der Menge gesehen. »Hades ist noch unentschlossen. Seine Schwester hat ihn überredet, sich uns anzuschließen, aber er meint, unsere Sache sei verloren. Er wird sich abwenden, sobald die Situation brenzlig wird. Und der andere ist...bin nicht sicher, doch, da ist er. Aeolus, der Gott des Windes.«

»Aeolus?«, fragt Sturm ungläubig. »Er hat in der Vergangenheit immer zu uns gehalten. Sein Reich ist nur klein und er hat nicht viel Macht, aber ich habe an seiner Treue nie gezweifelt.«

Ich zucke mit den Schultern. »Er hat Angst. Vielleicht muss man ihn nur etwas ermutigen. Lass mich mal machen.«

Ich konzentriere mich und blende die Leute um mich herum aus, fokussiere mich ganz auf das helle Licht dieses Gottes. Er wird gleich einen gehörigen Schrecken bekommen.

»Aeolus!«, rufe ich ihn in Gedanken und hoffe, dass mein Instinkt mich bezüglich meiner neuen Fähigkeiten nicht getrogen hat.

Er schreit innerlich auf, ich muss ein Lächeln unterdrücken. Er ist ganz schön schreckhaft.

»Eure… Eure Majestät?«

»In der Tat. Wie kommen deine Kampfvorbereitungen voran?«

»Gut, alles bestens, wir sind bereit.« Er erinnert mich an einen Hamster in seinem Rad – zu ängstlich, um mit dem Rennen aufzuhören und einfach hinauszuspringen.

»Wir werden diesen Kampf gewinnen, Aeolus«, sage ich und übertrage ihm meine Überzeugung. »Ich weiß, dass man leicht Zweifel hegen kann, dass wir ganze Horden von Dämonen besiegen werden, aber zusammen sind wir stark. Soll ich dir ein Geheimnis anvertrauen?«

Ich untersuche seine Gedankenwelt, während ich mit ihm rede. Wird er der Morrigan berichten, was ich ihm sage? Nein, er hat nur Angst, will keineswegs die Seiten wechseln. Sollte er uns tatsächlich die Gefolgschaft versagen, dann nur, um sich in sein eigenes Reich zu verkriechen und auf bessere Zeiten zu hoffen.

»Eure Majestät?«

»Wir haben neue Verbündete. Mächtige Verbündete, das wird alle überraschen.«

»Die Drachen?«

Ich lächele. »Nein, sogar noch mächtigere als die Drachen. Du wirst es bald sehen, aber bis dahin möchte ich, dass du an unseren Sieg glaubst. Ich muss mir sicher sein, dass du von unserer Mission überzeugt bist. Wir müssen zusammenhalten, denn dann werden wir den Sieg davontragen.«

Seine Ausstrahlung wird stärker. Er hat einen Entschluss gefasst.

»Ich werde mich bald wieder melden«, sage ich zum Abschied. »Halte deine Armee bereit.«

Ich ziehe mich zurück und öffne die Augen. Die Männer stehen noch genauso da wie gerade eben; es scheint keine Zeit vergangen zu sein. Diese Form der Kommunikation scheint dieselbe zu sein wie das Gespräch mit den drei Göttern der Jahreszeiten.

»Er wird uns unterstützen«, verkünde ich. »Um Hades werden wir uns zu gegebener Zeit kümmern. Saturn – den könnten wir zu unserem eigenen Nutzen einsetzen. Wenn wir ihn mit falschen Informationen füttern, wird er sie an die Morrigan weitergeben. Und einem Gott glaubt sie sicher mehr als anderen Spionen.«

»Guter Plan.« Sturms Aura strahlt vor Stolz. »Du kommst mit all dem sehr gut klar.«

Mit dem Tod meiner Mutter, meinst du? Nein, damit beschäftige ich mich noch gar nicht. Den habe ich in eine kleine, dunkle Ecke meines Verstandes zurückgedrängt, und dort wird er erst einmal bleiben. Diesbezügliche Emotionen muss ich verbannen, bis wir unsere Mission erfolgreich erfüllt haben.

Und die heißt – Tod der Morrigan!

Sie muss auf immer und ewig zerstört werden.

Ich stoße die Decke von mir und setze mich auf, runzele die Stirn, als ich sehe, dass ich nichts anhabe.

»Deine Haut musste heilen«, erklärt Crispin. »Sie sollte nicht mit dem Stoff in Berührung kommen und daran festkleben.«

Ich lache. »Nette Ausrede dafür, dass ich nackt bin.«

»Ich würde diesen Anblick so gerne noch genießen«, seufzt Frost. »Aber du siehst nicht so aus, als würdest du dich jetzt hinlegen und es zulassen, dass wir dir gute Gefühle verschaffen…«

Er hat recht. Ich wünschte, ich könnte, weiß aber, dass es nicht geht. Es gibt einfach zu viel zu tun.

»Bald«, entgegne ich und schicke ihm ein paar liebevolle Gedanken durch das Band zwischen uns. »Bald wird alles vorbei sein, und dann können wir uns ins Schlafzimmer einschließen und die Welt ein paar Tage lang ignorieren.«

»Ein paar Wochen, bitte«, fordert Arc. »Besser Monate. Wir brauchen dich doch.«

»Ich euch auch«, antworte ich traurig. »Ist echt nicht leicht, Königin zu sein.«

KAPITEL Sechzehn

Wie sich herausstellt, ist eine wunderschöne Rüstung für mich geschmiedet worden. Fühlt sich am Körper merkwürdig an, aber andererseits auch super cool. Sie ist aus eng anliegenden Metallplatten gefertigt, die meine Hüften runder wirken lassen, als sie wirklich sind; aber der auf der Innenseite angebrachte Stoff erleichtert das Tragen. Ich habe jedenfalls nicht den Eindruck, kiloweise Metall am Körper zu haben, eher einen schweren Wollmantel. Zwei gerundete Metallteile schützen meine Brüste. Wer immer ihnen Spitzen am vorderen Ende angesetzt hat, wollte sich wohl einen Scherz erlauben. Jedenfalls hat mein Busen noch nie mit einem BH so formvollendet ausgesehen.

»Im Metall ist eine magische Abwehr eingearbeitet«, erklärt Frost, während er mit hilft, die Schulterschützer anzulegen. »Du musst immer noch deine Schranken hoch halten, aber wenn etwas sie durchbrechen sollte, bist du vor kleineren Attacken geschützt. Das Metall lässt auch keine andere Waffe durch.«

»Moment mal, vollkommen undurchdringlich? Da muss es

doch eine Schwachstelle geben, oder? Was ist mit einer wirklich scharfen Waffe?«

»Magie«, ist alles, was er zur Erklärung sagt. »Das Ding wird dich weitestgehend schützen. Außerdem wurde diese Rüstung aus Metall von Beiras eigener Rüstung hergestellt; aber sie war größer als du, deshalb haben die Schmiede ihre Rüstung eingeschmolzen und für dich eine komplett neue hergestellt.«

»Vor oder nach der Krönung?«

Ich hätte nicht gern, dass dies noch vor ihrem Tod geschah. Das wäre nicht richtig. Ihre Sachen sollten nicht angetastet und für mich abgeändert werden.

»Schon vorher. Ich glaube, sie wusste, dass sie nie wieder in den Kampf ziehen würde, deshalb gab sie die Anweisung, die Rüstung zu deinem Schutz ändern zu lassen. Sie dachte immer darüber nach, wie sie für deine Sicherheit sorgen könnte, auch wenn ihr klar war, dass du würdest kämpfen müssen.«

Er ruckelt die Schulterteile hin und her um sicherzugehen, dass sie richtig sitzen.

»Ich glaube, du bist fertig.«

Ich schüttele den Kopf. »Ich nicht.«

Er zieht mich dichter an sich heran. Ich spüre seine Berührung durch die dicke Schutzhülle hindurch nicht, aber seine Nähe tröstet mich dennoch.

»Als du wieder aufgewacht bist, warst du anders, Wyn. Nicht auf gute oder schlechte Art, einfach nur verändert. Bewusster. Scharfsinniger irgendwie. Ich weiß nicht, wie ich das beschreiben soll, ich kann nur sagen, wie sich das für mich angefühlt hat. So, als wärst du die Person, der ich überall hin folgen würde. Ich vertraue dir vollständig, weil ich dein Herz kenne. Ich weiß, wie besorgt du um uns bist, um dieses Reich. Du wirst uns durch die Finsternis wieder ans Licht führen. Daran besteht für mich kein Zweifel. Das wird bestimmt nicht leicht, und es wird Verluste geben, aber ich glaube an dich, Wyn.«

Ich muss schwer schlucken. Jetzt keine Tränen, Wyn. Nicht nach all den schönen Dingen, die er da gerade gesagt hat.

»Ich liebe dich«, fügt er hinzu, und da ist es um mich geschehen. Ich lege meinen Kopf an seine Schulter und lasse den Tränen freien Lauf, weine, bis sein Hemd durchnässt ist.

Ich bin mir bewusst, dass ich zum letzten Mal so emotional sein werde. Dies ist die letzte Gelegenheit, die in mir aufgestaute Trauer loszulassen. Nicht die tiefsitzende Trauer, die am besten zunächst verborgen bleiben sollte, nur den Kummer über das, was unmittelbar bevorsteht. Es wird Tote geben. Dies ist kein Spiel, sondern ein Krieg. Ich werde wohl nie vollständig bereit dafür sein, aber Frosts Worte haben mich in meiner Entschlossenheit bestärkt. Niemand außer mir kann es tun. Ich bin die Göttin des Winters, die Königin dieses Reichs, und ich werde meine Leute zum Sieg führen.

❄

Während meiner Bewusstlosigkeit haben einige der zu Besuch anwesenden Drachenwandler unseren besten Magiern gezeigt, wie man ein provisorisches Tor baut. Ich bin froh, dass ich auf diese Weise nicht alle Krieger teleportieren muss und meine Kräfte schonen kann.

Die elf für diese Aufgabe Auserwählten stehen nun vor mir im Hof, den ich mit der gelben Magie abgeschirmt habe, um einen Lauschangriff unmöglich zu machen. Meine Wächter stehen hinter mir und stärken mir buchstäblich den Rücken.

Bis zu diesem Augenblick habe ich mich im Verborgenen gehalten, wollte nicht, dass jemand von meiner Genesung erfährt. Darüber wussten nur die Ratsmitglieder und meine Wächter Bescheid, aber jetzt ist es an der Zeit, mich diesen

Leuten zu zeigen, die für unser Reich kämpfen und vielleicht sterben werden.

»Seid ihr sicher, dass ihr ein Tor schaffen und es lange genug offenhalten könnt, um ein Bataillon hindurch zu lassen?«

Als Antwort salutieren sie. Von militärischen Dingen hatte ich nie viel Ahnung, aber das Wissen meiner Mutter füllt in meinem Kopf jetzt diese Lücken. Dadurch weiß ich, wie viele Soldaten wir haben, wie viele Wächter auf welche Formen der Magie spezialisiert sind, wie viele Waffen uns zur Verfügung stehen und welche. Da gibt es Giftflaschen, die man wirft, magische Granaten und Bomben, die den Feind gefrieren lassen. Das vermittelt schnell den Eindruck, dass wir angesichts dieser Ressourcen unbesiegbar sind; aber mir ist bewusst, dass die Morrigan über ein ähnliches Arsenal verfügen dürfte. Und sie ist uns zahlenmäßig überlegen. Ihre Dämonen sind zwar nicht so gut ausgebildet und schlagkräftig wie unsere Leute, dafür aber sehr viel zahlreicher. Niemand kennt sich damit so richtig aus, aber Dämonen vermehren sich anscheinend in Kriegszeiten besonders üppig. Ich mag mir gar nicht vorstellen, wie sie das genau tun. Hoffen wir mal, dass es sich dabei um Klonen handelt und nicht etwa Sex und Baby-Dämonen.

»Gut. Sturm wird jeden von euch einem Offizier zuweisen. Egal, was geschieht, ihr werdet bei diesem Offizier bleiben und seinen Befehlen gehorchen. Sobald ihr alle an Ort und Stelle seid, wird dieser Vorgesetzte seinen Marschbefehl erhalten. Eure Aufgabe ist es, das Tor zu öffnen und dafür zu sorgen, dass alle sicher hindurchgehen, bevor ihr es wieder schließt. Ich will nicht, dass feindliche Truppen durch unsere Tore in den Palast eindringen. Verstanden?«

»Ja, Eure Majestät«, rufen sie im Chor. Ihre Auren zeigen Hoffnung und Selbstvertrauen. Sie sind davon überzeugt, dass wir den Kampf gewinnen können. Und das werden wir. Ich teile diese Überzeugung aus vollem Herzen.

»Es wird strategische Entscheidungen geben, die ihr vielleicht nicht nachvollziehen könnt. Wenn euer Offizier euch auffordert, alle Soldaten an einen neuen Ort zu bringen, tut ihr das ohne Wenn und Aber. Von euch Elfen hängt alles ab, ihr tragt also eine große Verantwortung, könnt aber in gleichem Maße stolz auf eure Rolle sein.«

Ihre Augen leuchten noch heller.

»Haltet euch bereit, das Signal zum Aufbruch kann jeden Augenblick kommen. Lasst euch nicht ablenken und verteidigt dieses Reich!«

Ich schreie die letzten Worte hinaus, und ein jubelnder Chor antwortet mir.

»Gut gemacht«, flüstert Sturm mir zu, bevor er zu jedem einzelnen Magier geht und ihm einen Zettel mit dem Namen seines Kommandanten aushändigt. Sie wissen es noch nicht, aber wir verteidigen nicht nur ein Reich; wir werden außerdem ein anderes angreifen.

Es hinterlässt bei mir einen bitteren Nachgeschmack, auf diese Weise den ersten Stein zu werfen, aber so haben wir die besseren Erfolgsaussichten. Ich kenne die Morrigan und bin mir ziemlich sicher, dass sie diesen Schritt von uns nicht erwartet. Sie betrachtet uns nicht als ebenbürtige Gegner. Sie ist durchaus eine kluge Göttin, aber ihre Überheblichkeit wird ihr zum Verhängnis werden.

In Gedanken gehe ich meine Checkliste durch. Der Rat ist informiert. Ich habe mich von meinem Vater verabschiedet. Die Magier wissen, was sie tun sollen. Unsere Streitkräfte stehen bereit, an ihre jeweiligen Einsatzorte gebracht zu werden. Jetzt muss ich nur noch unseren Verbündeten Bescheid geben. Der Rat hat mir versichert, dass alle auf unserer Seite stehenden Götter ihre Armeen in Alarmbereitschaft halten und ich ihnen lediglich Zeit und Ort mitteilen muss, zu dem sie zu unserer eigenen Armee stoßen werden. Ich habe mir diesen Plan nicht ausgedacht, das waren Sturm und Gwain, aber es muss so aussehen, als käme das alles von mir. Die Leute vertrauen mir, ihrer Göttin, der Frau, die eine Explosion überlebt hat, die die ehemalige Winterkönigin tötete.

Ich wende mich zu den mir verbliebenen Wächtern um, während Sturm noch mit den Magiern redet.

»Meint ihr, wir sind bereit?«

»Klar. Wird Zeit, dass wir diese Wahnsinnige vom Thron stoßen.« In Arcs Stimme schwingen Leidenschaft und Zorn. Schön, diese Gefühle werden im Kampf von Nutzen sein.

»Ja, alle Heiler halten sich zur Verfügung. Theodor ist für sie zuständig.«

Ich konnte Crispin nicht überreden, bei den Heilern zu bleiben, abseits des Kampfgeschehens. Er will an meiner Seite stehen, und ehrlich gesagt bin ich dankbar, meine vier Männer um mich zu haben. Auch mit all diesen tollen neuen Fähigkeiten kann ich nicht behaupten, keine Angst zu haben. Im Gegenteil, mir ist beinahe schlecht vor Angst.

»Wir schaffen das«, sagt Frost zuversichtlich. »Das habe ich dir schon mehr als einmal gesagt und werde es wiederholen, so lange es nötig ist.«

Sturm kommt gerade dazu. »Aha, ein paar aufmunternde Worte?«

Ich verziehe das Gesicht. »Eher eine Ansprache, damit Wyn sich bereit fühlt.«

»Ist doch dasselbe.« Und ernst fügt er hinzu »Alle sind auf ihren Posten. Jetzt musst du nur noch die anderen Götter informieren.«

Ich nicke. »Aber nicht hier. Haltet meine Hand.«

Sie tun es, sind diese Prozedur ja nun schon gewöhnt, und ich teleportiere uns auf die Spitze des höchsten Turms. Mir gefällt es dort oben. Es gibt mir das Gefühl, nicht direkt im Palast zu sein, aber dennoch Teil von ihm. Das ist befreiend.

Ich setze mich in die Mitte der kreisrunden Plattform und konzentriere mich auf meine Magie. Meine Wächter werden Wache halten, während ich mit diesem ganzen telepathischen Hin und Her beschäftigt bin. Ich weiß zwar, dass ich es kann und außerdem über die Erinnerungen meiner Mutter verfüge, brauche aber doch mehrere Anläufe, bis ich mit Dewis Gedanken verbunden bin.

Obwohl sie darauf vorbereitet ist, kreischt sie doch überrascht auf, als ich bei ihr bin. Hoffentlich war das nur ein mentaler Schrei. Ich will nicht, dass sie meinetwegen das Gesicht verliert.

»Alle sind bereit«, erkläre ich ohne Umschweife. »Ich werde versuchen, dir ein Bild von der Landkarte zu schicken, mit unseren Positionen darauf. Sag mir, wenn es bei dir ankommt.«

Ich suche meine Gedanken nach der Karte ab, die Sturm mir gezeigt hat, samt all der kleinen Flaggen, die Orte zeigen, an denen unsere Verbündeten ins Dämonenreich eindringen sollen. Meine Mutter ist ... war eine der Wenigen, die dieses Reich je besucht haben, weshalb ich die von Gwain erhaltene Landkarte etwas korrigiert habe. Sie hat mich an diese alten Karten der britischen Inseln erinnert, auf denen die Küstenlinien völlig falsch eingezeichnet sind, man aber den grundsätzlichen Verlauf durchaus erkennen kann. So ähnlich verhielt es sich mit der Karte des Dämonenreichs. Aber jetzt ist sie verbessert, dank der Erinnerungen meiner Mutter. Wenn ich Zeit und Gelegenheit hätte, würde es mich regelrecht in Panik versetzen, wie ihr Wissen in meines sickert, meine Gedanken verändert; aber nicht jetzt, ich muss mich konzentrieren. Jetzt bloß nicht hysterisch werden, weil mein eigenes Selbst gerade mit dem Bewusstsein einer toten Göttin verschmilzt.

Nein, keine Panik...

Ich schiebe Dewi die Karte hinüber, nicht zu schnell. Keine Ahnung, ob es gelingen wird, und ich will bei dem Versuch keineswegs Dewis Verstand zum Schmelzen bringen. Sie ist zwar stark, aber längst nicht in demselben Maße wie ich. Das ist keine Angeberei, nur eine Tatsachenfeststellung.

»Hab sie«, sagt sie viel früher als erwartet. »Welche Farbe darauf ist meine?«

»Braun. Ich mache jetzt die Runde und informiere alle anderen, werde aber versuchen, in zwei Stunden dort zu sein. Ich werde eine winzige Verbindung zu dir offenhalten, wenn ich dort also das Signal sende, ist es Zeit anzugreifen.«

Ich spüre ihre Zustimmung und kehre in meinen Körper zurück.

Meine Wächter sehen mich neugierig an. Ich lächele.

»Punkt eins erledigt, noch zwanzig weitere. Kann mir jemand einen Tee bringen?«

❄

Bis ich alle Götter unterrichtet habe, bin ich völlig erschöpft. Nicht körperlich, nicht, was meine Magie betrifft, aber mental. Es fühlt sich an wie nach einer langen, nicht enden wollenden Party, auf der ich mit jedem einzelnen Gast sprechen musste. Ich war heute mit viel zu vielen Leuten zusammen, fühle mich überfordert, was Sozialkontakte betrifft. Zum Glück werden die nächsten die mit Dämonen sein, also von kurzer Dauer, denn ich werde sie töten. Hurra!

Ich teleportiere uns zurück in den Versammlungsraum, wo uns alle Ratsmitglieder erwarten. Gwain und Ada tragen beide ihre Rüstung, Gwains ist an etlichen Stellen eingedellt. Das könnte man sicher reparieren, aber vielleicht ist Gwain stolz darauf, betrachtet sie als Erinnerung an die Kämpfe, die er gewonnen und überlebt hat.

Theodor trägt eine sonderbare Robe mit Dutzenden von

Taschen über seiner gewohnten schwarzen Kleidung und dazu noch einen Gürtel voller kleiner Fläschchen.

Anton, der neue Schatzmeister, sieht ein wenig blass aus, trägt aber ebenfalls eine Rüstung, genauso wie Algonquin und Zephyr. Die Beiden scheinen mir viel zu alt zum Kämpfen, aber dann rufe ich mir ins Gedächtnis, dass sie Wächter sind und damit unsterblich und sicher stärker als sie aussehen.

Die Einzige, die mich nicht ins Dämonenreich begleiten wird, ist Tamara, die von hier aus einige Dinge leiten soll; außerdem einige Wächter, die telepathische Fähigkeiten besitzen. Sie halten sich bereit, falls ich verhindert sein sollte, die Verbindung zu unseren Verbündeten persönlich aufrecht zu erhalten.

»Sind alle bereit?«, frage ich und setze mich erst gar nicht hin.

»Das sind wir, meine Königin«, erwidert Gwain förmlich. »Die Truppen sind bereit, ihre Position einzunehmen. Wir warten nur noch auf Euer Kommando.«

Ich atme tief ein. Dies ist der alles entscheidende Moment. Ich werde jetzt vielleicht alle in den Tod schicken. Wenn unser Plan nicht aufgeht, wird die Morrigan das Winterreich besetzen und viele andere noch dazu und sie in eine Hölle verwandeln. Es wird kein Gleichgewicht mehr geben, keine Magie, alles Lebendige wird darunter leiden.

Nein, das darf nicht passieren. Wir müssen gewinnen, wir werden gewinnen.

»Tut es allen kund«, wende ich mich an den Rat. »Lasst uns der Morrigan zeigen, dass wir nicht so schwach sind, wie sie denkt. Sie soll büßen für all ihre Schandtaten.«

KAPITEL Siebzehn

Es ist ein erhebendes Gefühl, sie alle durch die Tore eilen zu sehen, mit funkelnden Rüstungen und blitzenden Waffen. Ich warte einen Moment lang um sicherzugehen, dass alles planmäßig abläuft, dann wende ich mich an meine Wächter.

»Frost, sag's mir noch ein letztes Mal«, bitte ich ihn, als mich eine neue Welle der Furcht zu überrollen droht.

»Ich glaube an dich«, sagt er schlicht, als wäre das nicht das Wertvollste, was er je zu mir gesagt hätte. »Du wirst großartig sein.«

Seine Aura pulsiert voller Liebe und Stolz, als er vortritt und mich in die Arme nimmt. Die Rüstung ist wieder im Weg, aber unsere Lippen finden sich dennoch. Ich küsse ihn leidenschaftlich und versuche den fürchterlichen Gedanken zu verdrängen, der sich einzuschleichen droht. Was, wenn dies das letzte Mal ist, dass ich ihn küsse? Was, wenn ich keinen von ihnen je wiedersehen werde?

Ich atme seinen Duft ein, speichere ihn in meiner Erinnerung. Mein Frost.

Auch als wir uns nicht mehr küssen, bleibe ich in seiner Umarmung.

»Heute Nacht werden wir weitermachen«, verspricht er, und ich höre das Lächeln in seiner Stimme.

»Jetzt bin ich dran«, unterbricht Arc und zieht mich weg von Frost in eine raubeinige Umarmung. Er trägt einen Kilt über seiner stählernen Rüstung, als müsse er sein Schottentum auch in dieser Situation zeigen.

Er senkt den Kopf und küsst mich hart, seine Lippen sind viel fordernder als Frosts. Ich antworte auf gleiche Art, schmecke meinen Wächter, hoffe verzweifelt, dass dies nicht das Ende sein wird, nur einer von vielen Küssen, von Millionen, in unserem unsterblichen gemeinsamen Leben.

Nun zieht Sturm mich in seine Arme. Er küsst mich nicht, sieht mich nur an – wobei ich sein Gesicht nicht erkennen kann. Wirklich so komisch, dass er meine Augen sehen kann, ich aber seine nicht. Es ist eine sonderbare Form von Blindheit.

Ich weiß nicht, was er in meinen Augen sieht, aber nach etwa einer Minute ändert sich die Farbe seiner Aura hin zu einem feurigen, leidenschaftlichen Rot.

»Pass auf dich auf«, murmelt er und gibt mir den sanftesten Kuss, den ich je bekommen habe, nur eine schnelle Berührung der Lippen, dann ist er fort und Crispin nimmt seinen Platz ein. Mein süßer, innerlich so gebrochener Crispy. Ich tue das alles auch für ihn, für meine Mama, meine Mutter, die Drachen und alle anderen, die durch die Hand der Morrigan gelitten haben.

»Es wird ihr leid tun, dass sie dich je misshandelt hat«, flüstere ich und küsse ihn, zeige ihm, wie viel er mir bedeutet. Er antwortet mit gleicher Münze, seine Zunge neckt meine, unsere Verbindung ist spürbar und wärmt mir das Herz. Auch das Band zu meinen übrigen Männern spüre ich so stark wie nie zuvor. Sie sind für mich da, und ich werde sie schützen, koste es, was es wolle. Sie gehören mir, die

Morrigan wird sie nicht kriegen. Überhaupt niemanden. Denn sie wird tot sein.

Ich strecke die Arme aus, während Crispin mich noch hält, und die drei anderen Männer ergreifen sie.

»Bereit?«, frage ich leise und spüre ihre Zustimmung durch unser Band. »Dann lasst uns mal eine Göttin ins Jenseits befördern.«

Während die meisten unserer Verbündeten den Kampf an den Rändern des Dämonenreichs beginnen und sich dann nach innen vorarbeiten und dabei die Dämonen wie Vieh vor sich hertreiben, teleportiere ich mich mit den Männern gleich direkt ins Zentrum. Das Reich ist in dreizehn Zonen unterteilt, die alle nach Edelsteinen benannt sind. Zwölf davon sind kreisförmig um die Onyx-Zone angeordnet, wie die Speichen eines Rades. Nach allem, was ich über die Morrigan weiß, wird sie sich genau dort aufhalten, wie eine Spinne mitten im Netz.

Ich war mir nicht sicher, an welche Stelle genau ich uns teleportieren sollte, habe also einen Ort direkt vor den Burgmauern gewählt, den ich in den Erinnerungen meiner Mutter gesehen habe. In der Wirklichkeit sieht die Festung aber viel furchterregender aus. Die zackigen Türme gleichen Speeren, sie ragen hoch hinauf in den blutroten Himmel, als wollten sie ihn aufspießen und zerstören. Die Mauern bestehen aus poliertem schwarzem Stein, wahrscheinlich Onyx. Es gibt keine Fenster, noch nicht einmal Schießscharten. Alles in allem ein abweisender, bedrohlich wirkender Bau, der eine klare Botschaft aussendet: Bleibt draußen. Nun gut, das werden wir nicht, wir haben hier einen Job zu erledigen.

»Ich werde das Gebäude auf Dämonen untersuchen«, teile ich meinen Wächtern mit und sende meine Magie aus, schicke sie in den Luftraum um uns herum, bis sie sich in alle Richtungen verteilt.

»Mindestens zehn am Haupttor und Hunderte im Innern der Festung. Vier, nein fünf Götter befinden sich außerdem darinnen. Allerdings nicht die Morrigan.«

Vor Enttäuschung schlägt mein Herz schneller. Sie hätte doch hier sein müssen. Zum Glück haben wir auch für diesen Fall einen Plan.

»Es ist wohl an der Zeit, das Signal zum Angriff zu geben.«

Ich sehe meine Wächter an, vielmehr ihre Auren. Sie strahlen alle Zuversicht aus. Jetzt gibt es kein Zurück mehr.

»Haltet Wache, während ich das tue.«

Crispin kichert. »Ich liebe es, wenn sie ihre dominante Seite hervorkehrt.«

»Hey!«, ich stoße ihn spielerisch an, und er lacht noch mehr, als unsere Rüstungen dabei anfangen zu vibrieren.

»Ruhe jetzt«, mahnt uns Sturm. »Wir sind auf feindlichem Gebiet, also hört auf mit dem Schwanzwedeln.«

Ärgerlicherweise denke ich dabei nicht an das metaphorisch gemeinte Imponiergehabe, sondern sofort an die Körperteile der Männer, nach denen ich mich sehne; aber dies ist nicht der richtige Zeitpunkt, meine Hormone in große Aufregung zu versetzen. Immer der Reihe nach – erst ein paar Dämonen töten, dann entspannen und miteinander Spaß haben.

Ich schließe die Augen und konzentriere mich auf die schwach ausgeprägte Verbindung, die ich trotz der Entfernung immer noch zu den an unserer Seite kämpfenden Göttern habe. Wenn wir Glück haben, sind sie schon auf ihrer Position oder zumindest kurz davor.

Ich ziehe an dem Band ähnlich dem, das ich sonst zu meinen Wächtern habe und hoffe inständig, dass es funktioniert. Wir hatten keine Zeit für einen Probelauf.

Ich erhalte ein schwaches Echo entlang der

Verbindungsleitungen, hoffentlich ein Zeichen, dass alle das Signal empfangen haben und zum Angriff übergehen.

Ich folge einer dieser Rückmeldungen und erreiche Thor. Der Donnergott beantwortet sofort meinen Testruf.

»Da, wo wir vorgedrungen sind, hat es noch keine Dämonen gegeben, aber wir fliegen jetzt ins Landesinnere«, berichtet er und schickt mir ein Bild von Tausenden geflügelter Wächter, die über eine karge, verbrannte Landschaft fliegen. Das rote Licht des Himmels wird von ihren leuchtenden Flügeln zurückgeworfen und lässt sie nur noch ätherischer erscheinen. Ein himmlischer Anblick, diese Armee von Engeln, die sich am Anführer der Dämonen rächen wollen.

»Sehr gut. Die Morrigan ist nicht im Onyx-Schloss, wenn ihr sie also seht, macht sofort Meldung.«

Ich ziehe mich zurück und öffne die Augen wieder.

»Der Kampf hat begonnen«, verkünde ich und habe dabei ein sehr merkwürdiges Gefühl. Eine solch ernste, dramatische Aussage, die eher nach Film als Realität klingt. Aber dies geschieht jetzt wirklich. Mich überkommen wieder Zweifel, aber ich dränge sie zurück. Meine Wächter sind an meiner Seite, die anderen Götter vertrauen mir, jetzt muss ich nur noch an mich selbst glauben.

»Glaubst du, die Morrigan könnte da sein, wo Flora gefangen gehalten wird?«, fragt Crispin plötzlich.

»Würde Sinn ergeben«, pflichtet ihm Sturm bei. »Wir wissen immer noch nicht, warum sie Flora überhaupt festgesetzt hat; wenn sie die Göttin des Frühlings also zu irgendeinem Zweck braucht, dann würde sie sie doch in ihrer Nähe behalten, oder?«

Ich muss schlucken. Das klingt irgendwie nicht gut.

Ich nehme wieder Verbindung zu meiner im Raum verteilten Magie auf und überprüfe, ob einer der Götter im Schloss Flora sein könnte, aber so viel Glück haben wir natürlich nicht. Andererseits werde ich sie jetzt, wo wir selbst im Dämonenreich sind, wohl erspüren können, wenn sie nicht zu weit von uns entfernt ist.

Noch bevor ich es ausprobieren kann, alarmiert mich meine Magie, weil es im Schloss Bewegung gegeben hat.

»Sie haben wohl von den Angriffen erfahren«, teile ich den Wächtern mit. »Im Innern der Burg kommt es zu Bewegungen unter den Dämonen und auch den Göttern.«

Nur Augenblicke später hören wir, wie sich das Haupttor des Schlosses öffnet und dazu eine Kakophonie von Rufen und Schreien. Die Dämonen verlassen die Festung und stürzen sich in den Kampf.

»Zwei der Götter sind verschwunden, sind also anscheinend in der Lage, sich zu teleportieren. Einer bewegt sich sehr schnell, geht durchs Tor… er kommt hierher!«

Sofort handeln meine Wächter und stellen sich schützend um mich herum. Eine nette Geste, aber ich brauche ihren Schutz gar nicht.

Der Gott, der da auf uns zu gerannt kommt, ist mir nicht vertraut. Er gehörte nicht zu den Gästen in unserem Palast. Moment mal, es ist kein Er, sondern eine Sie.

»Das ist Nyc«, zischt Forst. »Die Göttin der Nacht. Ich wusste nicht, dass sie noch lebt, hab seit Jahrzehnten nichts von ihr gehört.«

»Dann hat sie sich wohl zusammen mit der Morrigan im Verborgenen gehalten«, murmelt Crispin. »Ich bin ihr begegnet, als ich … dort noch Gefangener war. Lasst uns das schnell erledigen – sie ist verschlagen und spielt gern mit ihrer Beute.«

Allein der Gedanke bereitet mir Übelkeit. Leute, die sich am Leid anderer ergötzen sind die Schlimmsten, egal ob Menschen, Wächter oder Götter.

Die Göttin hat uns fast erreicht, und ich errichte genau vor ihr eine Barriere. Als sie dagegen rennt und hinfällt, muss ich ein Lachen unterdrücken.

Man könnte sie schön nennen mit ihrer glänzend schwarzen Haut und dem langen schwarzen Haar, wenn nicht ihre Mundwinkel so grimmig nach unten gezogen wären und sie mit ihren zusammengezogenen Augenbrauen nicht so finster dreinblickte. Sie stößt in einer mir unbekannten Sprache Flüche aus, aber ich verstehe sie auch so.

Sie springt auf, und dunkler Nebel wirbelt um ihre ausgestreckten Arme.

»Albtraum-Magie«, erklärt Crispin hinter mir. »Komm nicht damit in Berührung.«

»Hatte ich nicht vor.«

Ich lasse die Barriere um uns herum sichtbar werden, eine Kugel aus Eis umgibt uns. Ich habe meine Lektion gelernt und sichergestellt, dass der Schutz auch über und unter uns vorhanden ist. Ihre Magie kann in diesen sicheren Ort nicht eindringen.

Jetzt, wo wir für unsere Verteidigung gesorgt haben, kann der Angriff beginnen. Ich entscheide mich zunächst für Wasser- und Eis-Magie, die Elemente meiner Mutter. Dies geschieht ihr zu Ehren. Ohne dass Nyx es merkt, lasse ich hinter ihr zehn spitze Eiszapfen entstehen, die genau auf ihren Rücken zielen. Aber der Angriff soll diesmal nicht von mir ausgehen, ich will ihr die Chance geben, sich zu ergeben. Nennt das schwach, nennt es naiv, aber ich will nicht zur Mörderin werden.

»Wo ist die Morrigan?«, frage ich ruhig und nehme eine entspannte Haltung an, die nicht erkennen lässt, dass ich sie jederzeit aufspießen könnte.

Nyx schnaubt verächtlich. »Ich kann dich zu ihr bringen. Tot oder lebendig, du hast die Wahl. Heb die Schranke auf, dann zeige ich dir, wo sie ist.«

Ich lache. »Hältst du mich für blöd? Sag mir's oder kämpfe.«

»Nicht so blöd wie deine Mutter, aber…«

Sie hat keine Zeit, den Satz zu beenden. Sie ist tot.

Ich lasse die Eiszapfen los, die in ihrem leblosen Körper stecken, und sie fällt auf dem Boden in sich zusammen.

»Hast du da gerade eine Göttin getötet?«, fragt Sturm fassungslos. »Das hätte nicht so leicht sein dürfen.«

Darüber mache ich mir auch Gedanken, habe aber sofort die Antwort parat, als sei sie ganz offensichtlich.

»Meine Mutter hat sie erschaffen«, sage ich langsam und lasse sie an meinem Gedankengang teilhaben. »Beira konnte ihre Geschöpfe nicht selbst auslöschen, aber ich kann es. Ich kenne ihre Schwächen durch die Erinnerungen meiner Mutter, unterliege aber nicht denselben Gesetzen. Ich glaube, wenn ich auch nur die *Absicht* habe, einen von ihr geschaffenen Gott zu töten, reicht dazu ganz normale Magie. Ich brauche kein Gift oder besonders präparierte Messer wie Angus sie benutzen musste.«

»Das ist schon recht furchteinflößend«, murmelt Frost. »Das sollte die Allgemeinheit nicht erfahren. Sonst hätten am Ende auch unsere Verbündeten Angst vor dir.«

Ich sehe auf die tote Göttin hinab und nicke. »Ja, ich will selbst gar nicht darüber nachdenken. Ich habe nicht vor, irgendwelche anderen Götter zu töten, es sei denn, sie zwingen mich dazu.«

»Mit Ausnahme der Morrigan«, berichtigt mich Crispin.

»Ja, mit dieser Ausnahme.« Ich fokussiere mich auf meine Magie. »Die Festung ist jetzt beinahe leer. Der optimale Zeitpunkt, sie einzunehmen, wenn wir dieses Reich unter unsere Kontrolle bringen wollten. Wollen wir aber nicht. Ehrlich gesagt überlasse ich es gern wieder den Dämonen, wenn die Morrigan besiegt ist.«

»Ja, Königin der Unterwelt passt nicht zu dir«, lacht Frost. »Wir sollten uns auf die schöneren Reiche beschränken.«

Ich will ihm gerade antworten, als Dunkelheit mich umgibt

und ich mich in dem mittlerweile vertrauten schwarzen Raum wiederfinde.

»Hallo«, sage ich leicht dahin. »Wie geht's?«

»Die Morrigan hat mir gerade den Befehl gegeben, ihr zu Hilfe zu kommen«, sagt Angus hämisch. »Ich werde ihrem Ruf folgen, aber ganz anders als sie erwartet.«

»Wo ist sie?«, frage ich sofort.

»Bei mir«, flüstert Flora mit schwacher Stimme. Es klingt, als habe sie Schmerzen, selbst an diesem sicheren Ort.

»Was tut sie gerade?« Ich bemühe mich, ruhig zu bleiben und der aufsteigenden Furcht keinen Raum zu bieten. Wenn Flora etwas zustößt, wäre alles verloren. Wir alle Vier sind nötig, um das Gleichgewicht zu erhalten.

»Sie spielt«, erwidert Flora grimmig. »Sie hat ihren Spaß.«

Ich stelle keine weiteren Fragen. Wenn Flora uns keine Details nennen will, ist das in Ordnung. Manche Dinge behält man besser für sich, gerade die schmerzlichen. Aber eine Sache ergibt für mich keinen Sinn.

»Angus, wie kann sie dir einen Befehl gegeben haben, wenn sie gerade Flora quält?«

»Sie hat vor ein paar Minuten mit mir gesprochen, das kann ich schwören. Auf dieselbe Art wie immer, in meinen Gedanken. Sie schien sehr zornig zu sein.«

»Weil wir sie von allen Seiten angreifen.« Für den Augenblick stelle ich mein Misstrauen gegenüber Angus' Aussage hintan. Ich kann im Moment nichts unternehmen. Wenn er uns verrät, kann ich ihn nicht aufhalten. Ich kann nur hoffen, dass es eine logische Erklärung dafür gibt, wie die Morrigan zwei Dinge gleichzeitig tun konnte.

Ich wende mich wieder Flora zu. »Keine Sorge, sie wird sich nicht mehr lange mit dir beschäftigen können. Mehr als zwanzig Armeen dringen gerade gleichzeitig in ihr Reich ein. Sie wird alle Hände voll zu tun haben, ihre Verteidigung zu organisieren, wenn ihr das Ausmaß des Angriffs richtig bewusst wird.«

»Gut«. Sie klingt erschöpft. »Holt ihr mich hier raus?«

»Ganz sicher«, bestätigt Dewi und ergreift damit zum ersten Mal das Wort. »Ich folge schon der Verbindung zwischen uns. Du hattest Recht, Frühling und Herbst ziehen einander an. Ich kann dich spüren, wenn auch schwach, und werde so bald wie möglich losfliegen. Hab keine Angst, wenn plötzlich ein Schwarm von Drachen auftaucht.«

Flora lacht leise. »Ich befinde mich in einem Verlies, werde euch also leider nicht sehen können.«

»Das wirst du dann später«, verspricht Dewi.

»Dewi, ich muss auch dort hin, verfüge allerdings nicht über dieselbe Verbindung wie du. Aber wenn du mir ein Bild von dem Ort schickst, kann ich mich dorthin teleportieren und dir folgen.«

»Drachen fliegen schneller als Wächter«, sagt Dewi, schickt mir aber dennoch ein mentales Bild. Unter ihr befinden sich Berge, hoch aufragend und spitz, aber nicht von Schnee sondern rotem Staub bedeckt, der das Licht des brennenden Himmels aufzusaugen scheint. Sie fliegen auf einen schwarzen See zu. Das scheint mir ein guter markanter Ort als Zielpunkt zu sein.

»Ich werde euch am See treffen. Wenn ich nicht schnell genug fliege, kann ich immer noch auf dir reiten.«

Ich spüre Dewis Empörung, aber die Dunkelheit schwindet, und ich bin wieder bei meinen Wächtern.

Sie haben anscheinend mitbekommen, dass ich abwesend war, denn sie starren mich an. Bisher geschah das immer nur für ein oder zwei Sekunden während dieser merkwürdigen Treffen, aber meine Wächter kennen mich anscheinend gut genug, um an meinem Verhalten ablesen zu können, wenn es wieder soweit war.

»Wie wär's mit einem kleinen Wettflug mit Drachen?«, frage ich sie grinsend.

Ihre Auren strahlen allesamt sofort in Vorfreude auf diese Herausforderung.

»Dewi ist auf dem Weg zu Flora, und wir werden ihr folgen. Ich weiß, wo sie sich gerade befindet und kann uns dorthin teleportieren. Bereit?«

»Werden wir auf dem Land oder in der Luft wieder in Erscheinung treten?«, fragt Sturm. Ich hatte gar nicht an die Möglichkeit gedacht, dass ich uns in die Luft schicken könnte.

»Geht das denn?«

»Andere Götter tun es«. Sturm zuckt mit den Schultern. »Du kannst es bestimmt auch.«

Er hat schon seine wunderschönen Schwingen ausgebreitet, und die anderen folgen seinem Beispiel. Ich tue es ihnen nach und genieße wieder einmal das Gefühl von Freiheit, das ich beim Öffnen der Flügel immer verspüre. Ich sollte wirklich mehr fliegen, hatte aber in letzter Zeit keine Gelegenheit dazu.

»Also gut… wenn wir fallen, müssen wir uns gegenseitig auffangen.« Ich lächele und strecke wie gewohnt die Arme aus, teleportiere uns alle, sobald sie mich berühren.

Luft. Fallen. Abgrund. Ich werde zerschellen. Wyn-Spritzer im Dämonenreich verteilt, was für ein passendes Ende.

»Flieg, Wyn! Denk an deine Flügel!«

Arc umkreist mich, schlägt kräftig mit den Flügeln. Er scheint bereit, unter mir abzutauchen und mich aufzufangen, aber er hat mich gerade daran erinnert, wie man fliegt. Ich Dummchen, hab wieder mal das Wesentliche vergessen. Ich schlage nun ebenfalls mit den Flügeln und halte den Fall auf. Puh.

»Die Drachen nähern sich!«, ruft Sturm, und ich drehe mich um, ändere dabei auch den Winkel, in dem meine Flügel stehen und kann mich so an Ort und Stelle in der Luft halten.

Was für ein Anblick! Mindestens fünfzig Drachen in allen Größen und Formen rasen auf uns zu; ihre Flügel sehen dabei so majestätisch aus, dass ich laut aufseufze. Sie sind großartig und furchteinflößend zugleich, ich würde sie mir nicht als Feind in einem Kampf wünschen. Wie gut, dass sie auf unserer Seite stehen.

Dewi fliegt an der Spitze des Schwarms, ihre blauen Schuppen glänzen in der rötlichen Luft. Sie ist mit Abstand die Größte von allen, blauer Dampf kommt aus ihren Nasenlöchern. Hat sie während des Flugs mit uns kommuniziert? Dann bin ich froh, dass sie nicht abgestürzt ist. Ihr Gewicht sorgt dafür, dass sie sich nur durch ständiges Flügelschlagen in der Luft halten kann.

»Die sind schnell«, bemerkt Frost voller Bewunderung. »Aber das sind wir auch.«

Ich bezweifle, dass wir mit der Geschwindigkeit der Drachen mithalten können, aber es kommt auf einen Versuch an. Die Wächter sind allerdings erheblich schneller als ich. Sie sind körperlich kräftiger und haben mehr Übung. Aber ach, was soll's. Wir starten.

Wie eine Einheit bewegen wir uns nach oben auf die Höhe der Drachen und bereiten uns darauf vor, im Flug auf sie zu treffen. Dewi brüllt einen Gruß hinaus, wobei winzige Eiskristalle aus ihrem zahnbewehrten Maul strömen.

Und dann sind wir mitten unter ihnen. Selbst der kleinste Drache ist mindestens dreimal so lang wie ich, ohne den zackengeschmückten Schwanz mitzuzählen. Ihre Flügel bestehen aus dünnen Membranen, getragen von starken Knochen und Muskeln, gar nicht wie die beinahe märchenhaft durchsichtigen Schwingen der Wächter. Die Drachen warten nicht, fliegen einfach weiter, und ich schlage kräftig mit meinen Flügeln um mitzuhalten. Aber sie lassen mich schnell hinter sich. Meine geringe Flügelspannweite ist nichts im Vergleich zu ihrer. Meine Wächter bleiben an meiner Seite, auch wenn sie bestimmt schneller fliegen könnten. Sie wollen mich nicht schwach aussehen lassen.

»Macht schon, fliegt hinterher!«, fordere ich sie auf angesichts der Ungeduld in ihren Auren. »Das wollt ihr doch.«

»Ich bleibe bei ihr«, sagt Crispin, und die anderen eilen nach einem aufmunternden Nicken meinerseits davon. Sturm ist der Schnellste von ihnen, aber sein Zwillingsbruder steht ihm nicht nach. Arc kann beinahe mit den Beiden mithalten, aber er hat mehr Gewicht, und seine kräftige Statur lässt ihn zurückfallen.

Sturm erreicht jetzt den am hintersten Ende fliegenden Drachen und überholt ihn. Es gelingt ihm aber nicht, noch weiter in der Drachenformation vorzustoßen. Sie haben uns buchstäblich überflügelt.

Ein dunkelgrüner Drache bewegt sich weg vom Schwarm und dreht sich um, kommt auf Crispin und mich zugeflogen. Sie umkreist uns und schwebt dann direkt unter mich. Ist das eine Einladung, auf ihr Platz zu nehmen? Hätte nicht gedacht, dass ein Drache das aus freien Stücken anbietet. Nach dem Bisschen, was ich über sie weiß, sind sie unglaublich stolze Wesen.

Ich lasse mich bis auf eine Höhe knapp über ihr sinken, öffne die Beine und falle dann den verbleibenden halben Meter auf ihren Rücken. Der ist warm, die Schuppen sind überraschend weich. Zunächst lasse ich die Flügel noch aufgestellt, fühle mich dank der Luft-Magie, in die ich mich eingehüllt habe, dann aber so sicher, dass ich sie einziehe und auf dem Drachen tatsächlich reite.

Wow. Gibt's das – ich reite auf einem Drachen! Einem richtigen Drachen mit Schuppen und Flügeln und einem gezackten Schwanz. Mein Leben ist wirklich verrückt geworden. Zu einem einzigen magischen Abenteuer. Mit voraussichtlich vielen Todesfällen – hoffentlich nicht bei den Wächtern und Göttern, sondern unter den Dämonen.

»Danke!«, rufe ich, und die Drachenfrau nickt zur Antwort mit dem Kopf. Keine Ahnung, warum ich sie für ein weibliches Wesen halte, aber ich bin überzeugt davon. Crispin fliegt an meiner Seite, kann gerade so mit uns mithalten. Keiner der Drachen hat ihm eine Mitreisemöglichkeit angeboten, sie müssen sich also sicher sein, dass er es alleine schafft. Die anderen drei Wächter lassen sich etwas zurückfallen, bis sie auf meiner linken Seite fliegen.

Das ist ein dermaßen beglückendes Gefühl, ich muss einfach ein bisschen Dampf ablassen. Nicht zu laut, sonst halten die Drachen mich noch für total verrückt. Ich bin die Königin des Winters, kann mir keine Kindereien erlauben. Aber so ein kleiner Freudenschrei…

»Jippiiiiieh!«, rufe ich aus voller Kehle, was meine Wächter sehr amüsiert. Sogar mein Reit-Drachen kichert ein wenig, ihr ganzer Körper vibriert unter meinen Beinen. Ich winde meine Luft-Magie noch etwas enger um mich herum, falls der Drache einige unerwartete Bewegungen machen sollte.

Nachdem ich mich an den unglaublichen Gedanken gewöhnt habe, hier oben zu sitzen, sehe ich auch einmal unter mich um herauszufinden, wo genau wir uns befinden. Die Berge liegen hinter uns, momentan überqueren wir eine düstere, eintönige Landschaft, in der es außer braunem und schwarzem Gestein und Marschland nichts weiter gibt. Kein Lebenszeichen, ein paar Ruinen, aber keine einzige von Dämonen bewohnte Siedlung.

Diese Gegend wird offensichtlich sogar von Dämonen gemieden. Das perfekte Versteck.

Aber es ist heißer geworden. Der Himmel über uns strahlt rot, und die Wolken sehen aus wie Rauch, der irgendwo aus einem Feuer quillt. Ich folge ihnen mit den Augen bis zu ihrem

Ursprung – ja, es ist Rauch. Und der kommt tatsächlich aus einem riesengroßen Feuer. Nun gut, einem Vulkan. Ist ja irgendwie dasselbe. Und er bricht gerade aus. Je näher wir kommen, desto mehr Details kann ich erkennen. Lava rinnt in breitem Strom den Berg hinab und hinein in einen großen See aus Lava, der sich am Fuß des Berges wie ein ihn umgebender Schutzgraben gesammelt hat. Aber merkwürdig, dass der See immer weiter brennt; die Lava scheint sich nicht abzukühlen und schwarz zu werden.

Aschegeruch liegt in der Luft, und ich halte mir mittels Magie einen Filter vors Gesicht. Ich will weder diesen Geruch in der Nase noch Ascheteilchen in den Augen haben.

»Seht mal!«, ruft Arc plötzlich. »Oben auf dem Berg steht ein Gebäude!«

Das kann doch nicht wahr sein. Wer würde das auf einen aktiven Vulkan setzen?

Aber es stimmt, da steht ein schwarzes Gebilde, das sowohl Teil des Berges als auch von ihm getrennt ist. Lava fließt über die Burgmauern, aber anscheinend ohne sie zu beschädigen. Eine perfekte Festung. Von Lava umgeben, die Mauern uneinnehmbar. Sie ist nur durch die Luft zu erreichen. Und auch gegen einen Angriff von oben sind mit Sicherheit gute Verteidigungssysteme installiert. Das werden wir herausfinden.

Die vor uns fliegenden Drachen setzen zur Landung an. Das scheint unser Ziel zu sein. Toll. Wir werden also auf einem Vulkan landen. Weckt mich doch bitte mal! Das kann unmöglich wahr sein.

Ich klammere mich fest, während mein Drache sich nach unten neigt. Bei dem steilen Winkel, den sie einschlägt, wird mir schon wieder ganz komisch zumute. Ohne meine Magie wäre ich wohl schon in den Tod gestürzt. Könnten die Drachen mich das nächste Mal noch mit Zaumzeug und einem Sattel ausstatten? Aber dieses nächste Mal wird es wohl kaum geben.

Dies wird unter ‚einmal im Leben' abzuhaken sein und ich sollte es genießen…habe ich ja auch, aber jetzt… Der Drache beschreibt eine Rechtskurve, und ich verliere beinahe den Halt. Mein Magen protestiert, während die Welt sich um mich dreht und um uns herum schwarze Mauern erscheinen. Wir sind in der Festung. Wieso gab es keine Abwehrsysteme? Das ist doch sehr verdächtig.

Wir landen auf elegantere Weise, als ich es einer so riesigen Kreatur zugetraut hätte. Es ist heiß, unglaublich heiß, selbst die Abkühlungs-Magie kommt dagegen nicht vollständig an. Ich lasse mich vom Rücken des Drachen hinabgleiten und bin froh, wieder auf festem Boden zu stehen. Der aber plötzlich zu zittern beginnt. Wie sicher ist dieser Ort überhaupt? Könnte der Vulkan ihn nicht zerstören?

Ich lache grimmig, als ich mir über meine Gedanken richtig klar werde. Ich trete demnächst der Morrigan gegenüber. Da ist ein kleines Erdbeben die geringste meiner Sorgen.

KAPITEL *Achtzehn*

Meine Wächter landen neben mir und bilden sofort wieder ihren Schutzwall um mich herum.

»Männer, ich kann auf mich selbst aufpassen«, klage ich, aber sie rühren sich nicht von der Stelle. Seufzend gehe ich an die Spitze der Drachenrotte. Sie haben alle außer einer noch ihre Drachengestalt beibehalten – Dewi. Ihr Haar ist wie eine Krone um ihren Kopf gewunden, und ihren Körper bedeckt eine Rüstung, die anscheinend aus Drachenschuppen besteht. Sieht sehr schön aus und ist darüber hinaus sicher höchst effizient. Und könnte, wenn sie Glück hat, auch noch um einiges leichter sein als meine eigene. Ich habe mich schon beinahe an das Tragen der Rüstung gewöhnt, aber nach dem Ritt auf dem Drachen sind meine Knochen ziemlich steif.

Wie viel Zeit ist wohl vergangen, seit ich mit den anderen Göttern gesprochen habe? Fünfzehn Minuten? Zwanzig? Hoffentlich ist die Morrigan noch hier. Und Flora, möglichst lebendig! Ohne Spuren davongetragen zu haben wohl nicht, nach allem, was sie vorhin angedeutet hat; aber wenigstens am

Leben sein soll sie. Schließlich ist Crispin bei uns, der beste Heiler meines Reichs. Er wird sich um sie kümmern.

»Sie ist hier, ich kann sie spüren. Dort unten, gar nicht weit weg. Aber sie ist schwach. Wir müssen uns beeilen.«

»Können deine Leute hier oben Wache halten?«, frage ich, und Dewi nickt. »Ich kann überall um uns herum Dämonen spüren, aber aus irgendeinem Grund haben sie noch nicht reagiert. Wie sind wir durch ihre Abwehr durchgekommen? Es muss doch irgendetwas installiert gewesen sein?«

Dewi grinst. »Drachenschuppen weisen Magie ab. Du warst offenbar dicht genug an uns dran, und hast deshalb nichts bemerkt.«

»Das ist eine äußerst nützliche Fähigkeit«, meint Sturm überrascht. Anscheinend bin ich nicht die Einzige, die davon vorher nichts wusste. Diese Drachen erweisen sich als immer nützlichere Verbündete.

»Führe uns hin«, fordere ich sie auf, und ihr Lächeln schwindet und macht einem ernsteren, verhaltenen Gesichtsausdruck Platz.

»Ich könnte uns wahrscheinlich dorthin teleportieren, aber keiner weiß, wie viele Dämonen im Innern der Festung auf uns warten. Es wird sicherer sein, den längeren Weg zu wählen.«

Ich nicke zustimmend, und sie geht uns voraus auf eine Tür in einer der Mauern zu, die fast nicht zu sehen ist, weil sie aus demselben Stein gehauen ist wie der Rest der Wand. Ich halte meine Magie bereit. Mir erscheint es sehr verdächtig, dass wir bisher noch keinen einzigen Dämon zu Gesicht bekommen haben. Gut, auf den Mauern würden sie wegen der Lavaströme verbrennen, aber es gibt hier zwei Türen, die in den Hof führen, in dem wir uns gerade befinden, und keine wurde bisher geöffnet.

Ich habe das Gefühl, dass man uns beobachtet, aber meine

Magie zeigt mir niemanden in unserer Nähe. Merkwürdig. Und sehr, sehr beunruhigend.

Dewi öffnet die Tür, hält die Hände vor sich ausgestreckt, um jedem, der dort eventuell auf uns lauert Magie entgegen zu schleudern, aber der dunkle Korridor ist leer.

»Unter uns gibt es Dämonen, aber nicht auf diesem Stockwerk«, flüstere ich. Dewi läuft ein bisschen schneller, und wir eilen ihr hinterher. Als wir eine Treppe erreichen, die nach unten führt, hält sie inne, und ich konzentriere mich erneut auf meine Magie.

»Am unteren Ende der Treppe erwarten uns zehn Dämonen. Dann gibt's noch weitere in etwas größerer Entfernung, aber ich glaube nicht, dass besonders mächtige unter ihnen sind.«

»Wir werden mit ihnen fertigwerden«, verkündet Sturm und macht einen Schritt nach vorne, gefolgt von den anderen Wächtern.

Ich will schon protestieren, aber Dewi hält mich zurück.

»Lass sie gehen. Sie müssen das Gefühl haben, gebraucht zu werden«, flüstert sie. »Das ist mit Agierth genauso. Manchmal muss man sich einfach zurücknehmen und sie ihr Beschützer-Ding machen lassen.«

Seufzend bleibe ich stehen, halte aber meine Magie in Alarmbereitschaft. Denn auch wenn ich nicht bei ihnen bin, bedeutet das noch lange nicht, dass ich meine Wächter alleine kämpfen lasse. Solch eine Art von Frau bin ich nicht.

Schreie ertönen vom anderen Ende der Treppe, aber das sind nicht die Stimmen meiner Wächter. Sie gehören vielmehr den Dämonen, klingen roh und schmerzerfüllt. Und tschüs! Ich wünschte, ich könnte Mitleid mit ihnen empfinden, aber nachdem einer von ihnen meine Eltern entführt und sie auch noch gefoltert hat, kann ich das einfach nicht mehr. Im Moment sind sie lediglich Hindernisse auf meinem Weg zur Morrigan.

»Alles klar!«, ruft Sturm von unten herauf, und ich eile die

Treppe hinunter, gefolgt von Dewi. Ich beachte die Leichen am Boden und die Blutflecken auf den Rüstungen der Männer nicht weiter. Ist jetzt nicht so wichtig.

»Noch zwei Stockwerke nach unten«, informiert uns Dewi. »Flora hat Schmerzen. Unsere Verbindung wird stärker, ich kann ihre Qual jetzt fast wie meine eigene spüren.« Sie zittert sichtlich. »Wir müssen uns beeilen.«

Sie überlässt den Wächtern diesmal nicht den Vortritt. Stattdessen stürmt sie voraus und hält erst an, als ich ihr sage, dass die Dämonen im Anmarsch sind. Fünf an der Zahl, ich töte sie mit je einem Eiszapfen, den ich ihnen ins Herz bohre. Niemand sagt auch nur ein Wort, dann eilen wir weiter. Wir sind im Krieg, da ist kein Platz für Sentimentalitäten.

Nach zwanzig weiteren getöteten Dämonen und zwei Treppen erreichen wir schließlich die Verliese. Sie sehen genauso aus, wie man sich Gefängniszellen in einer berüchtigten Festung immer vorstellt. Rostige Gitterstäbe vor kleinen, dunklen Zellen. Es riecht nach Qual und Verwesung. Ich unterdrücke ein Zittern.

»Ist sie in der Nähe?«, frage ich Dewi, und die Göttin nickt.

»Geradeaus.«

Einen Augenblick später unterstreicht ein Aufschrei ihre Worte. Flora!

Wir rennen auf die qualvollen Schreie zu, die durch den Steinkorridor hallen. Plötzlich versperrt uns ein Dämon den Weg. Der Kerl ist fett, anders kann man es nicht ausdrücken. Sein Bauch hängt über einem Ledergürtel, an dem ...sind das etwa...ähm... zusammengeschrumpfte Schwänze... baumeln? Ich wende den Blick ab und besehe mir lieber den Rest. Er hat eine Glatze, aber seine gesamte graue Haut scheint bedeckt mit einem schimmernden grünen Ausschlag. Sein Gesicht ist voller Geschwüre, und ein Auge fehlt. Das könnte der hässlichste Dämon sein, den ich je gesehen habe.

»Die Meisterin hat mir ein bisschen Zeit zum Spielen versprochen«, knurrt er mit rauer, ekelhaft schmieriger Stimme. »Nett von euch, hierher zu kommen.«

»Wer bist du?«, fragt Dewi; um ihre Arme herum wabert Magie, bereit, jederzeit freigesetzt zu werden.

»Ich heiße Christian und bin der offizielle Vertreter der Morrigan in diesem Reich.«

Ich kichere laut. »Bald nicht mehr.«

Er richtet seine Augen… ähm, das eine… auf mich. Es ist blutunterlaufen und von kleinen Warzen umgeben. Igitt. Ist eigentlich schade, dass Dämonen nicht über eine Aura verfügen, die ihr Gesicht verbirgt. Hier wäre es einmal angebracht, jemandes Gesichtsausdruck *nicht* sehen zu müssen.

»Wer will als Erster dran sein?«, fragt er, und plötzlich erscheint ein Morgenstern in seiner Hand. An den Spitzen klebt noch angetrocknetes Blut, wohl von seinem letzten Opfer.

»Wie wär's mit dir?«, frage ich und schleudere ein paar Eiszapfen auf ihn. Sie erreichen ihn allerdings nicht, sondern brechen direkt vor ihm in Tausende winziger Scherben. Da muss eine Schranke sein, die ich vorher nicht bemerkt habe! Wie kann das denn sein? Ich konzentriere mich, kann aber immer noch nichts zwischen uns feststellen. Sehr merkwürdig, bedeutet das etwa, ich kann Dämonen-Magie nicht erkennen? Das ist ein furchterregender Gedanke.

Aber zumindest kann ich sie spüren … wobei, nicht diesen hier. Er scheint über größere Kräfte zu verfügen als die Dämonen, die uns zuerst in dieser Festung begegnet sind. Dann hoffe ich mal, dass er der Einzige seiner Art ist.

Ich produziere noch weitere Eiszapfen und feuere sie von hinten auf ihn ab, aber mit demselben Ergebnis, eine unsichtbare Barriere hält sie von ihm ab. Er lacht über meine Anstrengungen. Das hier wird so langsam nervig. Wenn Eis nicht funktioniert, werde ich ihm zeigen, dass mir durchaus noch andere Formen der Magie zur Verfügung stehen.

Also lasse ich einen riesigen Feuerball entstehen und werfe ihn von oben auf ihn hinab, während ich gleichzeitig einen kleinen Wirbelsturm um ihn herum tanzen lasse, um irgendwie seine Verteidigung zu durchbrechen. Sein Grinsen ist verschwunden, er runzelt vielmehr voller Konzentration die Stirn. Endlich gibt seine Barriere nach, und die ersten Funken des Feuerballs erreichen ihn. Er schreit auf, als Flammen seine Haut berühren. Einige der Geschwülste in seinem Gesicht platzen, als sie mit dem Feuer in Kontakt kommen, sein Heulen wird lauter. Er sieht jetzt noch ekelerregender aus als vorher, Brandmale und Schleim bedecken seine Haut. Ich sollte dem lieber schnell ein Ende setzen, damit ich es nicht länger mit ansehen muss.

Ich fache die Flammen noch weiter an und ziele mit einem Eiszapfen zusätzlich auf sein Herz. Diesmal trifft er ins Ziel, gräbt sich mit einem schmatzenden Geräusch in die Brust des Dämons. Er sieht mich überrascht an und bricht dann tot zusammen.

»Was für ein abartiger Typ«, murmelt Dewi und macht einen großen Schritt über die Leiche hinweg; ihre Aura zeigt nichts als Ekel. Ein Schrei vom Ende des Korridors her lässt uns wieder losrennen. Flora klingt, als stehe sie Todesqualen aus. Dieser bescheuerte Dämon hat uns viel zu lange aufgehalten.

Wir kommen an eine dicke Holztür. Sie ist verschlossen, aber Sturm wirft seine Wind-Magie dagegen, bis sie zersplittert und auffliegt. Ich betrete den Raum als Erste und muss mich schwer beherrschen, dass ich mich nicht übergebe. Wir befinden uns in einer Folterkammer.

Sonderbare Instrumente hängen an den Wänden und liegen auf Regalen, Eisenketten hängen von der Decke herab, und überall stehen Geräte, die einzig zum Erzeugen von Schmerzen erdacht wurden. Ich erkenne da eine Eiserne Jungfrau in der Ecke; auf der Erde wurde sie nie wirklich verwendet, war vielmehr eine viktorianische Erfindung, die man damals in Kuriositätensammlungen zeigte. Aber was nützt mir dieses Wissen jetzt?! Ich verbanne es aus meinem Kopf, das ist jetzt wirklich nicht der geeignete Zeitpunkt.

In der Mitte des Raumes steht ein großer Metalltisch, auf dem Flora ausgestreckt liegt, an Armen und Beinen gefesselt. Sie ist zu allem Überfluss noch nackt, eine weitere Demütigung für eine Göttin, die somit vollständig ihren Peinigern ausgeliefert ist.

Ihr Gesicht ist schweißbedeckt und voller blauer Flecken, blutige Striemen ziehen sich über ihren gesamten Körper. Sie hat schwer leiden müssen. Ich will sie nur noch befreien und in den Arm nehmen, ihre Wunden heilen; es gibt auf dem Weg dahin nur noch ein kleines Hindernis. Die Person, die ihr das angetan hat. Nein, keine Person – ein Monster.

»Sieh mal an, wir haben Gäste.«

Die Morrigan erscheint vor dem Foltertisch, trägt einen langen schwarzen Umhang und eine silberne Krone. Aha, sie betrachtet sich schon als Königin. Das werde ich zu verhindern wissen.

»Jetzt ist Schluss«, knurre ich und errichte rings um uns her eine Barriere. Wahrscheinlich könnte das Dewi auch selbst tun, aber ich bin diejenige mit den stärksten magischen Kräften.

»Aber gewiss doch.« Sie lacht. »Ich habe dich schon erwartet, war mir sicher, du würdest versuchen, deine Freundin zu befreien. Ist sie nicht hübsch. Ich hatte so viel Spaß mit ihr.«

Die Wut kocht in mir hoch und erstickt jedes logische Denken. Ich werfe ihr alle mir zur Verfügung stehende Magie entgegen, Feuer, Wind, Eis, Wasser, starte sogar einen mentalen Angriff. Das Meiste prallt an ihrer Schutzschranke ab, aber eine meiner Waffen erreicht sie tatsächlich.

Sie keucht vor Schmerzen und sieht an sich hinab. Dann wandert ihr Blick zu mir, die Augen schreckhaft geweitet, bevor sie hintenüber fällt, mit einem Eiszapfen im Herzen. Helles Blut fließt aus der Wunde und breitet sich auf ihrem Kleid aus. Ich müsste jetzt eigentlich jubeln und den Moment feiern, aber etwas stimmt hier nicht. Das war zu leicht. Viel zu leicht. Wenn es so leicht gewesen wäre, die Morrigan zu töten, hätte das sicher vor mir schon jemand getan.

»Bleibt auf der Hut«, flüstere ich den anderen zu und taste mittels meiner Magie den Raum ab. »Das ist noch nicht vorbei.«

Crispin beugt sich neben der Morrigan vor und lässt seine Hände über ihren Körper schweben, macht von seinen Heilkenntnissen Gebrauch.

»Sie ist tot«, bestätigt er, aber kurz darauf färbt sich seine Aura Türkis, ein Zeichen für Überraschung. »Sie ist ... nein, das kann nicht sein. Sie ist eine Wächterin. Die Morrigan ist keine Göttin.«

Das ergibt plötzlich alles Sinn. Weshalb sie so leicht zu töten war. Wie es möglich sein konnte, dass sie mit Angus gesprochen hat und gleichzeitig mit Flora im Verlies war.

»Das liegt daran, dass dies nicht die echte Morrigan ist«, sage ich langsam. »Dies war ein Klon, wie derjenige, der sich für Crispin ausgegeben hat.«

Ein Lichtblitz erfüllt den Raum und gleich darauf das amüsierte Kichern einer sehr vertrauten Stimme.

Die Morrigan erscheint in einer Rauchwolke und klatscht laut Beifall. »Na endlich. Gut gemacht, Liebchen. Ich bin froh, dass du sie so schnell erledigt hast, es wurde so langsam langweilig, Drachen zu töten.«

Dewi kreischt zornig auf, und plötzlich steht da ein Drache an meiner Seite, zwar nur mit dem Bruchteil ihrer sonstigen Größe, aber groß genug, um ein ernstzunehmender Gegner zu sein. Ich wusste nicht, dass Drachen ihre Größe selbst bestimmten können, aber das ist eine nützliche Eigenschaft, besonders in so engen Räumen wie diesem hier. Sie fletscht die Zähne, und ein Strom ihres eiskalten Atems kommt auf die Morrigan zugeflogen, den sie aber mühelos abwehrt und dabei noch lacht, als sei das hier ein Spiel.

»Ich werde mich über drei ausgestopfte Göttinnen in meinem Museum freuen dürfen«, gackert sie. »Du, Wyn, wirst im Zentrum stehen. Ich werde den süßen kleinen Crispin dazu bewegen, deinen toten Körper täglich zu reinigen, damit du nicht etwa Staub ansetzt.«

»Welche Ehre«, gebe ich verächtlich zurück. »Aber du wirst nicht mehr lange genug unter uns weilen, um diesen Plan umzusetzen.«

Ich ziehe an dem Band, das mich mit meinen Wächtern verbindet; es ist das vereinbarte Signal. Als wir den Untergang der Morrigan planten, gingen wir nicht davon aus, dass Dewi mit im Zimmer sein würde, sie weiß also nichts von unserem Vorhaben. Aber hoffentlich lässt sie sich darauf ein.

Mit Kampfgebrüll und gezogenen Schwertern stürzen sich Sturm und Frost auf die Morrigan. Sie wehrt sie wie Fliegen ab, ist aber abgelenkt, so dass Arc einen mentalen Angriff starten kann. Beira hat die Morrigan mit unglaublichen körperlichen und magischen Fähigkeiten ausgestattet, nicht aber mit besonderer mentaler Stärke. Sie zieht die Stirn in Falten, beschließt dann aber, dass Arc keine wirkliche Bedrohung darstellt. Plötzlich hält sie ein Schwert in der Hand und schwingt es ein paar Mal, fast wie zu Übungszwecken. Sturm kommt von hinten auf sie zu, aber ohne sich umzudrehen, wirft sie einen Ball schwarzer Magie gegen seine Brust, die ihn krachend gegen die Wand schlagen lässt. Er sieht etwas benommen aus, steht dann aber wieder auf und hilft seinem Bruder. Wir sind uns alle bewusst, dass die Beiden keine

Chance gegen die Morrigan haben, aber sie sollen sie zunächst nur beschäftigen.

Ich bin dabei, ein magisches Netz zu weben, und zwar aus allen Elementen, die mir zur Verfügung stehen, selbst dem Element Erde, dem flüchtigsten von allen. Unterdessen versucht Arc weiter, ihre mentalen Barrieren zu schwächen, während Crispin an Floras Seite getreten ist und seine Hände in verschiedenen Bahnen über ihren verwundeten Körper kreisen lässt. Er nickt mir zu. Gut, sie wird vollständig genesen.

Dewi brüllt erneut und wirft sich auf die Morrigan – das heißt, sie kracht gegen eine unsichtbare Barriere, die vor wenigen Augenblicken noch nicht existierte. Sie heult auf vor Schmerzen, Blut läuft an ihrem Gesicht hinab. Zornig stößt sie gegen die Barriere, kratzt mit ihren Klauen daran. Es scheint zwecklos zu sein, aber Dewi gibt nicht auf.

Mein Netz ist fast fertig, als die Morrigan plötzlich lacht. Ein fürchterliches Geräusch. Sie streckt eine Hand aus, ihre Finger zu Klauen verlängert, und deutet auf Crispin. Der erstarrt, seine Aura zeigt den Terror, den er fühlt. Keine Ahnung, ob die Morrigan einen Zauber auf ihn angewendet hat oder seinen Geist irgendwie beeinflusst, jedenfalls hat Crispin aufgehört mit seinen Heilungsbemühungen und bewegt sich jetzt langsam auf die Morrigan zu.

»Gut so, mein Liebling«, schnurrt sie. »Komm her zu Mami. Ich hab dich vermisst.«

Mir ist speiübel. Frost und Sturm versuchen sie abzulenken, aber mit einer knappen Bewegung ihrer anderen Hand werden sie gegen die Wand geworfen und dort festgehalten, müssen bewegungsunfähig von dort aus zusehen. Dewi versucht nach wie vor, die Schranke zu durchbrechen, und Arc steht mit geschlossenen Augen da und konzentriert sich ganz auf seinen Versuch, in den Kopf der Morrigan einzudringen. Da bleibe nur ich übrig.

Ich knüpfe den letzten Knoten in meinem magischen Netz und werfe es auf die Morrigan. Auf wundersame Art und Weise passiert es ihre Barriere, genau wie von mir erhofft. In diesem Netz sind zu viele unterschiedliche Arten von Magie eingewoben, das verwirrt die Abwehr. Sobald das Netz die Morrigan berührt, schreit sie vor Schmerzen auf. Ihre Macht über Sturm und Frost wird unterbrochen, die Beiden fallen zu Boden, geschwächt, aber bei Bewusstsein.

Crispin ist stehengeblieben, bewegt sich nicht länger auf seine Schöpferin zu, macht aber auch keinen Schritt zurück.

Die Morrigan versucht, das Netz abzustreifen, aber jedes Mal, wenn sie eine Form von Magie dagegen einsetzt, verändert es sich. Das war Algonquins Idee, er hat darüber in der Bibliothek gelesen.

Ich konzentriere mich auf das Netz und versuche herauszufinden, welche Art von Magie für die Morrigan die schädlichste ist. Erde und Feuer. Ich lächele. Erde ist hier drinnen schwierig anzuwenden ohne das Schloss zum Einsturz zu bringen, aber Feuer geht mit Leichtigkeit. Wir sind von einem aktiven Vulkan umgeben, Feuermagie liegt hier überall in der Luft.

Ich ändere langsam die Zusammensetzung des Netzes und füge noch mehr Feuer-Magie hinzu. Flammen beginnen rund um die Morrigan zu lodern, und sie flucht, als ihre Haut von ihnen berührt wird.

»Du hast Feuer-Magie.« Mit weit aufgerissenen Augen starrt sie auf die Flammen, die schon an ihrem Kleid hochzüngeln. »Die hatte deine Mutter nicht.«

Ich heize das Feuer mit weiterer Magie an. »Ich bin nicht meine Mutter.«

Und das ist der Moment, wo bei ihr der Groschen fällt. Sie wusste, dass meine Mutter sie nicht töten konnte. Und hat sich darauf verlassen, dass dem immer noch so wäre. Sie ging davon aus, dass wir sie nur gefangen nehmen würden. Ich muss beinahe lachen angesichts ihres ungläubigen Staunens.

»Das wird dir nichts nützen«, zischt sie und ist plötzlich von schwarzer Magie umgeben, die die Flammen erstickt. Oh nein, das wirst du nicht tun. Ich greife tief in meinem Innern nach noch mehr Magie und füge sie den Resten meines Netzes hinzu. Die Morrigan schafft es, dass das Feuer sie nicht verbrennt, aber sie hat nicht die Kraft, noch einmal in die Offensive zu gehen. Genau an diesem Punkt wollte ich sie haben.

»Crispin?«, rufe ich. »Willst du es tun?«

Zunächst reagiert er nicht, und ich will schon einen der anderen Männer fragen, als er langsam nickt. Wie in Trance bewegt er sich auf die Morrigan zu, fängt das Schwert auf, das Sturm ihm zuwirft. Sie dreht sich zu ihm um, sieht ihn erschrocken an. Sie weiß, dass dies ihr Ende sein wird.

Meine Magie ist beinahe erschöpft, wendet sich langsam gegen mich, aber ich zwinge sie, die Flammen am Leben zu halten und die Morrigan nicht entkommen zu lassen. Es war kein langer Kampf, aber ich habe noch nie so viel Magie auf einmal eingesetzt. Mein Körper wird immer schwächer, ich beginne zu schwanken, aber Dewi steht plötzlich neben mir und stützt mich.

Crispin bleibt vor der Morrigan stehen, die Spitze seines Schwertes zielt auf ihre Brust.

»Das wollte ich schon so lange tun«, flüstert er. »Ich hoffe inständig, dass es kein Leben nach dem Tod gibt.«

Vor meinen Augen verschwimmt alles, aber ich darf nicht nachlassen. Brauche mehr magische Kraft.

»Jetzt!«, schreie ich, als ich spüre, wie mir meine Magie entgleitet. Crispin hechtet nach vorn, sein Schwert durchschneidet ihre Brust, dringt in ihr schwarzes Herz.

Lächelnd sinke ich zu Boden, kann mich nicht länger aufrecht halten. Das Flimmern vor meinen Augen verändert sich und plötzlich löscht ein Blitz die Auren, hinter denen die Gesichter meiner Wächter vor mir verborgen waren. Ich kann sie wieder sehen.

Aber nur etwa zwei Sekunden lang, dann werde ich ohne Vorwarnung wieder in den dunklen Raum geworfen.

»Ist sie tot?«, fragt Angus noch bevor ein anderer etwas sagen kann. »Die Dämonen haben plötzlich aufgehört zu kämpfen. Wir waren uns nicht sicher, ob das ein Trick ist.«

»Ja, sie ist tot«, bestätige ich lächelnd. Ich reibe mir die Augen, kann noch nicht glauben, dass wir nicht nur die Morrigan besiegt haben, sondern dass ich auch auf gewohnte Art sehen kann. Ich werde sie wieder richtig sehen. In ihre Augen eintauchen. Ihre Gesichter bewundern.

Ich fühle mich seit langem zum ersten Mal wieder frei. Trotz all der Dinge, die noch getan werden müssen, wurde mir doch ein riesiges Gewicht von den Schultern genommen. Die Morrigan ist tot. Meine Mütter sind gerächt.

Jetzt können wir endlich in Frieden leben.

Epilog

EINE WOCHE DANACH

Ich wünschte, ich könnte sagen, dass wir danach einfach nach Hause gingen und eine Tasse Tee tranken. Nein, es gab noch sehr viel zu tun. Einige der Dämonen legten ihre Waffen nicht nieder, genauso wenig wie einige Verbündete der Morrigan. Während wir mit ihrem Klon kämpften, hatte sie die mit ihr verbündeten Götter gerufen, die nun mit ihren Armeen erschienen. Der Kampf dauerte zwei Tage, erst dann war der letzte dieser Götter besiegt. Es gab auf beiden Seiten Verluste, die aber nicht so hoch ausfielen wie wenn die Morrigan noch die Kontrolle über die Dämonen gehabt hätte.

Algonquin starb in dieser Schlacht, wurde von einem Dämon höherer Ordnung von hinten umgebracht. Seit wir zurück im Palast sind, hat Zephyr sich in seinem Zimmer eingeschlossen und weigert sich, selbst mir die Tür zu öffnen. Ich werde ihn in Ruhe trauern lassen; er soll nur wissen, dass ich für ihn da bin, wenn er bereit ist. Zum Glück haben wir nur diesen einen engen Verbündeten verloren. Etliche unserer

Kämpfer wurden verwundet, darunter auch Gwain, den es beinahe tödlich im Rücken erwischt hat, aber Crispin ist zuversichtlich, dass sie alle wieder genesen werden.

Alles in allem haben wir also einen Sieg davongetragen. Die meisten Mitbewohner konnten ihre Männer und Frauen, die mit uns gekämpft haben, wieder zu Hause begrüßen.

Dewi trauert um einige Drachen, und ich habe ihr versprochen, bald der öffentlichen Trauerfeier in ihrem Reich beizuwohnen. Zunächst muss ich aber selbst eine Beerdigung hinter mich bringen.

Beira wird heute kremiert, und ich bin darauf alles andere als gut vorbereitet. Es hat ja keinen Körper mehr gegeben, als meine Ziehmutter starb; ich betrachte die heutige Zeremonie also als Begräbnis meiner beiden Mütter, der biologischen und meiner Adoptivmutter. Was für ein Segen, dass ich gleich zwei Mütter hatte, wenn ich das auch nicht immer so gesehen habe. Hätte ich doch noch mehr Zeit mit Beira verbringen können! Meine Erinnerungen gaukeln mir manchmal vor, sie würde von der anderen Seite mit mir sprechen, wohl wissend, dass dem nicht so ist. Aber das Bewusstsein, einen Teil von ihr in meinem Innern zu tragen, hilft bei der Trauerarbeit.

»Sie wäre so stolz auf dich.«

Tamara ist ins Zimmer gekommen und trägt ein schwarzes Kleid, das meinem sehr ähnlich sieht. Auf ihrem Busen ruht eine silberne Brosche in Form einer Schneeflocke, mit der sie ihre Verehrung für Beira zum Ausdruck bringt. Die Krone wiegt schwer auf meinem Kopf, sie erinnert mich einmal mehr daran, dass ich jetzt ganz auf mich gestellt bin. Da ist keine Mutter mehr, die mich an der Hand nehmen und führen könnte. Ich habe den Rat und etliche Berater, aber das ist nicht dasselbe. Tamara ist die Einzige unter ihnen, die mich wirklich vollständig versteht. Ada vielleicht auch noch, aber sie ist ins Drachenreich gezogen, mit der Begründung, dort noch einige

Dinge erledigen zu müssen. Zwei ihrer Männer wurden im Kampf verwundet, aber Crispin hat sie bald wieder geheilt. Sie werden nicht einmal Narben zurückbehalten.

Jedenfalls keine äußerlichen. Die meisten von uns werden die psychischen Folgen weiter mit sich herumtragen müssen. So viel Blut zu sehen, Sterbende, die Grausamkeiten der Dämonen – das alles hinterlässt Spuren. Ich hatte Albträume, aber die Anwesenheit meiner Wächter hat mir schon teilweise darüber hinweg geholfen. Die Angst, sie sogar jetzt, nach gewonnenem Kampf, verlieren zu können, ist irrational; das ist mir bewusst. Ich kann sie aber noch nicht völlig ablegen. Es scheint ihnen allerdings nichts auszumachen, dass ich wie eine Klette an ihnen klebe – besonders nachts.

Der Gedanke an den gestrigen Abend bringt mich zum Lächeln, wie wir da alle auf dem Fußboden landeten, die Gliedmaßen ineinander verwoben, während unsere Seelen sich durch Küsse und sanfte Berührungen verbanden. Ja, ich habe gesagt, dass ich mich mit ihnen in meine Gemächer einschließen wollte, um Zeit mit ihnen allein zu verbringen. Aber es gibt noch so viel zu tun. Es wird zu Gerichtsverhandlungen über Diejenigen kommen, die mit der Morrigan im Bunde waren. Bald beginnen außerdem die Verhandlungen mit Angus, denn es sollen neue Verträge geschlossen werden, damit es auf absehbare Zeit nicht wieder zum Krieg zwischen unseren Reichen kommt. Vielleicht wird es sogar Handelsabkommen geben. Angus und ich werden wohl nie die besten Freunde werden, aber im Augenblick scheint er damit zufrieden zu sein, in seinem Reich zu walten und das Gleichgewicht aufrechtzuerhalten. Dewi hat viel dazu beigetragen. Sie ist nicht nur seine Stieftochter, sondern auch eine der vier Gottheiten, die den Jahreszeiten zugeordnet sind. Somit hat er gleich zwei Gründe, in nächster Zeit keinen neuen Krieg anzuzetteln.

»Wir sollten gehen«, erinnert mich Tamara sanft an meine Pflicht, und ich nicke ihr zu. Jetzt muss ich noch einmal stark sein. Das halbe Reich ist versammelt, um seiner Göttermutter Lebewohl zu sagen, und ich werde diejenige sein, die den Scheiterhaufen entzündet. Es ist eine alte Zeremonie, gleicht nicht dem Begräbnis auf der Erde; aber die Erinnerungen und das Wissen, das Beira mir überantwortet hat, werden mich hoffentlich sicher hindurchführen.

»Ich bin bereit.«

Stimmt nicht, aber ich tue so als ob.

Ich ergreife ihre Hand und teleportiere uns zum Bald Peak, einem nicht sehr hohen, aber breiten Hügel in der Nähe des Palastes. Tausende von Leuten haben sich hier versammelt, bilden konzentrische Kreise um den großen Scheiterhaufen zu der bevorstehenden Feuerbestattung. Beiras sterbliche Überreste wurden auf dem riesigen Holzstapel aufgebahrt und in ein goldenes Tuch gehüllt, auf das kleine silberne Schneeflocken gestickt sind. Die meisten der Anwesenden tragen Schneeflocken-Broschen nicht nur zum Andenken an Beira, sondern aller Opfer, die das Winterreich zu beklagen hat. Es ist zwar ihr Leichnam, der dort liegt, aber wir gedenken heute aller im Kampf Gefallenen.

Ich nehme meinen Platz vor dem Scheiterhaufen ein, wo mich mein Vater und meine Gefährten schon erwarten. Sie alle tragen schwarze Anzüge, sogar Arc. Das ist mit Sicherheit das erste Mal, dass ich ihn ohne Kilt sehe.

»Alles klar?«, fragt Crispin, und ich nicke, die Augen auf den Holzstoß gerichtet. Ich will jetzt nicht in die Menge sehen und jemandem in die Augen blicken müssen. Den innersten Kreis bilden die anderen Götter, von denen ich die meisten kenne, andere sind Fremde, die im Kampf neutral geblieben sind. Sie alle sind gekommen, um sich von meiner Mutter zu verabschieden. Blaze steht neben Ada und ihren Männern und hat sein Horn respektvoll mit einem schwarzen Schleier verhüllt. Er hat zwar an der Schlacht nicht direkt teilgenommen, hat aber mit seiner einzigartigen Telepathie-Magie Botschaften hin und her geschickt. Ich hoffe, er bleibt noch eine Weile hier, nicht wegen der Funken, sondern weil ich ihn und sein Wesen mag.

Ich atme tief durch und verwende Magie, um meine Stimme so laut klingen zu lassen, dass mich jeder hören kann.

»Heute wollen wir Beira ehren, die Göttermutter, Königin des Winterreichs, die Göttin, die von Anbeginn der Zeit Wache gehalten hat über alles Leben. Sie mag ihre sterbliche Hülle zurückgelassen haben, aber sie wird dieses Reich weiter behüten durch all jene, die von ihrer Gnade berührt wurden.«

Ich schreite vorwärts, bis ich beinahe das aufgeschichtete Holz berühre. Dann lasse ich eine Feuer-Spirale entstehen und hoch in den Himmel steigen. Sie leuchtet von dort oben zusammen mit der blassen Wintersonne auf uns und den Scheiterhaufen herab.

»Ich, Wynter, Tochter der Beira und neue Königin des Winters, werde jetzt das Feuer entzünden und meine Mutter frei setzen, damit Magie sie zu ihrer Heimstatt tragen möge.«

Ich senke die Feuer-Spirale ab und dehne sie aus, so dass sie den gesamten Scheiterhaufen abdecken kann. Dies ist der Moment. Sei jetzt stark, Wyn. Du schaffst das.

Ich schließe für einen Augenblick die Augen und lasse das Feuer den Stapel berühren. Ich kann nicht hinsehen. Ich hebe den Kopf, öffne die Augen wieder, sehe, wie die ersten Rauchwolken langsam nach oben steigen und ein sehr schönes Muster an den klaren Himmel zeichnen.

Ich hebe erneut die Stimme und spreche den überlieferten Segen.

Möge die Straße sich heben, um dir zu begegnen;
Möge der Wind immer in deinem Rücken sein;

Möge die Sonne warm auf dein Gesicht scheinen;
Möge der Schnee sanft auf dein Land fallen.
Bis wir uns wiedersehen,
Mögest du Ruhe und Frieden in deinem ewigen Schlummer finden.

Am Ende laufen mir die Tränen übers Gesicht. Das Feuer brennt jetzt hell, den Körper meiner Mutter kann ich kaum noch erkennen. Dies ist das Ende.

Um mich her beginnen die Leute denselben Segen, den ich gerade ausgesprochen habe, zu singen und ihre Stimmen zum Himmel zu erheben. Mir wird bei diesem Klang und den Emotionen, die in ihrer ganzen Schönheit in ihm zum Ausdruck kommen, so weh ums Herz.

Meine Mutter mag nicht mehr körperlich anwesend sein, aber ihr Geist lebt in jedem Einzelnen weiter, der hier auf diesem Hügel zusammen mit mir steht. Ich mache einen Schritt zurück und bin sofort von meinen Wächtern umringt, die mich von allen Seiten umarmen. So halten sie mich, bis das Feuer erlischt und nur noch Asche bleibt.

❄

Ich teleportiere uns zurück in meine Gemächer. Tamara lässt uns nach einer letzten Umarmung und mit einem wissenden Lächeln allein. Ich setze mich aufs Bett und lege die Krone ab, platziere sie mittels Magie aufs Sideboard. Dann noch ein kleiner Schwenk mit dem imaginären Zauberstab, und schon habe ich mich meines schwarzen Kleides entledigt und sitze in meiner Unterwäsche da.

»Du hast das toll gemacht«, sagt Sturm mit sanftem Blick und voller Gefühl. Ich muss mich erst wieder daran gewöhnen, Gesichter sehen zu können. Hatte beinahe vergessen, wie wunderschön sie alle sind, jedes auf seine Weise. »Sie wäre stolz auf dich.«

Ich lächele. »Ich weiß. Macht die Sache aber nicht leichter.«

»Wie können wir dir helfen?«, fragt Crispin und setzt sich an meine Seite. Er legt einen Arm um meine Taille und zieht mich näher an sich heran. Meine nackte Haut reibt sich auf unschöne Art an seiner Kleidung. Also lasse ich sie alle nackt werden. Jetzt sind wir wieder gleich.

»Könntest du uns das nächste Mal etwas vorwarnen?«, grummelt Arc, lacht dann aber. »Ist mir allerdings auch lieber. Hosen scheuern so.«

»Es war deine Entscheidung, keinen Kilt zu tragen«, lacht Frost. »Ich weiß doch, wie sehr du es magst, wenn da unten rum Luftzug herrscht.«

Arc grinst. »Ich mag es auch, wenn sich da unten noch ganz andere Dinge abspielen.«

Ich bedeute ihm, näher zu kommen, aber er sieht mich leicht verunsichert an.

»Bist du dir sicher?«

»Wahrscheinlich ist Sex nach Beerdigungen eine irdische Tradition, aber ich bin die Königin und kann machen, was ich will. Und jetzt gerade möchte ich mit meinen Wächtern zusammen sein. Also lasst mich euch spüren.«

Er nickt und tritt vor, bis seine Knie meine berühren. Ich halte gern seinen Schwanz in den Händen, als sei er das kostbarste Gut. Ist es ja irgendwie auch. Sie sind alle kostbar. Und damit meine ich die ganzen Kerle, nicht nur ihre männlichen Attribute, eher ihre Seelen, ihre Herzen.

Ich reibe ihn vorsichtig, während Crispin mir den BH auszieht.

»Ich liebe deine Brüste«, murmelt er und senkt seinen Mund auf deren Höhe, saugt an einem Nippel. Frost steigt hinter mir aufs Bett und berührt meinen Nacken mit seinen Lippen, drückt

Reihen sanfter Küsschen auf meine Haut. Ich zittere unter seiner Berührung.

Sturm steht immer noch ein paar Schritte von uns entfernt und beobachtet lächelnd die Szene. Ich sehe ihn fest an, als Frost eine Hand in mein Höschen gleiten lässt und mit seinen Fingern kleine Kreise um mein Hügelchen zu ziehen beginnt, was mich bei jeder Berührung leise keuchen lässt. Diese Männer werden noch mein Untergang sein.

Ich schaue immer noch Sturm an, kann meine Augen nicht von seinem leidenschaftlichen Blick abwenden, einem Blick voller Feuer und Verheißung. Die drei anderen beglücken weiter meinen Körper, während ich Arcs Schwanz streichele. Sein Stöhnen treibt mich zu noch größeren Anstrengungen an. Ich will ihnen dieselben guten Gefühle verschaffen, die sie mir geben.

Wir sind füreinander geschaffen, vier Wächter und ihre Göttin. Es gab eine Zeit, da dachte ich, ich hätte sie nicht verdient; aber jetzt weiß ich, dass wir einander sehr wohl verdient haben. Wir alle haben unsere Stärken und Schwächen, passen aber wie Puzzleteile zusammen, stärken unsere Stärken und gleichen Schwächen gegenseitig aus. Wir sind eins.

Unser Band leuchtet bei diesem Gedanken hell auf, Funken tanzen vor meinen Augen. Aber nein, die gibt es nicht nur in meinem Kopf, sondern sie sind ganz real. Silberne Funken erfüllen den Raum, und wir halten alle inne und starren sie an. Sie wirbeln wie ein sanfter Schneesturm umher, bevor sie um uns herum zu einem Kreis zusammenkommen. Sturm wird wie von magischer Hand zu uns geschoben, und jetzt wirbeln die Funken schneller, haben uns alle erfasst.

Ich spüre in meinen Gedanken einen kleinen Schubs, eine der Erinnerungen meiner Mutter. Wow.

»Männer?«, beginne ich fragend, und sie wenden sich alle mir zu; ihre Gesichter leuchten durch das Licht der silbernen

Teilchen um uns her. »Damit das funktioniert, müsst ihr zwei Worte sagen.«

Sie sehen mich verständnislos an.

Ich lächele. »Unsere Verbindung hat beschlossen, dass wir bereit sind. Dies ist… ähm… eine Hochzeitszeremonie. Nur, dass sie für uns von magischen Kräften gestaltet wird.«

Sie sehen genauso überrascht und ein bisschen schockiert aus wie ich sicher auch.

»Also – sie will, dass wir die Worte aussprechen. Diese beiden Worte, die es real werden lassen.«

Crispin reißt die Augen auf und lächelt dann. »Ich will.«

Ein Teil des Funkenflugs zweigt von dem Hauptkreis ab und umzirkelt jetzt seinen Kopf wie einen Heiligenschein.

»Ich will«, sagen Sturm und Frost gleichzeitig, wie Brüder eben. Die hier waltende Magie wiederholt den an Crispin vollzogenen Akt und kennzeichnet so ihre Bereitschaft.

Arc ist der Letzte. Er sieht mir tief in die Augen und ergreift meine Hände.

»Ich will.«

Die Funken um uns herum scheinen nun golden und drehen sich so schnell um uns herum, dass sie nicht mehr einzeln zu erfassen sind und zu Linien verschwimmen.

Jetzt bleibt nur noch eines zu tun.

Ich atme tief ein und veranlasse meine Magie, sie alle vier zu streicheln. Diese Worte sind so einfach, und dennoch die wichtigsten, die ich je aussprechen werde. Und ich werde es nie, nie bereuen.

»Ich will.«

Und so mache ich sie mir zu eigen.

Meine Wächter.

❄

Dies ist das Ende von Wynters Geschichte ... oder doch nicht? Besucht den Winterpalast erneut in **Göttin des Herbstes**, *einer Geschichte, die einige Monate nach den Ereignissen in diesem Buch spielt. Geister, Götter und rüschenbesetzte Kleider - Wyn hat ein neues Rätsel zu lösen.*

Wenn euch dieses Buch gefallen hat, hinterlasst doch bitte eine Rezension!

Abonniert meinen Newsletter für alle Neuerscheinungen, Angebote und Blicke hinter die Kulissen:
skyemackinnon.de/newsletter.

Danke

Im Juli 2017 habe ich mein allererstes Buch unter dem Titel Winter Princess (im englischen Original) veröffentlicht, dem ersten Teil der Celtic Magic Serie. Ich war eine unbekannte Autorin, niemand hatte je von mir gehört, und meine Präsenz in den sozialen Medien steckte noch in den Kinderschuhen. Keine guten Startbedingungen, aber aus irgendeinem Grund kauften die Leute das Buch tatsächlich. Viele von euch wunderbaren Lesern wagten es und ließen sich auf Wyns Geschichte ein.

Beinahe über Nacht wurde ich zu einer viel gelesenen Autorin mit einer Fangemeinde auf der ganzen Welt, die Rezensionen schrieb, Mitteilungen schickte, mehr wollte. Einige wollten mir freiwillig mit einer Facebook-Gruppe helfen, andere boten an, kritische Erstleser zu sein. Das war zunächst richtig überwältigend und gleichzeitig furchtbar spannend. Zu jener Zeit arbeitete ich noch in einer Universität und verbrachte jeden Abend und alle Wochenende mit Schreiben – Social Life ade! Ich fragte mich die ganze Zeit, ob es die Sache wert sei, aber auch nur ein glücklicher Leser verschaffte mir genau dieses Gefühl – es lohnt sich.

Seitdem habe ich viele weitere Bücher geschrieben, nicht nur über Wyn, auch über Bärenwandler, Kelpies, Mars-Siedler und sogar eine Sekte. Ich will nicht nur bei einem Genre oder einer Stilrichtung bleiben, dafür gibt es viel zu viele Geschichten zu erzählen.

Inzwischen bin ich seit einigen Jahren freie Autorin, bin ans Meer gezogen und habe von meinem Arbeitszimmer aus einen herrlichen Blick. Über meinem Arbeitsplatz hängt eine Whiteboard, auf der ich alle laufenden Projekte verfolge; ein Magnet mit einem Bild der Winter-Prinzessin hängt dort unverrückbar – zur Erinnerung daran, wie alles begann.

Die erste der von mir geschriebenen Buchserien ist mit diesem Band fast zu Ende, was ich immer mit einem weinenden und einem lachenden Auge begrüße. Es war auch für mich eine lange Reise, und jetzt muss ich mich bald von Wyn und ihren Männern verabschieden.

Warum ich dies alles schreibe? Um danke zu sagen. Ich hätte nie gedacht, dass ich einmal an diesem Punkt ankommen würde. Und jetzt ist es geschehen; dafür danke ich allen, die mich auf dieser Tour begleitet haben:

Euch, meinen Lesern, die meine Bücher kaufen und mich motivieren weiterzumachen;

Meiner Autorengruppe, genannt The Flock, drei phantastische Autoreninnen die zu besten Freunden geworden sind, Co-Autoren und noch viel mehr;

Meinen Beta-Lesern und meinem Street Team, die dazu beitragen, dass jedes Buch in der bestmöglichen Fassung herausgegeben wird. Es tut mir leid, wenn ich euch nicht immer so viel Zeit widmen kann, wie ihr eigentlich verdient;

Meiner Assistentin Tricia;

Meinen Freunden und Freundinnen, die online und offline seit Jahren die Ausgeburten meiner Phantasie ertragen;

Den anderen Autoren, die mich in ihre Gemeinschaft aufgenommen und mir so viel beigebracht haben;

Und nicht zuletzt meiner Familie, die mich zu dem Bücherwurm hat werden lassen, der ich bin und gleichzeitig dafür gesorgt hat, dass meine Pläne und Vorhaben im Bereich des Machbaren bleiben.

Und jetzt genug davon, sonst heule ich noch in meine Tastatur. Auf noch viele bezaubernde Reisen in meine phantastischen Welten!

Skye MacKinnon

Die Autorin

Skye MacKinnon ist eine schottische Bestsellerautorin mit einer Vorliebe für fantastische Welten, keltische Mythologie und starke Heldinnen, die nicht gerettet werden müssen.

Sie wurde zwar in Deutschland geboren, ist aber inzwischen so schottisch, dass sie ihren Tee nur mit Milch trinkt, regelmäßig Haggis jagen geht und auch schon unter den ein oder anderen Kilt geschaut hat (natürlich rein zu Forschungszwecken).

Wenn sie nicht gerade in ihrem Lieblingscafé schreibt, vertilgt Skye getrocknete Mango, erkundet die schottischen Highlands und kuschelt mit ihrer hyperaktiven Katze.

Skyes deutsche Bücher & Newsletter: **skyemackinnon.de**

Skyes englische Bücher:
(einige sind auch als Hörbuch erhältlich)
skyemackinnon.com/books

Bücher von Skye MacKinnon

Highland Shifters

Eine übersinnlicher Reverse-Harem-Serie mit einer starken Heldin und vier sexy Bären-Shiftern. Freut euch auf starke Alpha-Männer, ein episches Abenteuer, heiße Szenen, schottische Landschaften, Mythologie und ein post-apokalyptisches Setting.

Killerkatzen

Eine Urban Fantasy Reihe voller Katzen, Geheimnisse und Morde. Dies ist eine sich langsam entwickelnde Reverse Harem Geschichte, in der Kat sich nicht zwischen ihren Partnern entscheiden muss.

Starlight Highlanders: Aliens mit Kilt

Wenn ihr auf heiße außerirdische Highlander in Kilts steht, starke Frauen, die sich nicht gerne sagen lassen, was sie tun sollen, und Happy Ends, dann taucht ein in die Welt der Starlight Highlander.

Celtic Magic

Spannung, Magie und Leidenschaft gemischt mit schottischer Mythologie. Dies ist eine Reverse-Harem-Romance in der Wyn nicht nur einen, sondern gleich vier umwerfende, heiße Partner hat.